منتخب اردو افسانے

(حصہ : ۳)

مرتبہ:

سید حیدر آبادی

Muntakhab Urdu Afsane - Part:3 *(Short Stories Anthology)*
by: Syed Hyderabadi
Edition: December '2024
Publisher :
Taemeer Publications LLC (Michigan, USA / Hyderabad, India)

ISBN 978-93-6908-456-2

9 789369 084562

کتاب	:	**منتخب اردو افسانے (حصہ: 3)**
ترتیب و تدوین	:	**سید حیدرآبادی**
صنف	:	فکشن
ناشر	:	تعمیر پبلی کیشنز (حیدرآباد، انڈیا)
سالِ اشاعت	:	۲۰۲۴ء
صفحات	:	۱۶۲
سرورق ڈیزائن	:	تعمیر ویب ڈیزائن

فہرست

رتن بابو اور وہ آدمی

ستیہ جیت رے

ٹرین سے اترنے کے بعد جب رتن بابو نے اپنے آس پاس نگاہ ڈالی تو ان کا دل خوشیوں سے بھر گیا۔ جگہ تو اچھی لگتی ہے۔ اسٹیشن کے پیچھے کا سکھوئے کا درخت اپنا سر اونچا کیے کھڑا ہے اور اس کی ڈال میں ایک سرخ رنگ کی پتنگ اٹکی ہوئی ہے۔ لوگ بہت مصروف بھی نہیں نظر آتے۔

ہوا میں ایک قسم کی سوندھی خوشبو ہے۔ مجموعی طور پر یہاں کا ماحول بہت دلکش ہے۔

ان کے ساتھ ایک چھوٹا بستر اور چمڑے کا ایک سوٹ کیس ہے۔ قلی کی ضرورت نہیں۔ رتن بابو نے ان چیزوں کو اپنے دونوں ہاتھوں میں اٹھالیا اور گیٹ کی طرف بڑھ گئے۔

باہر رکشا ملنے میں کوئی دقت نہیں ہوئی۔ دھاری دار ہاف پینٹ پہنے ہوے چھوکرے جیسے رکشا والے نے پوچھا، "کہاں جایئے گا بابو؟"

رتن بابو نے دریافت کیا، "نیو مہامایا ہوٹل کہاں ہے، جانتے ہو؟"

چھوکرے نے سر ہلا کر ہامی بھری اور کہا، "بیٹھیے۔"

گھومنا پھرنا رتن بابو کا جھکی پن ہی کہا جائے گا۔ موقع ملتے ہی وہ کلکتہ کے باہر کہیں

گھومنے کے لیے نکل پڑتے ہیں۔ ایسا نہیں ہے کہ انھیں ہمیشہ یہ سنہرا موقع مل جاتا ہے، کیونکہ وہ نوکری کرتے ہیں۔ وہ کلکتہ کے زولاجیکل سروے آفس میں کرانی کا کام کرتے ہیں۔ چوبیس سال سے وہ اسی نوکری پر ہیں، اس لیے انھیں باہر جانے کا موقع سال میں ایک بار ہی ملتا ہے۔ پوجا کی چھٹی کے ساتھ ہی سال بھر میں ملنے والی چھٹی لے کر وہ ہر سال کہیں نہ کہیں سیر سپاٹے کے لیے نکل جاتے ہیں۔ سیر سپاٹے کے معاملے میں وہ کسی کو اپنے ساتھ نہیں لیتے۔ ساتھ لینے کی خواہش بھی ان کے دل میں نہیں ہوتی۔ یہ بات نہیں کہ شروع میں انھیں ساتھی کی کمی محسوس نہیں ہوتی تھی۔ ایک بار برابر کی میز پر بیٹھنے والے کیشو بابو سے ان کی اس موضوع پر بات چیت بھی ہوئی تھی۔ مہالیہ کے کئی دن پہلے ہی رتن بابو چھٹی لینے کا منصوبہ بنا رہے تھے۔

انھوں نے کہا تھا، "آپ بھی تو صاحب، اکیلے آدمی ہیں۔ چلیے نا، اس بار پوجا کی چھٹی میں کہیں گھوم پھر آئیں۔"

کیشو بابو نے اپنا قلم کان میں لگا کر اپنے ہاتھوں کو جوڑ کر ان کی طرف دیکھا تھا اور سر ہلا کر مسکراتے ہوے کہا تھا، "آپ کی پسند اور میری پسند کیا ایک ہو پائے گی؟ آپ ایسی ایسی عجیب جگہوں میں جائیں گے جن کا ہمیں نام بھی نہیں معلوم۔ وہاں نہ تو کوئی قابلِ دید جگہ ہو گی اور نہ ہی کھانے پینے کی کوئی آسانی۔ مجھے معاف کریں، میں ہری نابھی اپنے برادر نسبتی کے یہاں جا رہا ہوں۔"

آہستہ آہستہ رتن بابو کی سمجھ میں یہ بات آگئی کہ اپنی مرضی کے مطابق دوست ملنا بے حد مشکل ہے۔ ان کی پسند ناپسند دوسروں کی پسند ناپسند سے بالکل نہیں ملتی ہے، اس لیے دوست بنانے کی امید چھوڑ ہی دینا چاہیے۔

رتن بابو کے عادت اور مزاج واقعی مختلف تو تھے۔ مثال کے طور پر آب و ہوا کی

تبدیلی کی بات کو ہی لے لیجیے۔ کیشو بابو نے غلط نہیں کہا تھا۔ لوگ عام طور سے آب وہوا بدلنے کے خیال سے جن جگہوں پر جاتے ہیں، رتن بابو کی نگاہ اس طرف جاتی ہی نہیں۔ وہ کہتے ہیں، "ارے صاحب، یہ بات تو ہر کسی کو معلوم ہے کہ پوری کے پاس ہی سمندر ہے، جگن ناتھ جی کا مندر ہے، دارجیلنگ سے کنچن جنگھا دکھائی دیتا ہے، ہزاری باغ میں پہاڑ ہیں، جنگل ہیں، رانچی کے پاس ہنڈرو فالز ہیں۔ اور لوگوں کے منھ سے بار بار کسی چیز کا ذکر سننے کا مطلب یہ ہوا کہ اسے دیکھ لیا۔"

رتن بابو کو جس جگہ کی تلاش رہتی ہے، وہ ہے ریلوے اسٹیشن کا کوئی چھوٹا سا شہر۔ بس، اتنا ہی۔ ہر سال چھٹی کے پہلے ٹائم ٹیبل کھول کر وہ ایک ایسی جگہ کا نام تلاش کرتے ہیں جو زیادہ دور نہ ہو، اور پھر وہ دُرگا کا نام لے کر نکل پڑتے ہیں۔ کہاں گئے تھے، کیا کیا دیکھا، یہ سب ان سے کوئی پوچھتا نہیں، اور وہ بھی کسی کو نہیں بتاتے۔ ایسا کئی بار ہو چکا ہے کہ وہ ایسی جگہ پہنچ گئے ہیں جس کا انھوں نے کبھی نام تک نہ سنا ہوگا، اور وہ جہاں بھی گئے ہیں وہاں انھیں ایسی چیز ضرور مل گئی ہے جس کی وجہ سے ان کا دل خوشیوں سے بھر گیا ہے۔ دوسرے لوگوں کی نظروں میں یہ سب چیزیں، ہوسکتا ہے بالکل معمولی ہوں۔ جیسے رات بھات کھاوا کا ایک بوڑھا پیپل جو ایک بیر اور ناریل کے پیڑوں سے لپٹ کر کھڑا ہے، مہیش گنج کی ایک نیل کوٹھی کا کھنڈر، مئینا کی ایک مٹھائی کی دکان کی دال کی برفی۔۔۔

اس بار رتن بابو جہاں آئے ہیں، اس جگہ کا نام سِنی ہے۔ یہ قصبہ ٹاٹا نگر سے پندرہ میل دوری پر ہے۔ اتنا ضرور ہے کہ اس جگہ کو انھوں نے ٹائم ٹیبل سے تلاش کر کے نہیں نکالا ہے۔ آفس کے قریبی دوستوں نے اس جگہ کے بارے میں بتایا تھا۔ نیو مہامایا ہوٹل کا نام بھی انھیں سے سنا تھا۔

رتن بابو کو ہوٹل پسند آیا۔ کمرہ چھوٹا ہے، مگر اس سے کیا فرق پڑتا ہے! مشرق اور جنوب دونوں طرف کھڑکیاں ہیں۔ ان کھڑکیوں سے بہت ہی خوبصورت منظر نظر آتے ہیں۔ پنچانام کا جو نوکر ہے، وہ سیدھا سادہ ہے۔ چاہے سردی ہو یا گرمی، رتن بابو ہر موسم میں گرم پانی سے نہاتے ہیں۔ پنچا نے انھیں دلاسا دیا کہ اس کے لیے انھیں فکر مند ہونے کی کوئی ضرورت نہیں۔ ہوٹل کا کھانا بھی ٹھیک ہی ہے اور رتن بابو بھی یہی پسند کرتے ہیں، کیونکہ کھانے پینے کا انھیں زیادہ مراق نہیں ہے۔ ان کی طرف سے بس ایک ہی مانگ رہتی ہے-بھات اور روٹی۔ یہ دو چیزیں اگر ایک ساتھ نہ ہوں تو وہ کھانا نہیں کھاسکتے۔ مچھلی کے شوربے کے ساتھ بھات اور دال سبزی کے ساتھ روٹی، یہی ان کا کھانا کھانے کا طریقہ ہے۔ ہوٹل آتے ہی انھوں نے یہ بات پنچا کو بتادی ہے اور پنچا نے یہ خبر منیجر کو دے دی ہے۔

نئی جگہ آنے پر پہلے دن ہی جب تک وہ تیسرے پہر چہل قدمی نہیں کر آتے، انھیں سکون نہیں ملتا۔ سِنی آنے پر بھی اس معمول میں کوئی فرق نہیں آیا ہے۔ چار بجے پنچا کی لائی ہوئی چائے پی کر رتن بابو گھومنے پھرنے نکل گئے۔ قصبے سے باہر نکلتے ہی کھلا ہوا ناہموار میدان ملتا ہے۔ اس کے بیچ سے پگڈنڈیاں نکلتی چلی گئی ہیں۔ رتن بابو ایک پگڈنڈی پر چلتے ہوے جب ایک ڈیڑھ میل نکل گئے تو انھوں نے ایک بہت خوبصورت چیز ڈھونڈ نکالی۔ ایک چھوٹا سا ڈیرا ہے۔ اس میں کچھ کُمد کے پھول کھلے ہیں، اور ان کے چاروں طرف بیشمار پرندوں کا ہجوم لگا ہے۔ بگلا، ڈاہک، چاہا، کوڈلاؔ- ان پرندوں کو رتن بابو پہچانتے ہیں۔ باقی پرندوں کو انھوں نے یہاں پہلی بار دیکھا ہے۔

ہر روز تیسرے پہر اسی ڈیرے کے کنارے بیٹھ کر رتن بابو چھٹی کے باقی دن گزار سکتے ہیں۔ مگر دوسرے روز کسی دوسری چیز کی تلاش میں انھوں نے ایک نئی پگڈنڈی پکڑ

کر چلنا شروع کر دیا۔ ایک آدھ میل جانے کے بعد راستے میں بکریوں کا ریوڑ ملا اور انھیں اپنی چہل قدمی کچھ دیر کے لیے روکنا پڑی۔ جب راستہ خالی ہو گیا تو وہ آگے بڑھے اور تقریباً پانچ منٹ کے بعد ان کی نگاہ لکڑی کے ایک پُل پر گئی۔ کچھ دور جانے پر انھیں پتا چلا کہ وہ ایک اوور برج ہے۔ اس کے نیچے سے ریلوے کی لائن چلی گئی ہے۔ مشرق کی طرف تھوڑے فاصلے پر اسٹیشن نظر آرہا ہے، اور مغرب کی طرف آنکھیں جتنی دور جاتی ہیں، ریل کی پٹریاں بچھی ہوئی نظر آتی ہیں۔ اچانک ابھی کوئی ریل آکر پل کے نیچے سے نکل جائے تو کتنی عجیب بات ہو گی، یہ بات سوچتے ہی رتن بابو کے رونگٹے کھڑے ہو گئے۔

رتن بابو چونکہ ایک ٹک ریل گاڑی کی پٹریوں کی طرف دیکھ رہے تھے، اس لیے کب ایک دوسرا آدمی ان کی بغل میں آکر کھڑا ہو گیا، اس کا انھیں علم ہی نہیں ہوا۔ جب انھوں نے بغل کی طرف نگاہ گھمائی تو چونک گئے۔

وہ آدمی دھوتی اور قمیص پہنے تھا۔ کندھے پر خاکی رنگ کی ایک چادر تھی، پاؤں میں کینوس کے جوتے، آنکھوں پر بائی فوکل چشمہ۔ رتن بابو کے دل میں ایک کھٹکا پیدا ہوا۔ اس آدمی کو کیا وہ اس سے پہلے دیکھ چکے ہیں؟ جانا پہچانا سا نہیں لگتا کیا؟ درمیانی قد کا ہے، بدن کا رنگ بھی گورے کالے کے بیچ کا ہے، آنکھیں اُداس اور جذباتی ہیں۔ کتنی عمر ہو گی؟ پچاس سے زیادہ نہیں ہے۔ بال بہت ہی کم پکے ہیں۔ کم سے کم شام کی روشنی میں تو ایسا ہی لگتا ہے۔

اجنبی نے ایک ٹھنڈی ہنسی ہنس کر رتن بابو کو نمسکار کیا۔ رتن بابو ہاتھ جوڑ کر جب اسے نمسکار کرنے لگے تو اچانک یہ بات ان کی سمجھ میں آگئی کہ ان کے دل میں یہ وہم کیوں پیدا ہو رہا تھا۔ یہ آدمی جو جانا پہچانا سا لگتا ہے، اس کی کوئی دوسری وجہ نہیں ہے۔ اس ڈھانچے کے چہرے کو رتن بابو بہت بار دیکھ چکے ہیں، اور دیکھا ہے تو آئینے میں ہی۔ اس

بھلے آدمی سے ان کا چہرہ ہو بہو ملتا جلتا ہے۔ چوکور چہرہ، بالوں کی مانگ، مونچھوں کی شکل، ٹھوڑی کے بیچ کا گڈھا، کان کے اوپر کا حصہ-یہ سب تقریباً ایک جیسے ہیں۔ ہاں، اجنبی کے بدن کا رنگ کچھ زیادہ کالاپن لیے ہوے ہے، بھنویں زیادہ گھنی ہیں اور سر کے پچھلے حصے کے بال کچھ زیادہ لمبے ہیں۔

اس کے بعد اجنبی کے گلے کی آواز سن کر رتن بابو اور بھی زیادہ چونک گئے۔ ایک بار محلے کے سشانت نام کے ایک لڑکے نے ان کے گلے کی آواز ٹیپ ریکارڈ میں بھر کر انھیں سنائی تھی۔ اس آواز اور اس آدمی کے گلے کی آواز میں کوئی فرق نہیں ہے۔

اجنبی نے کہا، "میرا نام ہے منی لال مجومدار۔ آپ نیو مہامایا ہوٹل میں ٹھہرے ہوے ہیں نا؟"

رتن لال۔۔۔ منی لال۔۔۔ نام بھی ملتے جلتے ہیں۔ رتن بابو نے حیرانی کے جذبے پر قابو پا کر اپنا تعارف کرایا۔

اجنبی نے کہا، "شاید آپ مجھے پہچان نہیں پا رہے ہیں، مگر میں اس کے پہلے بھی آپ کو دیکھ چکا ہوں۔"

"کہاں؟"

"آپ پچھلی پوجا کی چھٹی میں دھلیان نہیں گئے تھے؟"

رتن بابو نے حیران ہو کر کہا، "آپ بھی وہاں گئے تھے؟"

"جی ہاں، میں ہر بار پوجا کی چھٹی میں کہیں نہ کہیں جاتا ہوں۔ اکیلا آدمی ہوں، دوست احباب بھی زیادہ نہیں ہیں۔ اکیلے ہی نئی نئی جگہوں کا سیر سپاٹا کرنا بہت اچھا بھی لگتا ہے۔ سِنی کے بارے میں میرے آفس کے ایک ساتھی نے مجھے بتایا تھا۔ بہت ہی اچھی جگہ ہے۔ کہیے، ٹھیک کہہ رہا ہوں نا؟"

رتن بابو نے تھوک نگل کر سر ہلاتے ہوئے ہامی بھری۔ اب کچھ دیسی پرندے بھی وہاں جمع ہو گئے ہیں۔

"کچھ ایسے پرندے بھی دیکھے جنھیں بنگال میں نہیں دیکھا تھا۔ آپ کا کیا خیال ہے؟"

اتنی دیر میں رتن بابو کچھ سنبھل گئے تھے۔ بولے، "میرا بھی یہی خیال ہے، میں بھی بہت سے پرندوں کو نہیں پہچان سکا تھا۔"

دور سے ایک دھمک سی سنائی دے رہی ہے۔ ریل آرہی ہے۔ مشرق کی طرف دیکھنے پر ہیڈ لائٹ دکھائی دی۔ روشنی آہستہ آہستہ بڑی شکل اختیار کرتی جارہی ہے۔ رتن بابو اور منی لال بابو پُل کی ریلنگ کے کنارے جا کر کھڑے ہو گئے۔ تیز آواز کرتی، پل کو دہلاتی ہلاتی، ریل دوسرے کنارے کی طرف چلی گئی۔ دونوں آدمی پیدل چل کر پل کی دوسری طرف بڑھ گئے اور اس وقت تک ریل کو دیکھتے رہے جب تک کہ وہ آنکھوں کے سامنے سے غائب نہ ہو گئی۔ رتن بابو کے دل میں بچوں جیسا سنسنی خیز جذبہ جاگ گیا ہے۔ منی لال بابو نے کہا، "حیرت ہے! اتنی عمر ہو گئی، پھر بھی ریل گاڑی دیکھنے کا تجسس دل سے دور نہیں ہوا!"

لوٹتے وقت رتن بابو کو معلوم ہوا کہ منی بابو کو سِنی آئے تین روز ہوئے ہیں اور وہ کالکا ہوٹل میں ٹھہرے ہوئے ہیں۔ کلکتہ میں ہی ان کا آبائی مکان ہے اور وہ وہیں کے ایک بزنس آفس میں کام کرتے ہیں۔ عام طور سے لوگ ایک دوسرے سے تنخواہ کے بارے میں پوچھ گچھ نہیں کرتے ہیں مگر رتن بابو نہ چاہتے ہوئے بھی پوچھ ہی بیٹھے۔ جواب سن کر ان کا ماتھا پسینے سے بھیگ گیا۔ کیا یہ ممکن ہے؟ منی لال اور رتن بابو کو بالکل ایک جتنی تنخواہ ملتی ہے۔ دونوں میں سے ہر ایک کو چار سو پینتیس روپے۔ پوجا میں دونوں

کو بونس بھی ایک جتنا ملا ہے۔

یہ آدمی پہلے سے ہی رتن بابو کے بارے میں سب کچھ پتا لگا کر ان کے ساتھ چالبازی کر رہا ہے، رتن بابو کو ایسا محسوس نہیں ہوا۔ پہلی بات تو یہ کہ ان کی روز مرہ کی زندگی کس طرح گزر رہی ہے، اس پر کبھی کسی نے غور نہیں کیا ہے۔ وہ اپنی رو میں زندگی جی رہے ہیں۔ آفس کے باہر نوکر کے علاوہ کسی دوسرے سے بات تک نہیں کرتے، کبھی کسی کے گھر جاکر اڈے بازی نہیں کرتے۔ اگر یہ مان بھی لیں کہ تنخواہ کے بارے میں باہری لوگوں کو معلوم ہے تو رات میں وہ کب سوتے ہیں، کیا کھانا پسند کرتے ہیں، کون سا اخبار پڑھتے ہیں، کون سا تھیٹر یا بنگالی سنیما ابھی حال میں انھوں نے دیکھا ہے-یہ سب باتیں ان کے علاوہ کسی دوسرے کو معلوم نہیں۔ لیکن یہ ساری باتیں اس بھلے آدمی سے ہو بہو مل رہی ہیں۔ رتن بابو یہ بات منھ کھول کر منی لال بابو کو نہیں کہہ سکے۔ راستے بھر وہ صرف منی لال بابو کی باتیں سنتے رہے اور اپنے ساتھ اس کی مشابہت پاکر بار بار حیران ہوتے رہے۔ اپنے بارے میں انھوں نے کچھ نہیں بتایا۔

رتن بابو کا ہوٹل پہلے آتا ہے۔ ہوٹل کے سامنے آکر منی لال بابو نے پوچھا، "آپ کے یہاں کھانا کیسا ملتا ہے؟"

رتن بابو نے کہا، "مچھلی کا شوربہ اچھا ہوتا ہے۔ باقی سب بس چالو کہہ لیجیے۔"

"میرے ہوٹل میں اچھا کھانا نہیں ملتا ہے۔ سنا ہے، یہاں جگن ناتھ مشٹھان بھنڈار میں بہت عمدہ پوریاں اور چنے کی دال ملتی ہے۔ آج رات وہیں کھانا کھایا جائے تو کیسا رہے؟"

رتن بابو نے کہا، "مجھے کوئی اعتراض نہیں۔ آٹھ بجے چلا جائے؟"

"ٹھیک ہے۔ میں آپ کا انتظار کروں گا۔ اس کے بعد ایک ساتھ چلیں گے۔"

منی لال بابو کے چلے جانے کے بعد رتن بابو ہوٹل کے اندر جانے کے بجائے کچھ دیر تک راستے پر ہی چہل قدمی کرتے رہے۔ شام ڈھلنے لگی ہے۔ آسمان صاف ہے، اتنا صاف کہ تاروں کے بیچ سے گزرتی ہوئی کہکشاں بھی صاف صاف نظر آرہی ہے۔ حیرت ہے، اتنے دنوں تک رتن بابو کو یہی دُکھ تھا کہ انھیں کوئی ایسا دوست نہ ملا جس سے ان کا دل اور خیالات ملتے ہوں؛ لیکن سِنی آنے پر اچانک ایک ایسے آدمی سے ملاقات ہوگئی جسے ان کا ڈپلیکیٹ ہی کہا جاسکتا ہے۔ چہرے میں تھوڑا بہت فرق ہے، پھر بھی عادت، مزاج اور فطرت میں بڑی مُماثلت پائی جاتی ہے۔ ایسی مماثلت جڑواں بھائیوں میں بھی ملنا مشکل ہوتی ہے۔

اس کا مطلب کیا یہ ہے کہ اتنے دنوں کے بعد دوست کی کمی پوری ہوگئی؟

رتن بابو کو اس بات کا جواب فوراً نہیں ملا۔ منی لال بابو سے تھوڑا اور ملنے جلنے سے، ہو سکتا ہے یہ بات ان کی سمجھ میں آجائے۔ ایک چیز وہ اچھی طرح سمجھ گئے تھے، اور وہ یہ کہ ان کے اکیلے پن کی کمی دور ہوگئی ہے۔ اس دنیا میں انھیں کے جیسا ایک آدمی اتنے عرصے سے موجود تھا اور اب اس سے اچانک ملاقات ہوگئی۔

جگن ناتھ مشٹھان بھنڈار میں میز پر آمنے سامنے بیٹھ کر کھانا کھاتے ہوے رتن بابو نے غور کیا کہ منی لال بابو بھی انھیں کی طرح چاٹ پونچھ کر کھانا پسند کرتے ہیں، انھیں کی طرح کھانا کھاتے کھاتے پانی پیتے ہیں، انھیں کی طرح کاغذی لیموں دال میں نچوڑ لیتے ہیں۔ سب کچھ کھانے کے بعد رتن بابو دہی کھاتے ہیں۔ منی لال بابو کے ساتھ بھی یہی بات ہے۔

کھانا کھاتے وقت رتن بابو کو اس لیے بے چینی محسوس ہورہی تھی کیونکہ دوسری میزوں کے لوگ مڑ مڑ کر ان دونوں کی طرف دیکھ رہے تھے۔ یہ لوگ کیا ان دونوں کی

مشابہت کو اتنے غور سے دیکھ رہے ہیں؟ یہ دونوں کیا اس حد تک ایک دوسرے سے ملتے ہیں کہ لوگوں کی توجہ ان کی طرف مائل ہو جاتی ہے؟

کھانا کھانے کے بعد رتن بابو اور منی لال بابو چاندنی رات میں کچھ دیر تک چہل قدمی کرتے رہے۔ ایک سوال رتن بابو کے دماغ میں بہت دیر سے گھوم رہا تھا، بات چیت کے دوران وہ باہر نکل آیا، "آپ کیا پچاس پار کر چکے ہیں؟"

منی لال بابو نے ہنس کر کہا، "جلد ہی پچاس سال پورے کرنے جا رہا ہوں۔ پوس کی گیارھویں تاریخ کو پچاس کمپلیٹ ہو جائے گا۔"

رتن بابو کا دماغ چکرانے لگا۔ دونوں کی پیدائش کی تاریخ بھی ایک ہی ہے۔ 1916 کے پوس مہینے کی گیارھویں۔ آدھے گھنٹے تک چہل قدمی کرنے کے بعد وہاں سے رخصت ہوتے وقت منی لال بابو نے ہنس کر کہا، "آپ سے مل کر بے حد خوشی ہوئی۔ میں کسی سے گھلتا ملتا نہیں ہوں، مگر آپ کے ساتھ کچھ اور ہی بات ہے۔ لگتا ہے چھٹی مزے میں گزرے گی۔"

رتن بابو دس بجے سے پہلے ہی سو جاتے ہیں۔ اپنے ساتھ بنگلہ زبان کے دو چار ماہوار رسالے لے کر لیٹے لیٹے جب ان کی ورق گردانی کرتے ہیں تو نیند خود بخود آجاتی ہے۔ لیٹے لیٹے ہی ہاتھ بڑھا کر بجلی کا بٹن دبا کر بتی بجھا دیتے ہیں اور چند پلوں میں ہی ان کے خراٹے گونجنے لگتے ہیں۔ مگر آج نیند ان کی آنکھوں سے کوسوں دور تھی۔ پڑھنے کی خواہش بھی نہیں تھی۔ رسالے کو ہاتھ میں اٹھا کر پھر سے بغل کی میز پر رکھ دیا۔

منی لال مجومدار۔۔۔ رتن بابو نے کہاں پڑھا تھا کہ دنیا میں کروڑوں آدمی ہیں، پھر بھی کہیں ایسے دو آدمی نہیں مل سکتے جن کے چہرے ہو بہو ایک جیسے ہوں، حالانکہ سبھی کی آنکھ، کان، ناک، ہاتھ پیر وغیرہ کی تعداد برابر ہوتی ہے۔ چہرے کا ایک جیسا ہونا ہو سکتا

ہے ناممکن ہو، لیکن دولوگوں کے دل کا ایک جیسا ہونا کیا ممکن ہے؟ دل ہی نہیں، عمر، پیشہ، گلے کی آواز، چلنے اور بیٹھنے کا انداز، آنکھوں کی عینک کا پاور وغیرہ، اور بھی بہت سے چیزیں ہو بہو ایک جیسی ہیں۔ سوچنے پر محسوس ہوتا ہے ناممکن ہے، مگر ممکن ہو گیا ہے، اوراس کا ثبوت پچھلے چار گھنٹوں کے دوران رتن بابو کو کئی بار مل چکا ہے۔

رات بارہ بجے رتن بابو نے بستر سے اٹھ کر صراحی سے چلّو میں تھوڑا سا پانی لے کر اسے اپنے سر پر ڈالا۔ ان کا سر چکرانے لگا ہے۔ اس حالت میں نیند نہیں آئے گی۔ گیلے سر کو انگوچھے سے آہستہ سے پونچھا اور دوبارہ بستر پر لیٹ گئے۔ تکیہ بھیگ گیا۔ اچھی ہی بات ہے۔ جب تک تکیہ سوکھ نہیں جاتا ہے، ماتھا ٹھنڈا رہے گا۔

پورے محلے میں سناٹا چھایا ہوا ہے ایک الّو ڈراؤنی آواز میں چلّاتا ہوا ہوٹل کے قریب سے اڑتا ہوا چلا گیا۔ کھڑکی سے چاندنی آکر بستر پر رینگ رہی ہے۔ نہ جانے کب رتن بابو کے دل سے فکر اپنے آپ دور ہو گئی اور ان کی پلکیں جھپک گئیں۔

رات کو دیر سے سونے کے باعث رتن بابو کی نیند صبح آٹھ بجے ٹوٹی۔ نو بجے منی لال بابو آنے والے ہیں۔ آج منگل کا دن ہے۔ یہاں سے تقریباً ڈیڑھ میل کے فاصلے پر آج ایک جگہ پر ہاٹ لگے گا۔ کل کھانا کھاتے ہوئے دونوں نے تقریباً ایک ساتھ ہی ہاٹ جانے کی خواہش ظاہر کی تھی۔ خریدنا کوئی خاص چیز نہیں ہے، بس یوں ہی گھوم پھر آئیں گے۔

چائے پیتے پیتے نو بج گئے۔ سامنے رکھی طشتری سے تھوڑی سی سونف اٹھا کر رتن بابو نے منھ میں ڈالی اور ہوٹل سے باہر آتے ہی دیکھا، منی لال بابو مسکراتے ہوئے چلے آرہے ہیں۔

قریب آتے ہی منی لال بابو نے پہلی جو بات کہی وہ یہ کہ رتن بابو اور ان میں کتنی

مشابہت ہے! یہی بات سوچتے سوچتے کل رات وہ بہت دیر سے سوئے تھے۔ جب سو کر اٹھے تو آٹھ بج کر پانچ منٹ ہو چکے تھے۔ یوں وہ ٹھیک چھ بجے بستر سے اٹھ جاتے ہیں۔

رتن بابو نے اس بات کا کوئی جواب نہیں دیا۔ دونوں ہاٹ کی طرف روانہ ہو گئے۔ محلے کے کچھ چھوکروں کا جمگھٹ لگا ہوا تھا۔ رتن بابو اور منی بابو ان کے سامنے سے جانے لگے تو ان میں سے ایک نے طنز کے لہجے میں کہا، "مانِک مکتا کی جوڑی ہے۔" رتن بابو اس کی بات کو ٹالتے ہوئے آگے بڑھ گئے۔ تقریباً بیس منٹ میں وہ ہاٹ پہنچ گئے۔

کافی اچھا ہاٹ لگا ہے۔ پھل پھول سے لے کر ساگ سبزی، برتن، مٹی کی ہانڈی، مرغوں اور بکروں وغیرہ کی دکانیں سجی ہوئی ہیں۔ لوگوں کی بھیڑ بھی کافی ہے۔ اسی بھیڑ کے بیچ سے دکانوں پر سرسری نگاہ ڈالتے ہوئے رتن بابو اور منی لال بابو آگے بڑھتے گئے۔

وہ کون ہے؟ پنچا؟ نہ جانے کیوں رتن بابو نے اس بھیڑ کے سامنے اپنے ہوٹل کے نوکر کو دیکھ کر اپنی آنکھیں جھکا لیں اور اپنے چہرے کو بھیڑ کی اوٹ میں چھپا لیا۔ اس چھوکرے کی "مانک مکتا کی جوڑی" کی بات سننے کے بعد سے ہی ان کے دل میں یہ بات گھر کر گئی ہے کہ ان دونوں کو ایک ساتھ دیکھ کر لوگ دل ہی دل میں ہنستے ہیں۔

بھیڑ کے بیچ سے گزرتے ہوئے رتن بابو کے دل میں اچانک ایک خیال آیا۔ انھیں لگا کہ وہ جب تنہا تھے تو زیادہ بہتر تھے۔ انھیں دوست کی قطعی ضرورت نہیں ہے۔ اور اگر دوست ہو بھی تو وہ منی لال بابو کی طرح نہ ہو۔ وہ منی لال بابو سے جتنی بار گفتگو کرتے ہیں، اتنی بار انھیں محسوس ہوتا ہے کہ وہ خود اپنے آپ سے گفتگو کر رہے ہیں۔ سوال کرنے سے اس کا جواب کیا ملے گا، یہ بات جیسے انھیں پہلے سے ہی معلوم ہو۔ بحث کرنے کا کوئی موقع نہیں آتا، سوچ بچار کرنے کی ضرورت نہیں پڑتی، جھگڑے جھنجھٹ کا کوئی

امکان نہیں ہے۔ کیا یہ دوستی کی نشانی ہے؟ ان کے دفتر کے کارتک رائے اور مکند چکرورتی میں گہری دوستی ہے۔ مگر ایسا ہونے پر بھی کیا دونوں میں بحث مباحثہ نہیں ہوتا ہے؟ ہوتا ضرور ہے، مگر پھر بھی وہ دوست ہیں۔ ایک دوسرے کے سچے دوست۔

ساری باتوں پر غور کرنے کے بعد انھیں بار بار یہی محسوس ہونے لگا کہ منی لال مجومدار اگر ان کی زندگی میں نہ آتے تو اچھا رہتا۔ ایک جیسے دو آدمی اگر اس دنیا میں ہوں تو ان کا ایک دوسرے کے قریب آنا کوئی معنی نہیں رکھتا۔ سِنی سے کلکتہ لوٹ جانے پر بھی منی لال بابو سے ملاقات ہو سکتی ہے، یہ بات سوچتے ہی رتن بابو کانپ اٹھتے۔

ایک دکان میں بانس کی لاٹھی بک رہی تھی۔ رتن بابو کی بہت دنوں سے لاٹھی خریدنے کی خواہش تھی، مگر منی لال بابو کو سودے بازی کرتے دیکھ کر زبردستی اپنی خواہش کو دل میں ہی دبا لیا۔ آخر میں دیکھنے میں یہ آیا کہ منی لال بابو نے ایک کے بجائے دو لاٹھیاں خریدیں اور ان میں سے ایک رتن بابو کو بطور تحفہ پیش کی۔ تحفہ دیتے وقت کہا، "امید ہے کہ یہ معمولی لاٹھی دوستی کی نشانی کے طور پر لینے سے آپ انکار نہیں کریں گے۔"

ہاٹ سے لوٹتے وقت منی لال بابو نے بہت سی باتیں بتائیں۔ اپنے بچپن کی بات، اپنے ماں باپ کی بات، اپنے اسکول کالج کی بات۔ سنتے وقت رتن بابو کو ایسا محسوس ہو رہا تھا کہ ان کی باتیں کوئی دھڑلّے سے انھیں ہی سنا رہا ہے۔

تیسرے پہر چائے پی کر جب وہ دونوں میدان کے بیچ پگڈنڈی سے ہو کر پل کی طرف جا رہے تھے تو رتن بابو کے دماغ میں ایک خیال آیا۔ انھیں زیادہ بولنا نہیں پڑ رہا تھا، اس لیے ان کا دماغ اچھی طرح کام کر رہا تھا۔ دوپہر سے ہی انھیں لگ رہا تھا کہ اس آدمی کو اگر دور ہٹا سکوں تو اچھا رہے، مگر دماغ میں کوئی تدبیر نہیں آ رہی تھی۔ اسی لمحے آسمان

کے کالے بادلوں پر نگاہ پڑتے ہی رتن بابو کی آنکھوں کے سامنے یہ ترکیب آگئی۔

حیرت ہے! ایک آدمی کو قتل کرنے کی بات سوچ کر بھی رتن بابو خود کو قصور وار نہیں مان سکے۔ منی لال بابو میں اگر کوئی خصوصیت ہوتی، یہاں تک کہ ان کی عادت و اطوار رتن بابو سے اگر ذرا بھی مختلف ہوتے، تو رتن بابو ان کو قتل کرنے کی بات نہیں سوچ سکتے تھے۔ رتن بابو کو یقین ہو گیا ہے کہ ایک ہی طرح کے دو آدمیوں کا ایک ساتھ زندہ رہنا کوئی معنی نہیں رکھتا۔ وہ وہ ہیں اور وہی رہیں گے، یہی کافی ہے۔ منی لال بابو اگر زندہ رہ کر بھی ان سے دور رہتے، جیسے کہ کچھ دن پہلے تک تھے، تو انھیں کوئی اعتراض نہ تھا، مگر اب اس جان پہچان کے بعد ایسا ہونا ناممکن ہے، اس لیے انھیں دور ہٹا دینا نہایت ضروری ہے۔

دونوں آدمی اوور برج پر پہنچ چکے تھے۔

"بڑی ہی اُمس ہے،" منی لال بابو نے کہا، "رات میں بارش ہو سکتی ہے۔ اور اس کا مطلب یہ کہ کل کڑاکے کی سردی پڑے گی۔"

اس بیچ رتن بابو نے ایک بار اپنی گھڑی کی طرف نگاہ ڈالی-چھ بجنے میں بارہ منٹ باقی ہیں۔ ریل ٹھیک وقت پر آتی جاتی ہے، اب دیر نہیں ہے۔ رتن بابو نے اپنی بے چینی کو چھپانے کے لیے جماہی لی اور کہا، "ابھی چار پانچ گھنٹے تک بارش ہونے کی کوئی امید نہیں ہے۔"

"سپاری کھائیں گے؟"

منی لال بابو نے جیب سے ٹین کی ایک گول ڈبیا نکالی اور اس کے ڈھکن کو کھول کر رتن بابو کی طرف بڑھائی۔ رتن بابو کی جیب میں بھی ایک ڈبیا میں سپاری تھی؛ اس ڈبیا کو جیب سے نکالے بغیر، اور اس کی بابت کچھ کہے بغیر، انھوں نے منی لال بابو کی ڈبیا سے

سپاری کا ایک ٹکڑا نکال کر منھ میں ڈال لیا۔

اور عین اسی وقت ریل کی آواز سنائی دی۔

منی لال بابو نے ریلنگ کے پاس جاکر گھڑی کی طرف دیکھا اور کہا، "سیون منٹ بی فور ٹائم۔"

مغرب کی طرف گھٹا چھائی ہونے کی وجہ سے آج اور دنوں کی بہ نسبت اندھیرا ہے، اس لیے ہیڈ لائٹ کی روشنی زیادہ اجلی لگ رہی ہے۔ ریل اب بھی کافی دور ہے، اور ہاں، روشنی کا حجم جلدی جلدی بڑھتا جارہا ہے۔ لگاتار دیکھا جائے تو آنکھوں میں پانی بھر آئے۔

ایک آدمی سائیکل پر سوار ہو کر سڑک سے پل کی طرف آرہا ہے۔ بڑی مصیبت ہے یہ آدمی- یہاں رکنے والا ہے کیا؟

رتن بابو کا اندیشہ غلط ثابت ہوا۔ وہ آدمی ان لوگوں کے پاس سے ہوتا ہوا، آندھی کی طرح سائیکل چلاتا ہوا، مخالف سمت کے راستے پر شام کے اندھیرے میں گم ہو گیا۔ ریل گاڑی تیز رفتار سے چلی آرہی ہے۔ آنکھوں میں چکا چوند پیدا کرنے والی ہیڈ لائٹ میں فاصلے کا اندازہ کرنا مشکل ہے۔ اب کچھ ہی پلوں کے بعد اوور برج کانپنے لگے گا۔ ریل کی آواز سے کان کا پردہ پھٹا جارہا ہے۔

منی لال بابو ریلنگ پکڑ کر ریل کی طرف دیکھ رہے ہیں۔ ایک بار بجلی چمکی اور اس کے ساتھ ہی رتن بابو نے اپنی پوری طاقت لگا کر دونوں ہاتھوں سے منی لال بابو کی پشت پر ایک دھکا دیا۔ منی لال بابو کا جسم دو ہاتھ اونچی لکڑی کی ریلنگ کے اوپر سے ہوتا ہوا سیدھا ریل کی پٹریوں کی طرف چلا گیا۔ ٹھیک اسی وقت رتن بابو کو محسوس ہوا کہ اوور برج تھر تھرانے لگا ہے۔

آج رتن بابو نے ریل گزرنے کے منظر کو دیکھنے کا انتظار نہیں کیا۔ لکڑی کے برج کی طرح ہی ان کے اندر ایک تھر تھراہٹ شروع ہوگئی ہے۔ مغرب کی طرف گھٹا بہت آگے تک چلی آئی ہے اور بیچ بیچ میں بجلی چمک رہی ہے۔

رتن بابو نے شال کو اچھی طرح لپیٹ لیا اور ہوٹل کی طرف روانہ ہوگئے۔

بارش کے پہلے جھونکے کو نظر انداز کرنے کی ناکام کوشش میں رتن بابو نے باقی راستے کو دوڑتے دوڑتے طے کیا اور ہانپتے ہوئے ہوٹل پہنچے۔

اندر جاتے ہی انھیں شک ہوا۔

وہ کہاں آگئے! مہامایا ہوٹل کے سامنے ایسا مکان نہیں تھا۔ اس طرح کی میز، اس طرح کی کرسیوں کی سجاوٹ، دیوار پر اس طرح کی تصویر۔۔۔!

اِدھر اُدھر دیکھنے کے بعد اچانک ان کی نگاہ لکڑی کے ایک بورڈ پر گئی۔ باپ رے، ان سے کتنی بڑی غلطی ہوگئی ہے! وہ تو کالکا ہوٹل کے اندر آگئے ہیں۔ یہیں منی لال بابو ٹھہرے ہوئے تھے نا؟

بارش نے انھیں بھگو دیا کیا؟

کسی آدمی نے ان سے کچھ پوچھا۔ رتن بابو نے مڑ کر دیکھا، ایک آدمی ہے جس کے گھنگھرالے بال ہیں، بدن پر ہرے رنگ کی شال ہے۔ معلوم ہوتا ہے، اسی ہوٹل کا رہنے والا ہے۔ وہ ان کی طرف منھ کیے چائے کی پیالی لیے بیٹھا ہوا ہے۔ رتن بابو کے چہرے پر نگاہ پڑنے کے بعد اس نے ذرا گھبراہٹ کے ساتھ کہا، "سوری! غلطی ہوگئی۔ آپ پر اچانک نگاہ پڑی تو لگا، منی لال بابو ہیں۔"

اس سوال سے ان کے دل میں یہ شک پیدا ہوا کہ انھوں نے جو قتل کیا ہے، وہ ہر پہلو سے سوچ سمجھ کر اور پوری ہوشیاری برتتے ہوئے کیا ہے یا نہیں۔ وہ دونوں ایک ساتھ

نکلے تھے، بہت سے لوگوں نے ہو سکتا ہے دیکھا ہو، مگر دیکھنا ہی کیا، غور سے دیکھنا اہم ہے۔ جنھوں نے دیکھا ہو گا، انھیں کیا یہ بات یاد ہو گی؟ اور اگر یاد ہو بھی تو کیا ان پر شک کریں گے؟ ہاٹ سے نکلنے کے بعد جب وہ کھلے راستے پر آئے تھے انھیں کسی نے نہیں دیکھا تھا، یہ بات رتن بابو اچھی طرح جانتے ہیں۔ اور اس اوور برج پر پہنچنے کے بعد۔۔۔ اوہ، ہاں۔۔۔ اس سائیکل والے نے انھیں ضرور ہی دیکھا ہو گا۔ مگر تب گہرا اندھیرا اتر آیا تھا، اس طرح تیزی سے سائیکل چلاتے ہوے اس آدمی نے کیا ان کا چہرہ پہچان لیا ہو گا؟ اور پہچان کر یاد رکھا ہو گا؟ ناممکن بات ہے۔

رتن بابو نے اس موضوع پر جتنا زیادہ سوچا وہ اتنا زیادہ مطمئن ہو گئے۔ منی لال بابو کی لاش ضرور ہی بر آمد ہو گی۔ مگر اس کی وجہ سے رتن بابو پر شک ہو گا، معاملے پر غور کیا جائے گا، انھیں خونی مان کر پھانسی کی سزا دی جائے گی۔ ان باتوں پر رتن بابو کو قطعی یقین نہیں ہوا۔

باہر بارش ہوتے دیکھ کر رتن بابو نے کالکا ہوٹل میں بیٹھ کر ایک پیالی چائے پی۔ ساڑھے سات بجتے بجتے بارش تھم گئی۔ رتن بابو سیدھے مہامایا چلے آئے۔ کس طرح غلطی سے وہ دوسرے ہوٹل میں چلے گئے تھے، اس پر سوچتے ہی انھیں ہنسی آنے لگی۔

رات میں پیٹ بھر کھانا کھا کر رتن بابو بستر پر لیٹ گئے اور دیش رسالہ کھول کر آسٹریلیا کی جنگلی ذاتوں کے بارے میں ایک مضمون پڑھا۔ اس کے بعد بتی بجھا کر اطمینان کے ساتھ آنکھیں بند کر لیں۔ اب پھر وہ اکیلے ہیں اور ان کی طرح کوئی دوسرا نہیں ہے۔ ان کا کوئی ساتھی نہیں ہے اور نہ اس کی کوئی ضرورت ہی ہے۔ وہ اتنے عرصے سے جس طرح زندگی گزار رہے تھے، اسی طرح زندگی گزاریں گے۔ اس سے بڑھ کر آرام اور کیا ہو سکتا ہے؟

باہر پھر سے بارش ہونے لگی ہے۔ اس کے ساتھ بجلی کی چمک اور بادلوں کی گڑگڑاہٹ شروع ہوگئی ہے۔ مگر اس سے کوئی فرق نہیں پڑتا، کیونکہ رتن بابو کے خراٹے گونجنے لگے ہیں۔

دوسرے روز جب وہ چائے پی رہے تھے تو پنچانے پوچھا،''یہ لاٹھی کل ہاٹ میں خریدی ہے کیا بابو؟"

رتن بابو نے کہا،"ہاں۔"

"قیمت کتنی ہے؟"

رتن بابو نے اس کے دام بتائے۔ اس کے بعد اپنے لہجے کو عام اور فطری سا بنا کر کہا، "تم ہاٹ گئے تھے؟"

پنچانے ہنستے ہوے جواب دیا، "ہاں بابو، آپ کو بھی دیکھا تھا۔ آپ کی نگاہ مجھ پر نہیں پڑی تھی؟"

"نہیں۔"

اس کے بعد پنچا سے ان کی کوئی بات چیت نہیں ہوئی۔

چائے پی کر وہ ہوٹل سے باہر نکلے اور پیدل چلتے ہوے کالکا ہوٹل کے پاس آئے۔ کل کا وہی گھنگھرالے بالوں والا آدمی کچھ بنگالیوں کے ساتھ دروازے کی چوکھٹ پر کھڑا ہو کر بات چیت کر رہا تھا۔ منی لال بابو کا نام اور 'خودکشی' لفظ رتن بابو کو سنائی دیا۔ اچھی طرح سننے کی غرض سے وہ تھوڑا اور آگے بڑھ گئے۔ اتنا ہی نہیں، ایک سوال بھی پوچھ لیا۔

"کس نے خودکشی کرلی صاحب؟"

کل والے آدمی نے کہا، "کل آپ کو دیکھ کر جن آدمی کا مجھے گمان ہوا تھا، انھوں

نے ہی۔"

"خودکشی؟"

"لگتا تو یہی ہے۔ ریل گاڑی کے پاس لاش ملی ہے۔ ایک اوور برج ہے، ٹھیک اسی کے نیچے۔ لگتا ہے اوپر سے چھلانگ مار کر کود پڑے ہیں۔ وہ یوں بھی عجیب قسم کے تھے۔ کسی سے زیادہ بات چیت نہیں کرتے تھے۔ ہم اُن پر اکثر جملے بازی کیا کرتے تھے۔"

"لاش کہاں ہے؟"

"پولیس کے ذمے۔ آب وہوا بدلنے کے خیال سے آئے تھے۔ یہاں ان کا کوئی جاننے والا نہیں تھا۔ کلکتہ سے آئے تھے۔ اس سے زیادہ کچھ معلوم نہیں ہے۔"

رتن بابو نے ہمدردانہ انداز میں دوبار سر ہلا کر "چچ چچ" کی آواز نکالی اور اس کے بعد پھر سے چہل قدمی شروع کر دی۔

خودکشی۔۔۔ یعنی قتل کی بات کسی کے دماغ میں نہیں آئی ہے۔ ان کی تقدیر کتنی اچھی ہے! پھر قتل کرنا تو بہت ہی آسان کام ہے! لوگ اتنا ڈرتے کیوں ہیں؟

رتن بابو بہت ہلکا پن محسوس کرنے لگے۔ دو دنوں کے بعد وہ آج پھر اکیلے گھومنے کے لیے باہر جا سکیں گے، یہ بات سوچ کر انھیں بہت خوشی ہوئی۔

کل منی لال بابو کو دھکا دیتے وقت رتن بابو کا ایک بٹن ٹوٹ کر گر گیا تھا۔ درزی کی دکان پر جا کر انھوں نے اسے ٹکوا لیا۔ اس کے بعد منیہاری کی دکان پر جا کر نیم کا ٹوتھ پیسٹ خریدا۔ نہیں خریدتے تو کل صبح دانت صاف نہ کر پاتے۔ ابھی جو ٹوتھ پیسٹ ان کے پاس ہے، دبتے دبتے وہ چپٹا ہو کر آخری حالت میں پہنچ چکا ہے۔

دکان سے نکل کر کچھ دور جاتے ہی انھیں ایک مکان سے کیرتن کی آواز سنائی دی۔ رتن بابو تھوڑی دیر تک رک کر کیرتن سنتے رہے۔ اس کے بعد شہر کے باہر کی ایک نئی

سڑک کو پکڑ کر ایک آدھ میل کا چکر کاٹتے رہے۔ اس کے بعد گیارہ بجے ہوٹل لوٹ کر نہائے دھوئے اور کھانا کھایا۔ کھانا کھانے کے بعد قیلولہ کرنے کی کوشش کرنے لگے۔

اور دنوں کی طرح تین بجے ان کی آنکھ کھلی اور آنکھ کھلتے ہی رتن بابو کو لگا کہ ان کا دل چاہ رہا ہے کہ آج شام ایک بار پھر اوور برج کی طرف گھومنے جائیں۔ کل تو وہ، ظاہر ہے کہ بہر حال ریل کے نظارے کا لطف نہ اٹھا سکے تھے۔ آسمان سے بادل چھٹے نہیں تھے مگر اس میں حرج ہی کیا ہے۔ آج بارش کی کوئی امید نہیں ہے۔ آج وہ ریل کو آنے سے لے کر جانے کے وقت تک دیکھتے رہیں گے۔

پانچ بجے رتن بابو چائے پی کر نیچے آئے۔ سامنے ہی منیجر شمبھو بابو بیٹھے ہوئے ملے۔ رتن بابو پر نظر پڑتے ہی بولے، "کل جس آدمی کی موت ہوئی اس سے آپ واقف تھے؟"

شروع میں بغیر کچھ بولے رتن بابو نے چونکنے کی اداکاری کرتے ہوئے شمبھو بابو کی طرف دیکھا، اس کے بعد پوچھا، "کیوں، بات کیا ہے؟"

"نہیں، وہ۔۔۔ یعنی، پنچا نے بتایا کہ ہاٹ میں اس نے آپ دونوں کو ایک ہی ساتھ دیکھا تھا۔"

رتن بابو نے ذرا مسکرا کر پر سکون لہجے میں جواب دیا، "یہاں میری کسی سے واقفیت نہیں ہے۔ ہاٹ میں البتہ دو چار آدمیوں سے گفتگو ضرور ہوئی تھی، مگر کس آدمی کی موت ہوئی ہے، اس بات کا مجھے علم نہیں۔"

"اوہ!" شمبھو بابو ہنس پڑے۔ "بڑا ہی دلچسپ آدمی تھا۔ آپ کی طرح ہی آب وہوا بدلنے کے خیال سے یہاں آیا تھا۔ کالکا ہوٹل میں ٹھہرا ہوا تھا۔"

"اوہ، یہ بات ہے!"

اس کے بعد رتن بابو بغیر کچھ کہے باہر نکل آئے۔ تقریباً دو میل راستہ طے کرنا ہے، اب دیر کرنے سے ریل نہیں دیکھ پائیں گے۔

راستے میں کسی نے ان پر مشکوک نگاہ نہیں ڈالی۔ کل جن چھوکروں کا جمگھٹ لگا تھا، آج ان میں سے وہاں کوئی نہیں تھا۔ "مانک مکتا کی جوڑی" والی بات رتن بابو کو اچھی نہیں لگی تھی۔ وہ لڑکے کہاں چلے گئے؟ رتن بابو کو ڈھول کی آواز سنائی دے رہی ہے۔ لڑکے ضرور ہی وہیں گئے ہوں گے۔ رتن بابو اطمینان کے ساتھ آگے بڑھتے گئے۔

کھلے میدان کے بیچ کے راستے پر آج وہ اکیلے ہی ہیں۔ منی لال بابو سے جان پہچان ہونے کے پہلے بھی وہ اطمینان سے رہتے تھے، لیکن آج وہ جتنا ہلکا پن محسوس کر رہے ہیں، اس کے پہلے کبھی اتنا ہلکا پن محسوس نہیں کیا تھا۔

وہ ببول کا پیڑ نظر آ رہا ہے۔ اس کو پار کرنے کے بعد کچھ منٹوں تک چلنا پڑے گا اور تب اوور برج ملے گا۔ آسمان میں چاروں طرف گھٹا چھائی ہے۔ ہاں گھٹا کا رنگ گہرا کالا نہیں، بلکہ سلیٹی ہے۔ ہوا نہیں ہے، اس لیے تمام بادل ایک جگہ ٹھہر گئے ہیں۔

اوور برج پر نگاہ پڑتے ہی رتن بابو کا دل خوشی سے ناچ اٹھا۔ وہ لمبے لمبے قدم اٹھانے لگے، کہا نہیں جا سکتا، ریل کہیں وقت سے پہلے نہ آجائے! سر کے اوپر سے بگلوں کا ایک غول اڑ کر چلا گیا۔ پتا نہیں بدیسی بگلے ہیں یا اسی دیس کے۔

پل پر کھڑے ہونے کے بعد رتن بابو کو شام کے سناٹے کا بھرپور احساس ہوا۔ خوب ہوشیاری سے، غور سے سننے پر ہی ڈھول کی ہلکی کی سی آواز سنائی دیتی ہے۔ اس کے علاوہ کوئی دوسری آواز نہیں ہے۔

رتن بابو ریلنگ کے پاس جا کر کھڑے ہو گئے۔ دور سگنل دکھائی دے رہا ہے اور اس سے بھی دور اسٹیشن ریلنگ کے نچلے حصے میں لکڑی کی دراڑ میں کوئی چیز چمک رہی ہے۔

رتن بابو نے جھک کر اس چیز کو اٹھایا۔ وہ ایک گول ٹین کی ڈبیا ہے۔ اس کے اندر الائچی اور سپاری ہے۔ رتن بابو نے تھوڑا مسکرا کر اسے پل کے نیچے ریلوے لائن پر پھینک دیا۔ ٹھن سے آواز ہوئی۔ پتا نہیں سپاری کی یہ ڈبیا وہاں کتنے دنوں تک پڑی رہے گی۔

یہ کس چیز کی روشنی ہے؟

ریل آرہی ہے۔ ابھی آواز نہیں سنائی دے رہی ہے، مگر روشنی آگے بڑھتی ہوئی آرہی ہے۔

رتن بابو حیران ہو کر روشنی دیکھنے لگے۔ اچانک ہوا کا ایک تیز جھونکا آتا ہے اور ان کے شانے پر سے شال نیچے گر جاتی ہے۔ رتن بابو اسے پھر بدن سے لپیٹ لیتے ہیں۔

اب ریل کی آواز سنائی دے رہی ہے اور اس کے ساتھ ساتھ بادلوں کی گڑ گڑاہٹ۔ اب ریل کی طرف سے آنکھیں ہٹانا مشکل ہے، پھر بھی انھوں نے اپنے آس پاس نظر ڈالی۔ کہیں کوئی نہیں ہے۔ کل کے مقابلے میں آج اندھیرا کم ہے، اس لیے دیکھنے میں کوئی دقت نہیں ہو رہی ہے۔ تیز رفتار سے آتی ہوئی اس لمبی چوڑی ریل اور رتن بابو کے علاوہ ایک آدھ میل کے دائرے میں شاید اور کوئی نہیں ہے۔

ابھی ریل ایک سو گز کے بیچ ہی ہوگی۔ رتن بابو ریلنگ کی طرف تھوڑا اور بڑھ گئے۔ پہلے کے زمانے کا بھاپ کا انجن ہوتا تو اتنا آگے بڑھنا مشکل ہوتا، آنکھ اور منھ میں کوئلے کا دھواں بھر جاتا۔ یہ ڈیزل ٹرین ہے، اس لیے اس سے دھواں نہیں نکلتا۔ بس، چھاتی کو دہلا دینے والی گمبھیر سی آواز ہے اور آنکھوں میں چکاچوند پیدا کرنے والی ہیڈ لائٹ۔

اب ریل برج کے نیچے آچکی ہے۔

رتن بابو کہنیوں کے بل سامنے کی طرف جھک گئے۔ اور ٹھیک اسی لمحے پیچھے سے

دو ہاتھوں نے ان کی پشت کو زور سے ڈھکیل دیا۔

رتن بابو اس دھکے کو برداشت نہیں کر سکے، کیونکہ ریلنگ صرف دو ہاتھ ہی اونچی تھی۔

میل ٹرین آواز کرتی، پل کو ہلاتی اور دہلاتی، مغرب کی جانب، جہاں کے آسمان کا رنگ اب سُرخی مائل ہو چکا تھا، چلی گئی۔

رتن بابو اب پل پر نہیں ہیں، مگر ان کی نشانی بطور ایک چیز اب بھی ریلنگ کی لکڑی کی درار میں اٹکی ہوئی ہے۔ اور وہ ہے سپاری اور الائچی سے بھری ہوئی المونیم کی ایک ڈبیا۔

Ref.: penslipsmagazine.com

***

لپ سٹک

سبین علی

گرمیوں کے طویل دن تھے اور لو ایسی چلتی کہ چمڑی بھی جھلس جائے۔ سکولوں کالجوں میں گرمیوں کی چھٹیاں تھیں اور بچوں کی موج مستیاں عروج پر۔ اچھل کود اور درختوں پر چڑھنا تو معمول کی بات تھی، صابرہ جو پانچ بھائیوں کی اکلوتی بہن ہونے کی وجہ سے، ایک تو لاڈلی کچھ زیادہ ہی تھی دوسرے حرکتیں بھی لڑکوں والی ہی اپنالی تھیں، ایک دن درخت سے گری تو پاؤں میں گہری چوٹ لگ گئی، کوشش کی کہ اماں سے چھپا لے مگر کیا کرتی درد اتنا شدید تھا کہ ٹانگ بھی ہلائی نہ جارہی تھی۔ کچھ ہی دیر میں پاؤں میں سرخی کے ساتھ سوجن بڑھ گئی، سب بھائی بھاگے اماں کو بلا لائے۔ ماں نے گود میں اٹھا کر بستر پر لٹایا اور ابا کو بلا بھیجا جب تک ابا آئے، صابرہ نے رو رو کر برا حال کر لیا تھا، سب گھر والے الگ پریشان کہ اب کیا کریں ایک پڑوسی نے مشورہ دیا کہ شہر لے جا کر ڈاکٹر سے پلستر چڑھوالو۔ صابرہ کی پاؤں کی ہڈی ٹوٹ گی ہے۔ کسی دوسرے نے مشورہ دیا کہ نا بابا نا ایک تو اتنی گرمی اور لو، اب اگر پلستر کروایا تو ماس گل جائے گا۔ آخر کافی بحث کے بعد یہ طے پایا کہ صابرہ کے پاؤں کی ہڈی ساتھ والے گاؤں کے پہلوان سے چڑھائی جائے گی۔ ذرا شام ہوئی تو ابا صابرہ کو لے کر پہلوان کے پاس چلے گئے کہ ہڈی چڑھائی جا سکے۔ پہلوان کے آباء واجداد پشتوں سے یہی کام کر رہے تھے، سب کو پورا بھروسہ تھا کہ صابرہ آٹھ دس

دن میں بھلی چنگی ہو جائے گی۔ پہلوان نے لال رنگ کا تیز چبھنے والا تیل لگا کر جب مالش کی اور کھینچ کر ہڈی کو برابر کیا تو صابرہ کی اتنی چیخیں نکلیں کہ وہ نڈھال ہو گئی۔ ابا نے جلدی سے شربت کی بوتل منہ سے لگائی صابرہ کا دھیان بٹایا کہ پاؤں پر پٹیاں آرام سے لگ جائیں۔ لکڑی کے فٹے اوپر نیچے رکھ کر صاف پٹیاں باندھ دی گئیں اور صابرہ کی تکلیف میں کچھ کمی ہوئی۔ کوئی دس دن بعد پٹی کھلنی تھی۔ صابرہ نے دس دن بستر پر ہی گزارے اور خوشی خوشی ابا کے ساتھ پٹی کھلوانے گئی۔ پٹی تو کھل گئی مگر صابرہ نے جب پاؤں پر چلنا چاہا تو چال میں لنگ تھا۔ پہلوان نے مالش کا تیل ساتھ دیا اور کہا کہ گرم نمک کی ٹکور اور اس تیل کی مالش سے چند دنوں میں لنگ جاتا رہے گا۔

اس کی ماں کہتی تھی کہ ہونی کو کون ٹال سکتا ہے؟ صابرہ کے مقدر میں لنگ کا دکھ لکھا تھا۔ ہزار حیلے کرنے کے باوجود لنگ کم تو ہو گیا مگر ختم نہ ہوا۔ اب گرمی، لو یا پہلوان کسی کو دوش دینے کا کوئی فائدہ ہی نہیں تھا یہ سوچ کر صابرہ نے بھی صبر کر لیا۔ اس چوٹ نے صابرہ کی زندگی ہی بدل دی، اگرچہ وہ اپنے ماں باپ کے علاوہ پانچوں بھائیوں کی آنکھ کا تارہ تھی مگر وہ شوخیاں باقی نہ رہیں تھیں۔ کھیل کود تو اسی دن چھوٹ گیا تھا آٹھویں کے بعد سکول بھی چھوڑ دیا کیوں کہ گاؤں میں لڑکیوں کا سکول آٹھویں تک ہی تھا۔ شہر جا کر پڑھنے کی ہمت اس لیے بھی نہ ہوئی کہ صابرہ کو کونسا پڑھ لکھ کر نوکری کرنا تھا۔ بچپن میں ہی دور رشتے کے تایا کے گھر نسبت طے تھی۔ تایا کا ایک ہی بیٹا تھا جسے تائی صرف دو سال کی عمر میں بلکتا چھوڑ کر چل بسی تھی۔ تایا نے سوتیلی ماں کے ظلم کے ڈر سے دوسری شادی نہیں کی اور اپنی بھری جوانی بھی اکیلے گزار دی تھی۔

ان سب باتوں سے قطع نظر صابرہ کے وہی خواب تھے، وہی امنگیں۔ سکول چھوٹا تو فارغ وقت میں خواتین کے ڈائجسٹ پڑھ کر وقت گزاری کرتی اور کبھی سلائی کڑھائی،

کھانا پکانا۔ سلائی سے صابرہ کو بہت چڑ تھی صاف انکار کر دیتی، مگر کھانا پکانا سیکھانے سے ماں نے جان نہ چھوڑی۔ ماں کہتی ارے بیٹی تو پرایا دھن ہے اگلے گھر بھی سدھارنا ہے۔ نہ ساس نہ نند ارے تو تو بڑی قسمت والی ہے، آگے کوئی جھنجھٹ نہیں۔ مگر جاتے ہی گھر تجھ کو سنبھالنا ہے۔ وہاں کوئی تجھے سکھانے والا نہیں ہے، جو سیکھنا ہے ابھی سیکھ۔

یہی بات اکثر صابرہ کی سہیلیاں بھی کرتیں اور اس کی قسمت پر رشک کرتیں کہ نہ ساس نہ نند۔ بس صابرہ ہو گی اور اس کا راج ہو گا۔

صابرہ کے تایا اور ہونے والے سسر غلام حسین زمیندارہ کرتے تھے۔ اور ملتان راجن پور میں آموں کے باغات تھے، کھیتوں میں تربوز اور خربوزے کی کی کاشت کرواتے، اللہ نے روزی میں خوب برکت دی تھی، کئی مزارعے تھے مگر ہر کام اپنی نگرانی میں کروانا ان کا شیوہ تھا۔ دوسری شادی نہیں کی تھی لہٰذا غلام حسین اور اس کے بیٹے احمد علی کی زندگی ڈیروں اور باغوں میں ہی بسر ہوئی تھی، مہینوں شہر کا رخ نہ کرتے۔ مگر عید شبرات اور دیگر تہوار لازما اپنے رشتہ داروں کے ساتھ ہی گزارتے۔ اکثر رشتہ دار اب فیصل آباد شہر میں آن بسے تھے اور شہر کے ایک اچھے علاقے میں غلام حسین نے ایک کنال کا پلاٹ بھی لے رکھا تھا، بس انتظار اس بات کا تھا کہ کب بیٹا جوان ہو اور کب اس کے سر پر سہرا سجائے۔ بن ماں کے اولاد کی پرورش کوئی آسان نہیں ہوتی، اور پھر اپنی ہمسفر کی جدائی کا داغ بھی بھر گہرا تھا ان باتوں نے غلام حسین کے دل میں بردباری، نرمی اور رحم دلی کی صفات پیدا کر دی تھیں۔

ادھر احمد علی نے بیس کا سن گزارا ادھر غلام حسین نے شہر میں مکان کی تعمیر شروع کر دی، اپنی اکلوتی اور لاڈلی بہو کو وہ گاؤں میں نہیں بسانا چاہتا تھا۔ مکان تو بن گیا مگر عورت کے بغیر مکان کبھی گھر نہیں بنتا۔ اس لیے اب غلام حسین نے سمدھیوں کے گھر کی دہلیز

پکڑلی کہ تاریخ دیں، اب کے برس بیٹے کی برات لے کر ہی آئے گا۔

شادی کی تاریخ طے ہوئی، صابرہ کی ماں کی پیٹیاں اور ٹرنک کھل گئے۔ اس کے ابا نے پرانے شیشم کے درخت کٹوا کر فرنیچر بننے دیا تو ماں نے دو دو پیٹیاں رضائیوں بستروں سے بھر دیں۔

دوسری طرف کی تیاری بھی عروج پر تھی غلام حسین نے مردوں والے سب کام، گھر کی تزئین رنگ روغن کروا دیا تھا، مگر بری بنانے کے لیے سمجھ نہ آئی۔ اپنی سب سے چھوٹی بھاوج ثمینہ کو جو وہیں شہر میں ایک کالج میں ملازمت کرتی تھی بری کے لیے خریداری کا کہا۔ چھوٹی بھاوج نے بری کی تیاری شروع کی، درزیوں کو سوٹ سلنے گئے۔ جوتی کا ناپ منگوایا گیا اور آخر پر میک آپ کی خریداری کا مرحلہ آیا۔

دلہن کا رنگ ڈھنگ کیسا ہے کونسا شیڈ جچے کا کوئی اندازہ نہیں تھا، بس جو رواج تھا سب خرید لیا گیا، پرفیوم نیل پالش، فیس پوڈر بلش ان کاجل مسکارہ۔ لپ سٹک خریدتے وقت ثمینہ کو سمجھ نہ آئی کہ کون سے شیڈ لے۔ تین لپ سٹک میڈورہ کی لے چکی تو جانے دل میں کیا آیا کہ دو ریولون کے شیڈ بھی لے لیے ایک ٹیرا کوٹا اور ایک ریڈ رمل۔

آخر وہ دن بھی آ ہی گیا جب صابرہ بیاہ کر آ گئی، گھر میں خوشیوں کے شادیانے تھے چراغاں تھا۔ شادی میں شریک ہر شخص خوش تھا صابرہ کے دل میں ہزاروں امنگیں تھیں، شادی گھر اور صرف اس کا اپنا راج یہ خیال ہی اس کو سرشار کیے ہوئے تھا۔ جب مقلاوے سے واپس آئی تو سب مہمان رخصت ہو چکے تھے۔ ڈریسنگ ٹیبل کے سامنے کھڑی ہو کر خود پر نظر ڈالی اور بیوٹی باکس کا پہلی بار دھیان سے جائزہ لینے لگی۔ اس کے دل میں ایک عجیب سی خوشی کا احساس پیدا ہوا۔ صابرہ کو ایسا محسوس ہو رہا تھا جیسے وہ دنیا کی حسین ترین عورت ہو۔ چاہے جانے اور سراہے جانے کی ایک فطری خواہش نے دل میں انگڑائی لی

تھی۔ پہلی بار آئینہ اس سے گفتگو کرنے لگا تھا اس کے ہونٹوں پر ادھ کھلی کلیوں جیسی مسکان کھلنے لگی تھی جیسے اس کے ہاتھوں پر محض مہندی نہ رچی ہو بلکہ بہار کی آمد کا اعلان کرتی ہوئی مہک ہو۔

، مگر دوسری جانب احمد علی کا موڈ شادی کے اگلے دن سے ہی سپاٹ سا تھا اور کسی نے خاطر خواہ دھیان نہیں دیا۔ جب اس نے میک اپ کیا اور ریڈ رمل کی لپ سٹک لگائی تو جانے کیوں احمد علی آگ بگولہ ہو گیا، کہنے لگا میں نے شادی کی رات کی بتادیا تھا کہ مجھے یہ چونچلے نہیں پسند۔ صابرہ رسانیت سے بولی اچھا ابھی تو کوئی اور نہیں گھر میں آپ کے سوا، ابھی نئ نویلی دلہن ہوں یہ دیکھیے کتنی پیاری لپ سٹک ہے۔ میں کسی لگ رہی ہوں ؟ علی احمد نے دونوں شیڈ کی لپ سٹک اس کے ہاتھ سے چھینیں اور زور سے زمین پر پٹخ دیں۔ ایک لپ سٹک سٹور میں دور کہیں پیٹی کے نیچے گھسی اور نظروں سے اوجھل ہوگئی۔ صابرہ کے دل کے ساتھ ساتھ پاؤں میں بھی شدید ٹیس اٹھی۔ علی احمد کی ناراضی کے پیچھے پہلی بار اپنے لنگ کا احساس اس شدت سے ہوا تھا کہ ہڈی چڑھواتے بھی اتنی تکلیف نہ ہوئی تھی۔ ریڈ رمل کی لپ سٹک فرش پر کتنی دیر گھومنے کے بعد ڈریسنگ ٹیبل کے نیچے ٹوٹی پڑی تھی۔

خود آگاہی کا لمحہ بہت تکلیف دہ ہوتا ہے۔ یہ تکلیف دہ لمحہ کبھی کبھی پتھر کو بھی پارس بنانے کا فن سکھا جاتا ہے مگر اس وقت صابرہ تو محض پتھر بنی سب دیکھ رہی تھی ایسا جمود طاری ہوا کہ گویا ہر سوال سے محروم ہو گئی ہو۔ مگر آگاہی کے اس لمحے میں یہ جان گئی تھی کہ شادی شدہ زندگی کیا ہے اور یہ ادراک بھی ہوا کہ اسے اپنے مسائل اسے خود حل کرنے ہیں، یہاں اس کے پانچ بھائی یا ماں باپ نہیں تھے جو اسے ہتھیلی کا چھالا بنا کر رکھیں گے۔ کہاں سسر کو بات بتانی ہے اور کہاں خاموش رہنا ہے، کونسا مسلہ کیسے حل کرنا ہے ؟

یہ سب ایک وجدان کی طرح اس پر اترے۔ مگر اس دن کے بعد سے اس کے ہونٹ ہمیشہ کے لیے لپ سٹک اور معصوم ہنسی سے محروم ہو گئے تھے۔

اگلے دن جب گھر کی صفائی کرنے لگی تو اس کے پسندیدہ رسالے اور ڈائجسٹ پلنگ کے نیچے پھٹے ہوئے اس کا منھ چڑا رہے تھے۔

کچھ دنوں بعد غلام حسین بیٹے اور بہو کو چھوڑ کر راجن پور روانہ ہو گیا، علی احمد جانے کہاں نکل جاتا اور صابرہ گھر میں اکیلی پڑی رہتی۔ کیا پکانا ہے کیا پہننا ہے یہ سب اس نے شوہر پر چھوڑ دیا تھا جو مل جاتا صبر شکر کر کے لے لیتی۔ اکثر خاموش رہتی اور اپنی ہستی کی گرہیں کھولنے کی کوشش کرتی۔ غلام حسین نے ایک دم سے سارے گھر کی ذمہ داری بیٹے پر ڈال دی تھی اور خود دوبارہ سے زمینوں اور ڈیروں میں ہی بسیرا کر لیا تھا۔ شاید اپنے بیٹے کو ذمہ داری اور گھر گھرہستی سکھانے کا اس سے اچھا طریقہ اس کے ذہن میں نہیں تھا۔ علی احمد نے شہر میں ہی اپنا کاروبار شروع کیا اور دو تین سالوں کی محنت سے اپنے پاؤں جمانے میں کامیاب ہو گیا۔

صابرہ کے ہاں پہلے بیٹی پیدا ہوئی اور اگلے ہی سال بیٹا پھر ہر سال گھر میں ایک نیا وجود آن موجود ہوتا۔ کبھی کبھی اسے لگتا کہ اس کی زندگی پر ایک جمود طاری ہے اور وہ برف کی ایک مورتی کی طرح قطب شمالی کے کسی کونے میں پڑی دھوپ نکلنے کا انتظار کر رہی ہے۔ اس کی چچی کہا کرتی تھی کہ شوہر سے ذہنی ہم آہنگی نہ ہو تب بھی بچے تو آہی جاتے ہیں بلکہ کچھ زیادہ ہی آتے ہیں زن و شو کا تعلق ایک الگ چیز ہے اور دل میں جگہ بنا لینا الگ۔ اگر اس تعلق میں محبت و مودت کی چاشنی شامل ہو تو کیا ہی کہنے۔ اور اگر روکھا پن آجائے تو یہ جمود طاری کر دیتا ہے۔ جھاڑن پکڑ کر گھر کی گرد صاف کرنا بہت آسان ہوتا ہے مگر اپنے وجود پر جمی گرد جھاڑنا آسان مرحلہ نہیں ہوتا۔ لگاتار چار بیٹیوں کی

پیدائش سے علی احمد کچھ دلگرفتہ تھا تو وہیں غلام حسین بے حد خوش کہ اس کا آنگن چھکاروں سے بھر گیا تھا مدتوں تپتے صحراؤں میں سفر کرتے کرتے یہ گھر اسے گھنا سایہ دار شجر لگتا۔ صابرہ پر پہ در پہ اتنی ذمہ داریاں پڑی تھیں کہ دو دو سال میکے جانے کا وقت بھی نہ ملتا۔

وہ اپنے لنگ کی خامی سے واقف تھی اور اپنے اندر کوئی مزید کمزوری پیدا ہونے نہیں دینا چاہتی تھی۔ چھ بچوں کی پیدائش کے بعد بھی اس نے اپنا وزن بڑھنے نہیں دیا تھا۔ میک آپ سے محرومی کے باوجود صاف شفاف رنگت، متناسب بدن کے ساتھ وہ اپنے لباس کا بھی خیال رکھتی، شوہر سے چھپا کر کہیں نہ کہیں سے میگزین اور ڈائجسٹ منگوا ہی لیتی، نت نئے فیشن کی اندھا دھند تقلید تو نہیں کرتی تھی مگر وقت اور رواج کے مطابق کپڑے سلواتی۔ کچھ ان میگزینز سے سیکھتی تو کچھ لوگوں کو دیکھ کر۔ انسان سکول کے نصاب سے اتنا نہیں سیکھتا جتنا ایک انسان کو پڑھ کر سیکھتا ہے۔ کوئی دیکھ کر یہ اندازہ نہیں کر سکتا تھا کہ صابرہ آٹھویں پاس اور گاؤں میں پلی بڑھی ہے۔ چھوٹی موٹی باتوں پر شوہر آگ بگولہ ہو جاتا اور وہ بہت سکون سے یہ سب دیکھتی مگر اپنے حواس پر طاری نہ کرتی۔ سسر سے کبھی ان باتوں کی شکایت نہیں کی تھی۔ ایک اندرونی احساس اس کی رہنمائی کرتا کہ کب اپنے اختیارات استعمال کرنا ہیں اور کب چپ سادھنا بہتر رہے گا۔ کہاں شوہر کی ڈوریاں کھینچنی ہیں، کب، کہاں اور کتنی ڈھیل دینی ہے۔

علی احمد بھی آخر ایک مرد تھا اور مرد شاذ و نادر ہی ایک عورت پر مطمئن ہوتا ہے۔ اپنی فطرت سے مجبور ہو کر اس نے کالونی میں نئے آ بسنے والے ایک گھرانے کی لڑکی میں دلچسپی لینا شروع کی، یہ لوگ بطور کرایہ دار یہاں رہ رہے تھے اور قدرے آزاد خیال تھے۔ صابرہ نے اسے اپنی طرف سے ایک لفظ بھی نہ کہا، خاموش تماشائی بنی سب دیکھتی

رہی علی احمد سمجھتا کہ گاؤں کی بدھو عورت کو کیا پتا فون پر کس سے بات کر رہا ہے اور کس سے معاشقہ لڑ رہا ہے مگر اسے عورت کی حسیات کا درست طور پر اندازہ ہی نہیں تھا۔ تین مہینوں بعد جب غلام حسین گھر آیا تو بہو نے بہت طریقے سے ساری کہانی سسر کے گوش گزار کر دی، بہو کی پہلی شکایت تھی، اگرچہ غلام حسین کو اپنے بیٹے کے جارحانہ رویوں کا بخوبی علم تھا مگر اس سے قبل صابرہ نے شوہر کی کسی بھی بدسلوکی کا شکوہ تک نہیں کیا تھا۔ چند مہینوں بعد ہی وہ لوگ اس کالونی کو چھوڑ کر کہیں اور منتقل ہو گئے۔ تب تک غلام حسین نے آموں کے باغات کا رخ بھی نہیں کیا۔

علی احمد کا کئی بار دل چاہتا کہ اس کی ازدواجی زندگی کا یہ جمود ختم ہو مگر کبھی بھی کھل کر صابرہ سے کہہ نہ پایا۔ صابرہ نے بھی گویا قسم اٹھا رکھی تھی کہ کسی تقریب پر بھی بناؤ سنگھار نہیں کرے گی۔ کئی بار وہ سوچتا کہ اپنے رویے میں پہلے ہی تبدیلی لے آتا تو اچھا تھا مگر اس سوچ کو عملی جامہ پہنانے میں انا آڑے آجاتی۔

بہت ہی غیر محسوس طریقے سے صابرہ سب سے اہم ہستی بنتی چلی گی۔ غلام حسین کے باغات کی ساری آمدن اب صابرہ کے ہاتھ میں دھری جاتی۔ احمد علی کو اس نے کبھی اتنی ڈھیل نہیں دی تھی کہ باپ کی کمائی پر عیش کرتا پھرے۔ صابرہ نے اپنی پانچوں بیٹیوں کو کبھی اپنی کمزوری نہیں سمجھا تھا بلکہ انہیں اپنی مضبوطی میں بدل دیا۔ اولاد کی اچھی تعلیم و تربیت کے ساتھ ساتھ وہ نئے دور کے تقاضوں سے کبھی بے بہرہ نہیں رہی اور خود کو اور اپنی بیٹیوں کو روایات کی پابندی کے باوجود وقت کے قدم سے قدم ملا کر چلنا سکھایا۔ اولاد جوان ہو رہی تھی بیٹا ماں کا فرمانبردار تھا تو بیٹیاں کسی بات سے انکار نہ کرتیں۔ صابرہ نے انہیں ذمہ داری کے ساتھ مناسب آزادی بھی دی تھی۔

صابرہ نے بڑی لڑکی کی نسبت طے کر دی تھی اور اُس عید پر ان کا سمدھیانہ اپنی بہو

کی عیدی لے کر آیا۔ جس میں دیگر تحائف کے علاوہ اس کے داماد نے اپنی منگیتر کے لیے باڈی شاپ کی کا سمیٹیکس کا بیگ بھی بھیجا تھا۔ علی احمد کسی کام سے اپنی بیٹی کے کمرے کی طرف گیا۔ وہاں وہ اپنے تحائف کھولے بیٹھی تھی۔ لپ اسٹک اور کلر نگز کے اتنے سارے شیڈز دیکھ کر وہ پھولی نہیں سما رہی تھی۔ چھوٹی بہنیں بھی باری باری سب شیڈ لگا کر آزما رہی تھیں۔ ان کے چہرے پر کچھ عجیب اور کچھ مانوس سی مسرت رقصاں تھی۔ یہ دیکھ کر علی احمد چپ چاپ دروازے میں سے ہی لوٹ آیا۔

کتنے دن گزر گئے، علی احمد روزانہ سٹور میں جا کر اور کبھی اپنے کمرے میں موجود ڈریسنگ ٹیبل کے نیچے کچھ ڈھونڈ تا رہتا تھا۔ ایک معصوم سی ہنسی، چھوٹی سی ایک خوشی کہیں نظر نہ آتی۔ اس کے کانوں میں جلترنگ سے بجتے اور کبھی بے ہنگم شور کان پھاڑنے لگتا۔

ایک دن پیچھے مڑ کر دیکھا تو صابرہ شگفتہ چہرے کے ساتھ لپ سٹک سے محروم ہاتھ باندھے کھڑی تھی اور اس کے ہونٹوں پر بہت مبہم، بہت گہرا اور غیر محسوس سا تبسم تھا۔

Ref.: penslipsmagazine.com

***

مفت خورا

منزہ احتشام گوندل

پچھلے چار مہینوں میں چالیس مرتبہ وہ یہ سن چکا تھا۔ جیسے ہی صبح سویرے بابے شیرے کی آنکھ کھلتی، نماز اور تلاوت سے فارغ ہونے کے بعد وہ اپنی بھٹی سلگانے کی چنتا میں جُت جاتا۔ اس دوران بابے کے بیٹے اور بہوئیں بھی جاگ چکی ہوتیں، مگر وہ لمبی تانے سویا ہوتا۔ لوہاروں کے اس سحر خیز گھرانے میں اس کا مراثیوں کی طرح (بقول اس کی نانی کے) دوپہر تک سوئے رہنا پسند تو کسی کو بھی نہیں تھا مگر یوں کھُل کے اُس کی اِس بد عادت پہ تنقید کرنے کی مجال بھی کسی میں نہ تھی۔ کیونکہ وہ اِس گھر کی اکلوتی بیٹی کا اکلوتا پُوت تھا۔ مگر بابے شیرے کی زبان پہ گرہ کون باندھتا جو اسے یوں سوتا دیکھ کے اسے ہڈ حرام، مفت خور کے اعزازی کلمات سے نوازا کرتا۔ ہڈ حرام لفظ کو تو وہ بڑی سہولت سے برداشت کر جاتا مگر مفت خور لفظ کو ابھی تک اس کا دماغ ہضم نہ کر سکا تھا۔

اوئے ہڈ حرام، مفت خورے! اب اٹھ بھی جا، کوئی کام بھی کر لیا کر۔۔۔ انہی جملوں کی تسبیح کرتے بابا شیر احقا تھامے اس کے پاس سے گزر کے اپنی بھٹی کی طرف چلا تو طافو کو پہلی بار اپنے نانا پہ بے تحاشا تاؤ آیا۔ آنکھ تو کھل ہی گئی تھی ساتھ دِل بھی کڑواند سے بھر گیا۔ ایلمنٹری کے امتحانوں سے فراغت کے بعد وہ چھٹیاں گذارنے ننھیال آیا تھا اور یہیں کا ہو رہا۔ ماں دو ہفتے بعد ایک آدھ خط لکھ کے کراچی سے بھجوا دیتی، مگر اسے ننھیال کے

اس چھوٹے سے گاؤں کی ٹھنڈی چھاؤں اور ٹھنڈے پانی سے بھری کھالوں سے محبت ہو چلی تھی۔ بے شک بابا شیرا اسے ہر دوسری تیسری صبح کھری کھری سناتا تھا مگر آخر تھا تو اس کا نانا، بابا بھی کیا کرتا، گھر میں ڈھیر سارے چھوٹے بڑے جیو تھے۔ کمانے والے ہاتھ کم تھے کھانے والے منہ زیادہ، وہ خود ستر برس کی عمر میں دھمی ویلے جا کے بھٹی سلگاتا اور سارا دن جمور میں پکڑے سرخ لوہے پہ ودان کی ضربوں کی آہٹیں سہتا۔ ایسے میں جوان ہوتے ہٹے کٹے نواسے کی فراغت اسے بُری طرح چبھتی تھی۔ طافو (الطاف) دن چڑھے اٹھنے کے بعد ناشتا کرتا اور پھر گھر سے باہر نکل جاتا۔ پکی سڑک کے ایک طرف ان لوہاروں کا گھر تھا جب کہ سڑک کے دوسری پار کافی بڑی کچی آبادی تھی۔ کچی آبادی کے گھروں کی پُشتیں سڑک کی طرف تھیں۔ اس لیے ان کے مکین چار دیواری کے اہتمام سے آزاد تھے۔ سبھی نے آگے پیچھے، بے ترتیب کوٹھے اُسار لیے تھے، اور پھر ویسے بھی آبادی کے سارے مکین ایک دوسرے کے رشتہ دار تھے۔ جبکہ لوہاروں کا سماجی مرتبہ بلند ہونے کی وجہ سے گھر نہ صرف سڑک کے دوسری طرف تھا بلکہ کوٹھے بھی بھٹے کی پکی اینٹوں کے تھے، ہاں اس گھر کا رُخ سڑک کی طرف ہونے کی وجہ سے چار دیواری کی ضرورت پیش آئی تھی جس کو بھگ نڑ اور گل بانسی کی گھنی دیوار نے پورا کر دیا تھا۔ لوہاروں کے گھر کی اس دلچسپ دیوار کے ایرے میں نکاسی کا پانی بہتا رہتا تھا۔ جو کہ اس دیوار کو ہمیشہ بنائے رکھنے کے لیے ضروری تھا۔ طافو ہم سے کچھ سال بڑا تھا۔ تب ہمیں نہیں معلوم تھا کہ وہ اتنی دور سے آیا ہے۔ وہ عمر ہی ایسی تھی کہ جو بھی ہمارے گروپ میں آتا ہم اس سے اس کی ذات پات، اتا پتا پوچھے بنا، اس کا ناک نقشہ اس کی شکل و صورت پہ غور کیے بنا اپنے گروپ میں شامل کر لیتے۔ ذات پات، مذہب فرقے، ناک نقشے کی تفریق پہ امتیاز کرنا تو ہم نے اب سیکھا ہے۔ اب جبکہ عقل کشادہ ہو گئی ہے۔ تب عقل کشادہ نہ

تھی اور حیوانیت غالب تھی، ہم صرف ہاتھ پاؤں اور معدے ہوا کرتے تھے۔ طافو بڑا تھا اور کچھ لمبا بھی تھا۔ ہم اس کے مقابل چھوٹے تھے۔ صبح صبح ہم اپنے گھروں سے نکل کے بھگ نڑ اور گل بانسی کی دیوار کے جھرنوں میں سے جھانکتے اس کو چارپائی پہ پڑا دیکھتے اور پھر حقے کی نڑی تھامے دیوار کی باہر بنی بھٹی کی طرف آتے بابے شیرے کا کھنگورا سن کے دوڑ پڑتے۔ ماؤں کے ہاتھوں کے سِلے ٹخنوں تک لمبے بستوں میں موجود لکڑی کی تختیاں زور زور سے ٹخنوں پہ پڑتیں، مگر ہمیں اس کی پروا کم ہی ہوتی تھی۔ طافو کو اپنے ساتھ سکول لے جانے میں ہمیں اتنی دلچسپی اس لیے بھی تھی کہ ایک تو وہ راستے میں کہانیاں بڑی مزے کی سناتا تھا۔ دوسرا وہ سکول میں ہم سے بڑے لڑکوں کی چھینٹی لگاتا اور ہم خود کو اس کی موجودگی میں بے حد محفوظ محسوس کرتے تھے۔ ہم ابھی تیسری اور پانچویں کے درجے میں تھے اور وہ آٹھویں کا امتحان دے چکا تھا۔ ہمارے سارے گروپ پہ اس کی علمیت کا رعب تھا۔ اس نے سکول جاتے ہوئے راستے میں ہم سب کو بتایا تھا کہ کیکر کے تنے پہ یہ جو اوپر سے نیچے تک ایک سیاہ رنگ کا مائع سا گرا ہوتا ہے یہ شیطان کا مُوت ہوتا ہے۔ اوہ! وہ بتاتا شیطان ہمیشہ کیکر کے تنے پہ موتتا ہے۔ تب میں چشمِ تصور سے شیطان کو ٹانگیں کھولے کیکر کے تنے پہ پیشاب کرتے دیکھتا تو کافی عجیب لگتا۔

اس نے کیکر کے تنے سے چیڑ (گوندنی) نکال کے بھی ہمیں دکھائی، جس سے ہم اپنے سکول کی کتابوں اور کاپیوں کے پھٹے ورقے جوڑا کرتے۔ اس کے پاس ہمیشہ کھُڈے استرے کا ایک چاقو ہوا کرتا تھا جس سے کیکر کی چیڑ نکالنے، سرکنڈے کاٹ کے ان کے کانے سے قلم تراشنے سے لے کر کماد سے گنے کاٹنے اور ہمیں ڈرانے تک کے کئی کام لیا کرتا۔ ہم سارے کچی آبادی کے بے ترتیب کوٹھوں اور بے صحن

گھروں میں پیدا ہونے اور پلنے والے لوگ تھے۔ صبح سے دوپہر اور دوپہر سے شام

تک اودھم مچانے کے بعد رات کی روکھی سوکھی روٹی کھا کے بے سُدھ ہو جاتے۔ ہمیں نہیں معلوم کہ ہماری اس بے ہوشی کے بیچ کیا کیا ہوتا رہتا تھا۔ اس کچی بستی میں، بڑی بستی میں، یا پوری دنیا میں کیا ہو رہا تھا، ہر چند دنوں بعد کسی نہ کسی کوٹھے کے آگے ایک بچہ ٹانگیں بازو ہلاتا نظر آتا، کچھ مہینوں بعد وہ کنکھجورے کی طرح رینگتا اور پھر ایک دن ہم میں سے کسی ایک کی قمیض کا پچھلا کونا پکڑ کے چلنا شروع کر دیتا۔ یہ ایک مسلسل عمل تھا۔ طافو کو ساتھ لے جانے کی خواہش جس دن بر نہ آتی وہ دن بڑا عجیب لگتا۔ اس دن ہمارا گروپ تفریح کا پروگرام بناتا، اور ہم بستے اٹھائے چل پڑتے، جیسے ہی بستی نگاہوں سے اوجھل ہوتی ہم بستے بابے راجے کے مالٹے کے باغ میں چھپاتے اور دور دور تک لمبرداروں کے کھیتوں میں پھیل جاتے۔

ایک دوپہر کو سکول سے واپسی پہ طافو نے ہمیں بتایا کہ اس نے بابے لمبردار کے آم کے باغ میں ایک آم پہ چُڑیل دیکھی ہے۔ چُڑیل کا ذکر سنتے ہی سارے گروپ کے پسینے چھوٹ گئے۔ ہم جو پہلے باغ کے بیچوں سے ہو کے گھر جایا کرتے تھے، اس دوپہر کو ہم نے نیا راستہ ڈھونڈا۔ یہ نیا راستہ کچھ زیادہ طویل تھا، نہ صرف طویل بلکہ لُگا اور خوفناک بھی تھا۔ بڑے بڑے سیاہ جثہ کینو کے بُوٹے اور ان کے اندر سے نکلتی تنگ چھِرکیاں جو اس باغ میں کام کرنے والوں نے صرف ایک آدمی کی گزرگاہ کے لیے بنا چھوڑی تھیں۔ تو اس دوپہر سفر کے دوران جب کہ ہم تھک گئے تھے طافو نے گروپ کو جامن کے ایک بڑے پیڑ کی گھنی چھاؤں میں بٹھایا اور رمضو (رمضان) کو اپنے ساتھ چلنے کا کہا۔ رمضو نے اپنا بستہ ہمارے پاس رکھا اور وہ دونوں ہمیں یہ بتا کر کہ وہ مذید آگے راستہ ڈھونڈنے جا رہے ہیں ایک طرف کو نکل لیے۔ کافی دیر بعد جب دونوں واپس لوٹے تو ہانپ رہے تھے۔ اس دن گرمی بھی اخیر تھی اور پیاس سے حلق میں سرکنڈے اُگ آئے تھے۔ ہم دوبارہ عازمِ

سفر ہوئے۔ پہروں بعد جاکے سفر کٹا اور عصر کے وقت گھر نصیب ہوا۔ اس دن مجھے بہت مار پڑی۔ سکول سے آتے وقت ہم اکثر کیکر کے درختوں کے جھنڈوں میں کچھ دیر کو ستایا کرتے تھے۔ ایک دفعہ کیکر کے جھنڈ کے نیچے بیٹھنے کے بعد طافو نے نزدیکی کھال میں سے چِکنی مٹی نکال کے لانے کو کہا۔ ہم نے بستے وہیں طافو اور رمضو کے پاس چھوڑے اور مٹی لینے چلے گئے، جب ہم ہاتھوں میں بُک بھر بھر کے گیلی چِکنی مٹی لائے تب رمضو اور طافو ایک دوسرے کے قریب بیٹھے ہمیں استہزائیہ دیکھ رہے تھے، پتا نہیں لگتا تو ایسا ہی تھا، وہ دونوں بڑے تھے اور ان کی آپس کی دوستی ہمیں رشک اور حسد میں مبتلا کرتی تھی۔ طافو جب کسی لڑکے کی گردن میں اپنا بازو حمائل کرتا تو وہ خود کو معتبر محسوس کرتا۔ جب مٹی گندھنے کے بعد تیار ہوگئی تو سب لوگ اس سے اپنی اپنی پسند کی چیزیں بنانے لگے۔ میں نے اپنے حصے کی مٹی میں کیکر کے پیلے پھول گوندھ کر چِتکبرا بیل بنایا۔ جب بیل سوکھتا تھا تو پیلے پھول اس کے جسم پہ چِتیاں ڈال دیتے تھے۔ امجد نے گھر کے برتن، غفور نے ٹرک بنایا۔ مگر طافو نے جو چیز بنائی ہمیں نہیں دیکھائی۔ اس نے بڑے انہماک کے ساتھ ہم سب کی طرف پیٹھ کرکے کوئی چیز بنائی اور پھر رمضو کو آواز دی۔ رمضو اس وقت کوٹھا بنا کے اس کے ساتھ سیڑھیاں بنا رہا تھا۔ جب رمضو اٹھ کے دیکھنے گیا اور اس کی نظر پڑی تو اس کا چہرہ سُرخ ہوگیا، رمضو کا چہرہ ہماری طرف تھا، ہم دیکھ رہے تھے، تجسس غالب آرہا تھا مگر جرات مفقود تھی۔ رمضو کو دیکھانے کے بعد طافو نے مٹی کے بڑے بڑے ڈھیلے جوڑ کے اس چیز کو کیمو فلاج کر دیا۔ تجسس مسلسل دماغ میں ہلکورے لے رہا تھا۔ ساری رات میں خواب میں ڈھیلوں کے بنے اس قلعے کے اندر عجیب عجیب چیزیں دیکھتا رہا۔ جی چاہا رات کو اٹھ کے جاؤں اور دیکھوں کہ طافو نے کیا چیز بنائی تھی مگر ہمت نہ ہوئی، صبح اور سکول سے واپسی پہ وہ ویسے ساتھ ہوتا تھا بھلا کہاں دیکھنے

دیتا، تجسس کی بھی اپنی طاقت ہوتی ہے۔ دوسرے دن سکول سے واپسی پہ جب کیکروں کے جھنڈ والا مقام ابھی دور تھا میں اچانک دونوں ہاتھ ٹانگوں کے بیچ دے کے دوہرا ہوا اور چہرے پہ شدید تشنجی کیفیت طاری کی اور دوڑ پڑا۔ سب یہی سمجھے کہ مروڑ پڑ گیا ہے، میں نے جھنڈ کے نیچے آ کے طافو کے قلعے کے پاس بریک لگائی، دھڑکتے دل اور بجتی کنپٹیوں کے ساتھ میں نے ڈھلے اٹھائے اندر سے جو کچھ نکلا اس کے نظارے نے دل کے گھوڑے کو ایڑ لگا دی۔ میں نے ڈھیلا واپس رکھا اور گھسٹنے کے سے انداز میں کچھ کھسک کر ذرا دور ہٹ کے بیٹھ گیا۔ تب تک وہ بھی سارے پہنچ گئے اور میری حالت پہ مشوش ہوئے۔ اور مجھے ڈنڈا ڈولی کر کے گھر تک لائے۔

وہ دن بھی ایسا ہی تھا جس دن طافو ہمارے ساتھ نہیں آیا۔ اس دن مفت خورے کا طعنہ سننے کی وجہ سے اس کا حلق کڑواند سے بھرا ہوا تھا۔ ہم نے بھگ نڑوں اور گھل بانسی کی دیوار کے اندر سے جھانکا۔ وہ چارپائی پہ پاؤں لٹکائے چہرہ دونوں ہاتھوں میں دیئے بیٹھا تھا۔ اس کی بے بے (نانی) اور ممانیاں صحن میں چلتی پھرتی کام کاج کر رہی تھیں۔ ہم نے ایک دو بار اسے پکارا مگر اس نے نہیں سنا۔ آخر بابے شیرے کے کھنگورے پہ ہم نے دوڑ لگا دی۔ جب خوب کھیل پھاند کر دن ڈھلے ہم تھکے ہارے گھر پہنچے اور طافو کی خبر لی تو پتا چلا کہ طافو واپس کراچی چلا گیا ہے۔ وہ اپنے نانا سے غصہ ہو کے گیا تھا۔ رنجیدہ تو وہ تھا مگر ایسی بھی کیا رنجیدگی تھی کہ اس نے ہمیں بتایا تک نہیں شاید کئی دن سے اس کے دماغ میں جانے کا خیال پک رہا تھا، اور پھر ایک دن سویرے اس نے کسی کو بتائے، الوداع کیے بغیر نانا کا گھر چھوڑ دیا۔ اس کے جانے کے بعد اسی دن ابھی شام پوری طرح نہیں ڈھلی تھی کہ بابے شیرے کے گھر مہمان اترنا شروع ہو گئے۔ سڑک پار کی ساری کچی بستی حیران تھی کہ ادھر کیا ہو رہا ہے۔ ایک تانگہ سواریاں اتار کے چلتا تو دوسرا آ کے رکنے لگتا۔ رات

گئے تک یہ سلسلہ چلتا رہا۔ کوئی سو ڈیڑھ سو رشتہ داروں سے گھر بھرا پڑا تھا۔ ابھی اور آرہے تھے۔ بابے شیرے کے بیٹے تنبو قناتیں اور بستر چارپائیوں کے بندوبست میں لگے تھے اور کچھ قریبی عزیز سارے علاقے میں پکانے کے لیے بکرے ڈھونڈتے اور خریدتے پھر رہے تھے۔ لوہاروں کے گھر میں چہل پہل کا سماں تھا۔ کچی بستی والے حیران تھے کہ کوئی شادی بیاہ بھی نہیں تو یہ سب کیا ہے۔ آخر رات کو یہ بھید کھلا کہ یہ سب طافو کا کیا دھرا تھا۔ کراچی کے لیے نکلتے وقت طافو نے شہر جا کے کچھ قریبی رشتہ داروں کو فون کر دیا تھا کہ بابا شیرا فوت ہو گیا ہے۔ رات کا مرا ہوا ہے جلدی دفن ہو گا اس لیے دیر نہ کریں اور باقی رشتہ داروں کو بھی اطلاع کر دیں۔ رشتہ دار چونکہ دور دور کے شہروں میں تھے اس لیے سنتے ہی بھاگے۔ اس رات بابے شیرے کا جتنا خرچہ ہوا اگر طافو چار سال بھی فارغ بیٹھ کے کھاتا رہتا تو اتنا خرچہ نہ ہوتا۔ بابا یہی سوچے جا رہا تھا۔ اور ٹرین میں بیٹھ کے کراچی کی طرف عازمِ سفر طافو بھی یقیناً یہی سوچ رہا ہو گا

Ref.: penslipsmagazine.com

***

بدلاؤ

شین زاد

بدلاؤ فطرت کی سرشت میں شامل ہے آہستہ، بتدریج اور آگے کی سمت لیکن جب انسان فطرت سے چھیڑ چھاڑ کرتا ہے تو بدلاؤ کی رفتار اور سمت بدل جاتی ہے اور اگر یہ چھیڑ چھاڑ خود انسان کی ذات میں ہو تو پھر کیا ہوتا ہے؟

پھر وہ ہوتا ہے جس کا انسان گمان بھی نہیں کر سکتا۔

اس دن سرمد نے جب فصاحت پر ٹوٹ پڑنے کی کوشش کی تو فصاحت نے اسے بری طرح جھنجوڑ ڈالا نہیں یہ تم کیا کر رہے ہو؟ کیا ہو گیا ہے تمہیں؟ پیچھے ہٹو۔

فصاحت نے اسے خود سے دور ہٹایا تو سرمد نے فرط جذبات میں بے تکان بولنا شروع کر دیا:

یار فصاحت کچھ دنوں سے عجیب کیفیت طاری رہنے لگی ہے۔ ایسا لگنے لگا ہے جیسے میں مرد نہیں عورت ہوں پورا جسم اینٹھنے لگا ہے، گھنٹوں آئینے کے سامنے کھڑا رہتا ہوں لیکن آئینے میں کیا دیکھتا ہوں یہ نہیں پتہ۔ ہر وقت جی چاہتا ہے کوئی مجھے اپنی بانہوں میں بھینچے رکھے، کسی مرد کو دیکھتا ہوں تو طبیعت میں عجیب سی سرشاری پیدا ہو جاتی ہے۔ لڑکیاں زہر لگنے لگی ہیں کبھی کبھی تو وہ حالت ہوتی ہے کہ کیا بتاؤں۔ جی چاہتا ہے برہنہ بدن ہو کر نوکیلے پتھروں پر لیٹ جاؤں اور گھنٹوں کروٹیں بدلتا رہوں۔ ایسا لگتا ہے یہ میرا

بدن نہیں تپتا ہوا سرخ سریا ہے جس پر ہتھوڑے کی شدید ضربیں ماری جائیں کہ یہ تپش یہ اینٹھن کسی طور ختم ہو۔

یہ سب کہتے ہوئے سرمد کی عجیب حالت تھی ایسا لگتا تھا کہ حقیقت میں ضربیں لگوانے پر کمربستہ ہے، فصاحت نے اس کی بات سنی تو فوراًاسے مشورہ دے ڈالا:

یار تو کسی لڑکی سے دوستی کیوں نہیں کرتا؟

نہیں یار لڑکی سے نہیں، لڑکی کیا کرے گی؟ تو مجھے کسی مرد کا بتا کسی ایسے مرد کا جو مجھے توڑے، میرے پرزے پرزے کر دے، میرا کچومر بنائے، مجھے توڑے، توڑ کے دوبارہ جوڑے اور پھر توڑے۔

اس رات فصاحت اپنے بستر پر لیٹا سرمد کی دست درازی کے بارے سوچنے لگا اس نے سرمد کی کیفیت کے بارے سوچا اور پھر اپنی کیفیت کے بارے جس سے وہ مہینے بھر سے گزر رہا تھا اور اب جسے برداشت کرنا اس کے بس میں نہیں رہا تھا جس کی شروعات مہینہ بھر پہلے ہوئی تھی جب اس کی نئی کرائے دار نے کچھ سامان ادھر ادھر رکھنے کے لیے اسے اوپر بلایا تھا اور جب وہ اس کا سامان اٹھا کر ایک کمرے سے دوسرے کمرے میں گیا تو وہ اس کے پیچھے آگئی اور اسے دبوچ لیا جب وہ اسکا لمس لے رہی تھی بس اس وقت فصاحت کے دل میں ایک شدید اور عجیب خواہش پیدا ہوئی۔۔۔۔۔۔

فصاحت کا لمس لیتے ہوئے اس کا احساس جاننے کی خواہش اس کا احساس جھیلنے کی خواہش عورت بننے کی خواہش اس دن یہ سوال اس کے دل میں سانپ بن کر بیٹھ گیا کہ کیا عورت اور مرد کے احساس میں فرق ہوتا ہے؟

اور اس سوال کا جواب پانے کی خواہش نے اسے نیم پاگل کر ڈالا یہاں تک کہ وہ عورت بننے کے لیے آمادہ ہو گیا۔

اسے اپنا آپ کسی غار میں محسوس ہونے لگا یا کسی کال کوٹھری میں جہاں نہ روشنی تھی اور نہ ہوا ایک مُردنی تھی جو اس پر طاری تھی عورت کے قرب میں اس کے لیے اب کوئی لطف نہیں رہا تھا صبح سے شام اور شام سے صبح اس کے دل میں بیٹھا سانپ اسے ڈستا رہتا تھا اور یہ خیال زہر بن کر اس کی رگوں میں دوڑنے لگا تھا کہ وہ عورت بنے اور اس کیفیت کو خود جھیلے خود محسوس کرے جو ایک مرد کے لمس سے ایک عورت جھیلتی اور محسوس کرتی ہے وہ اس ہیجانی کیفیت میں یوں پھنسا تھا جیسے ایک مکھی مکڑی کے جال میں پھنسی ہو پھڑ پھڑاتی تڑپتی اور دھیرے دھیرے مرتی ہوئی۔۔

یار میں نے ایک ڈاکٹر سے رابطہ کیا ہے اس کا نمبر مجھے ایک ویب سائٹ سے ملا ہے جو آپریشن کر کے جنس بدل دیتا ہے اس نے اگلی شام سرمد کو اپنی کیفیت کے بارے بتاتے ہوئے کہا تو سرمد حیرانی سے قریب چیخ ہی اٹھا:

کیاااااتو سنجیدہ ہے جنس بدلنے کے لیے؟

ہاں اس میں حرج ہی کیا ہے؟؟

فصاحت جب سرمد سے یہ سب کہہ رہا تھا تو اس کی آنکھوں میں عجیب چمک تھی ایسی چمک جیسے جنت میں داخل ہونے کا پروانہ اسے مل گیا ہو

کوئی دن گزرے تھے کہ وہ ڈاکٹر سے ملنے کراچی سے لاہور آگیا کلینک یتیم خانہ کے علاقے میں واقعہ تھا جہاں تک پہنچنے کے لیے اسے بڑی دشواری کا سامنا کرنا پڑا تھا اس پرانے محلے کے ایک بوسیدہ مکان کے سامنے جب وہ پہنچا جس کا پتہ ڈاکٹر نے فون پر دیا تھا تو اس کا دل بیٹھنے لگا لیکن جب دماغ جاگتی آنکھوں خواب بننے لگے تو دل کی کون سنتا ہے اس نے آگے بڑھ کر دروازے پر لگی لوہے کی زنجیر سے دستک دی تو اندر سے ایک مردانہ آواز ابھری کون ہے؟ اندر آجاؤ۔۔۔

فصاحت نے دروازے کا پٹ دھکیلا اور اندر داخل ہو گیا یہ ایک آٹھ دس کمروں کا پرانا حویلی نما گھر تھا جس کے مین دروازے کے سامنے بڑا صحن تھا جس کے چار جانب کمرے بنے ہوئے تھے جن میں سے اکثر دروازے بند تھے صحن میں ایک طرف ایک میز رکھی تھی جس کے پیچھے قریب ساٹھ سال کا ادھیڑ عمر شخص بیٹھا تھا جس کی ناک پر موٹے عدسوں کی عینک دھری تھی جس کی ایک ٹانگ ٹوٹی ہوئی تھی جسے اس نے ڈوری سے باندھ رکھا تھا اس نے فصاحت کی طرف دیکھتے ہوئے اس سے پوچھا جی فرمائیں تو فصاحت جو عمارت کے معائنے میں منہمک تھا متوجہ ہوا: جی میری ملاقات طے ہے ڈاکٹر نذیر سے۔

آپ کا نام؟

فصاحت

کچھ دیر بعد فصاحت ڈاکٹر کے سامنے بیٹھا تھا اور ڈاکٹر اسے بتا رہا تھا کہ تین بار چیر پھاڑ کرنی پڑے گی مگر کچھ اس کی شدید خواہش نے اسے اندھا کر دیا اور کچھ ڈاکٹر نے اسے شیشے میں یوں اتارا کہ وہ فوراً آپریشن کے لیے تیار ہو گیا۔

ڈاکٹر کے کہنے پر کہ اسے نو سے گیارہ مہینے تک زیرِ نگرانی رہنا پڑے گا وہ بھائی کو کچھ بھی بتائے بنا لاہور منتقل ہو گیا ویسے بھی اسکا بھائی سے تعلق بس واجبی تھا باپ لاکھوں کی جائداد چھوڑ کر مرا تھا جسے بڑے بھائی نے باپ کے مرنے کے بعد ہی برابر تقسیم کر دیا تھا اور اب وہ اپنی زندگی میں خوش تھا اور یہ اپنی زندگی میں مگن۔

آپریشن سے چند ماہ پہلے سے ہی اسے مختلف طریقوں سے ہارمونز دیئے جانے لگے تھے اور یہ سلسلہ آپریشن ہو جانے کے بعد بھی کچھ عرصہ جاری رہا۔ جس دن پہلا آپریشن تھا وہ تھوڑا ڈرا ہوا تھا کلینک اٹینڈنٹ نے ایک فارم اس کے سامنے لا کر رکھا اور کہا اسے پڑھ کر اس پر دستخط کر دو اس نے اٹینڈنٹ سے کہا یہ کیا ہے؟

یہ تمہارا اجازت نامہ ہے کہ تم اپنی مرضی سے جنس تبدیل کروا رہے ہو اور تم پر کسی کا کوئی دباؤ نہیں ہے۔ فصاحت نے اپنا خوف چھپانے کے لیے چہک کر کہا یہ تو کوئی مسئلہ ہی نہیں مگر اس کے چہکنے سے مصنوعی پن صاف ظاہر تھا۔۔

اس نے دستخط کر کے فارم واپس کر دیا تو اٹینڈنٹ دوبارہ مخاطب ہوا ایک بار جنس تبدیل ہو جانے کے بعد آپ اپنی پرانی جنس پر واپس کبھی نہیں جا سکیں گے اور آپ کو اپنی باقی تمام عمر نئی جنس کے ساتھ گزارنی پڑے گی۔ اٹینڈنٹ یہ کہہ کر چلا گیا-اس وقت فصاحت خوف اور خوشی کی ملی جلی کیفیت محسوس کر رہا تھا اک خواب تھا جو حقیقت بننے جا رہا تھا وہ سوچنے لگا جلد وہ دن آنے والا ہے جب وہ بھی ایک عورت ہو گا ایک عورت کی طرح مرد کے لمس سے لطف اندوز ہو گا اور ہر وہ کیفیت خود جیے گا جو ایک عورت جیتی ہے۔۔

اس کے بعد اسے آپریشن تھیٹر بھیج دیا گیا غیر قانونی طور پر اس قسم کے اپریشن کرنے کے لیے بنائے گئے اس کلینک کا آپریشن تھیٹر بھی عجیب تھا بس ایک چھوٹا کمرہ تھا جس کے درمیان میں ایک اسٹریچر رکھی تھی سائیڈ پر ایک میز پر جراحی کا سامان دھرا تھا اسٹریچر کے عین اوپر دو بڑے سیور بلب روشن تھے ایک طرف دیوار کے ساتھ ہاتھ دھونے کے لیے سِنک نصب تھا ابھی وہ اسٹریچر پر لیٹا ہی تھا کے دو نرسیں اندر داخل ہوئیں ایک جراحی کا سامان ترتیب دینے لگی اور دوسری نے اسے ایک پیشنٹ گاؤن دیا اور کہا یہ پہن لو وہ گاؤن بدل کر آیا اور اسٹریچر پر لیٹ گیا اس کے بعد نرس نے اسے ایک انجیکشن دیا جس سے وہ بے ہوش ہو گیا اسے جب ہوش آیا تو آپریشن ہو چکا تھا۔۔۔ اور اب وہ مرد نہیں رہا تھا۔

دوسرا آپریشن زیادہ دشوار، طویل اور تکلیف دہ تھا اس اپریشن کے بعد پہلے دو دن

اور راتیں تو اس کی ناف سے نیچے پورے دھڑ کی جگہ جیسے درد نے لے لی تھی ایسا درد جس کی کوئی انتہا نہیں تھی دوسری رات جب نرس اسے کھانا اور دوا دینے آئی تو اس نے نرس سے پوچھا کیا عورت بننا اتنا ہی تکلیف دہ ہے نرس نے اس کے درد کی شدت سے زرد پڑتے چہرے کی طرف اک نظر دیکھا اور کہا_

"شاید اس سے بھی زیادہ"۔۔۔۔

نرس کے جواب نے درد کی شدید لہر اس کی ریڑھ کی ہڈی میں پیدا کر دی۔ اس نے آنکھیں زور سے بھینچیں اور سر تکیے پر ٹکا دیا۔

نرس نے کھانا سائیڈ میز پر رکھا اسے ہارمونز کے دوا نجیکشن دیے اور چلی گئی۔۔۔۔

تیسرے آپریشن تک اس کے سینے، پیٹ اور چہرے کے بال پوری طرح جھڑ چکے تھے جو یقیناً ہارمونز کی کرامات تھیں تین آپریشنز اور ہارمونز کی متواتر خوراکوں نے اسے بظاہر عورت بنا دیا تھا نویں مہینے اسے بستر سے اٹھنے اور چلنے پھرنے کی اجازت مل گئی تھی مگر ابھی مزید ایک مہینہ یا اس سے اوپر کچھ دن اسے ڈاکٹر کے زیرِ نگرانی رہنا تھا اب جو ہارمونز اسے دیے جا رہے تھے ان سے اس کی آواز میں بدلاؤ آنے لگا تھا اور اس کا سینہ اب ایک مرد کا نہیں بلکہ عورت کا سینہ دکھنے لگا تھا اس کی چال میں ہلکی سی لچک آتی جا رہی تھی اور پھر وہ دن آیا جب اسے گھر جانے اور آئنہ دیکھنے کی اجازت مل گئی۔نرس نے اس کا نام علیزے رکھ دیا تھا جو خود اسے بھی بہت پسند آیا تھا اور اس نئے روپ کے ساتھ اس نے یہی نام اپنانے کا فیصلہ کر لیا تھا۔

کلینک سے فارغ ہو کر اس نے کراچی بھائی کے گھر جانے کے بجائے اسلام آباد والے گھر میں سکونت اختیار کرنے کا فیصلہ کیا وہ فی الفور بھائی بھابی کا سامنا نہیں کرنا چاہتا تھا اس نے پہلی بار خواتین کا لباس زیبِ تن کیا جو اس نے ایک نرس کی مدد سے حاصل کیا

تھا تو اس کے احساسات عجیب تھے اور جب اس نے پہلی بار اپنا سراپا قد آدم آئینے میں دیکھا تو اسے خود یقین نہیں آیا آئینے میں اس کے سامنے ایک بھرپور جوان لڑکی کھڑی تھی جس کا حسن کسی کا بھی ایمان چھین لینے کے لیے کافی تھا۔

کلینک سے اسے پیدل مین سڑک تک آنا تھا جہاں سے اسے ٹیکسی لے کر ایئرپورٹ جانا تھا آتے ہوئے تو اسے کلینک تک پہنچنے میں اس لیے دشواری ہوئی تھی کہ وہ ان گلیوں سے واقف نہیں تھا اور اسے کئی لوگوں سے پوچھنا پڑا تھا لیکن آج واپس جاتے ہوئے تو ایسا لگتا تھا جیسے وہ ان تنگ گلیوں سے نہیں بلکہ پل صراط سے گزر رہا ہو کسی بھی نکر کسی بھی چوبارے یا بالکنی پر کھڑا کسی بھی عمر کا کوئی شخص ایسا نہیں تھا جس نے اس کے حسن کے بہتے چشمے سے اپنی آنکھوں کو وضو نہ کروایا ہو اسے ایک ایک نگاہ تیر کی طرح اپنے جسم میں ترازو ہوتی محسوس ہو رہی تھی اور اس وقت تو حد ہی ہو گئی جب ایک تنگ گلی سے گزرتے ہوئے پیچھے سے آتا ایک لڑکا اس کے کولہے پر ہاتھ پھیر کر تیزی سے اس کے پاس سے گزر گیا۔ اس کا خون کھول رہا تھا اس کی آنکھیں سرخ ہو رہی تھیں اس کے اعصاب شل ہو رہے تھے اس کے ہاتھ کانپ رہے تھے ایک تو لوگوں کی نگاہیں اور اوپر سے یہ حرکت وہ اس لڑکے کو پکڑنا چاہتا تھا اسے سبق سکھانا چاہتا تھا لیکن نرس کی کہی اس بات نے اسے روک دیا کہ اب تم عورت ہو تمہیں بہت کچھ برداشت کرنا پڑے گا کیوں کہ یہ مرد کا معاشرہ ہے اور مردوں کے معاشرے میں عورت کی آزادی اور برابری بھی مردوں کا دکھاوا ہے بس۔

لاہور سے اسلام آباد پہنچنے تک وہ قریب نیم پاگل ہو چکا تھا یہ عورت ہونے اور عورت بننے کی کشمکش تھی دنیا کے لیے وہ عورت "تھا" جب کہ حقیقت میں تو وہ عورت "بنا" تھا پورے راستے وہ خود کو یہ احساس دلانے کی کوشش کرتا رہا تھا کہ وہ علیزے ہے

ایک حسین جوان لڑکی گزرے چند گھنٹوں میں ہی اسے یہ احساس ہونے لگا تھا کہ جیسے وہ رسی پر سوکھنے کے لیے ٹنگا کپڑا ہے جس پر رسی اپنا زور لگا رہی ہے اور ہوا اپنا اور اس کھینچا تانی میں نہ وہ مکمل رسی کا بن پا رہا ہے اور نہ ہوا کا علیزے اور فصاحت کی مڈ بھیڑ میں اس کا کیا بننے والا ہے وہ اس سے بے خبر تھا لیکن اس کشمکش نے اسے اندر سے قریب پورا پورا ادھیڑ ڈالا تھا۔۔۔۔۔۔۔۔

اسلام آباد پہنچ کر اس نے خود کو گھر میں قید کر لیا اسے لوگوں کی نگاہوں سے وحشت ہونے لگی تھی اس لیے وہ گھر سے باہر نہیں نکل رہا تھا کچھ دن یوں ہی گزر گئے لیکن اب گھر میں بند ہو کر بھی چین نہیں آ رہا علیزے باہر جانا چاہتی ہے گھومنا پھرنا چاہتی ہے لوگوں سے ملنا چاہتی ہے لیکن فصاحت ؟ وہ تو پوری دنیا سے بھڑ جانے کے لیے تیار کھڑا ہے۔ علیزے اور فصاحت کی جنگ میں جیت آخر علیزے کی ہوئی اس نے سوچا کیوں نہ سرمد کو کال کی جائے کیوں نہ اسے اسلام آباد ہی بلا لیا جائے اس نے سرمد کو فون کیا کال ملتے ہی ایک خاتون کی آواز سرمد کی سماعت سے ٹکرائی تو وہ چونک گیا۔ علیزے نے سرمد کو مختصراً احوال سنایا اور اسلام آباد آنے کی دعوت دی سرمد کا اشتیاق بھی اس سے ملنے کے لیے بڑھ رہا تھا اس نے فوراً اسلام آباد آنے کی حامی بھر لی اور اگلے روز ہی اسلام آباد پہنچ گیا۔

علیزے خود اسے لینے ایئرپورٹ گئی پہلی نظر میں تو سرمد نے اسے پہچانا ہی نہیں ایک خوبصورت حسین لڑکی اس کے نام کا کارڈ ہاتھ میں تھامے کھڑی تھی نکلتا ہوا قد دبلی کمر بال شانوں تک کٹے ہوئے ہلکا میک اپ کیے ہوئے نسوانی حسن سے بھرپور ابھرا ہوا سینہ۔ فصاحت جو نرم و نازک اور گورا چٹا واقع ہوا تھا جنس بدلنے کے بعد خاص نسوانی کشش اس کے جسم اور چہرے پر در آئی تھی لڑکی کے نام سے بھی بدکنے والا سرمد اس

کشش میں خود کو جکڑا ہوا محسوس کرنے لگا تھا دوسری طرف علیزے جسے لڑکی بننے کے بعد سرمد میں کشش محسوس ہونی چاہیے تھی اس نے اپنے محسوسات میں کوئی تبدیلی محسوس نہیں کی یہ نئ اور عجیب صورتِ حال تھی جس سے اس کا سامنا ہو رہا تھا جسے اس نے خود کو یہ تسلی دے کر جھٹک دیا کہ شاید یہ سب نیا نیا ہے اس لیے اسے بدلاؤ محسوس نہیں ہو رہا۔ دونوں راستے بھر باتیں کرتے رہے سرمد نے اسے بتایا کہ اسے ایک بوائے فرینڈ مل گیا ہے اور دونوں اس نئے پر لطف تعلق سے بہت خوش ہیں اور جلد گھر بسانے والے ہیں جس پر فصاحت تھوڑا حیران ہوا پر اگلے ہی لمحے یہ سوچ اس کے دماغ میں پیدا ہوئی کہ جب وہ جنس بدل سکتا ہے تو دو مرد گھر بھی بسا سکتے ہیں اس میں اتنی بھی حیرانی کی بات نہیں گھر پہنچ کر انہوں نے کھانا کھایا اور دونوں ٹی وی لاؤنج میں آبیٹھے ادھر ادھر کی باتیں کرتے کرتے اچانک سرمد اپنی جگہ سے اٹھا اور علیزے کے برابر آکر بیٹھ گیا سرمد نے خود میں اچانک اور شدید بدلاؤ محسوس کیا وہ اس تبدیلی سے حیران بھی تھا اور قدرے ششں و پنج میں بھی اس نے سوچا یہ جو بھی ہے لیکن ہے بہت پر کیف و پر لطف یہ سوچتے ہوئے اس نے علیزے کا ہاتھ اپنے ہاتھ میں لے لیا۔۔

دوسری طرف علیزے جو عورت بننے اور مرد کا لمس محسوس کرنے کی شدید خواہش کے تابع بظاہر عورت بن چکی تھی ایسی کیفیت سے گزر رہی تھی جسے محسوس کرنے اور بیان کرنے کے لیے کسی کو بھی خود اسی کیفیت سے گزرنا بہت ضروری ہے دکھنے میں ایک مکمل عورت اور احساسات و جزبات میں ایک بھرپور مرد جو عورت کے لمس سے آشنا ہے لیکن کسی مرد کے لمس میں اس کے لیے کوئی کشش نہیں۔

سرمد دھیرے دھیرے آگے بڑھ رہا تھا لیکن علیزے جسے اس لمحے خود سپردگی کے دریا میں موجزن ہونا چاہیے تھا شدید تذبذب کا شکار تھی۔

جب سرمد نے اس کا چہرا اپنے ہاتھوں میں لیا تو وہ عجب سی کشمکش میں مبتلا تھی وہ یہ فیصلہ نہیں کر پارہی تھی کہ وہ علیزے ہے یا فصاحت اور جب سرمد اس پر جھکا تو علیزے کے بدن میں قید فصاحت پوری شدت سے پنجرا توڑ کر باہر نکل آیا اس نے ایک زوردار لات سرمد کے سینے پر ماری اور اٹھ کر کمرے کی طرف دوڑا۔

Ref.: penslipsmagazine.com

***

ڈالن والا

قرۃ العین حیدر

ہر تیسرے دن، سہ پہر کے وقت ایک بے حد دُبلا پتلا بوڑھا، گھسے اور جگہ جگہ سے چمکتے ہوئے سیاہ کوٹ پتلون میں ملبوس، سیاہ گول ٹوپی اوڑھے، پتلی کمانی والی چھوٹے چھوٹے شیشوں کی عینک لگائے، ہاتھ میں چھڑی لیے برساتی میں داخل ہوتا اور چھڑی کو آہستہ آہستہ بجری پر کھٹکھٹاتا۔ فقیرا باہر آکر باجی کو آواز دیتا۔ "بیٹا۔ چلیے۔ سائمن صاحب آگئے۔" بوڑھا باہر ہی سے باغ کی سڑک کا چکر کاٹ کر پہلو کے برآمدے میں پہنچتا۔ ایک کونے میں جاکر اور جیب میں سے میلا سا رومال نکال کر جھکتا، پھر آہستہ سے پکارتا "ریشم__ ریشم__ ریشم__ "ریشم دوڑتی ہوئی آتی۔ باجی بڑے آرٹسٹک انداز میں سرود کندھے سے لگائے برآمدے میں نمودار ہوتیں۔ تخت پر بیٹھ کر سرود کا سرخ بنارسی غلاف اُتارتیں اور سبق شروع ہو جاتا۔

بارش کے بعد جب باغ بھیگا بھیگا سا ہوتا اور ایک انوکھی سی تازگی اور خوشبو فضا میں تیرتی تو بوڑھے کو واپس جاتے وقت گھاس پر گری کوئی خوبانی مل جاتی۔ وہ اُسے اٹھا کر جیب میں رکھ لیتا۔ ریشم اس کے پیچھے پیچھے چلتی۔ اکثر ریشم شکار کی تلاش میں جھاڑیوں کے اندر غائب ہو جاتی یا کسی درخت پر چڑھ جاتی تو بوڑھا سر اُٹھا کر ایک لمحے کے لیے درخت کی ہلتی ہوئی شاخ کو دیکھتا اور پھر سر جھکا کر پھاٹک سے باہر چلا جاتا۔ تیسرے روز سہ

پہر کو پھر اسی طرح بجری پر چھڑی کھٹکھٹانے کی آواز آتی۔ یہ معمول بہت دنوں سے جاری تھا۔ جب سے پڑوس میں مسز جوگ مایا چٹر جی کلکتے سے آن کر رہی تھیں، اس محلے کے باسیوں کو بڑا سخت احساس ہوا تھا کہ ان کی زندگیوں میں کلچر کی بہت کمی ہے۔ موسیقی کی حد تک ان سب کے "گول کمروں" میں ایک ایک گراموفون رکھا تھا۔ (ابھی ریڈیو عام نہیں ہوئے تھے۔ فریجڈیر Status Symbol نہیں بنا تھا۔ ٹیپ ریکارڈ ایجاد نہیں ہوئے تھے اور سماجی رتبے کی علامات ابھی صرف کوٹھی، کار اور بیرے پر مشتمل تھیں) لیکن جب مسز جوگ مایا چٹر جی کے وہاں صبح شام ہارمونیم کی آوازیں بلند ہونے لگیں تو سروے آف انڈیا کے اعلا افسر کی بیوی مسز گوسوامی نے محکمۂ جنگلات کے اعلا افسر کی بیوی مسز فاروقی سے کہا__

" بہن جی۔ ہم لوگ تو بہت ہی بیک ورڈ رہ گئے۔ ان بنگالیوں کو دیکھیے، ہر چیز میں آگے آگے__ "

" اور میں نے تو یہاں تک سنا ہے کہ ان لوگوں میں جب تک لڑکی گانا بجانا نہ سیکھ لے اس کا بیاہ نہیں ہوتا "

ملٹری اکیڈیمی کے اعلا افسر کی بیوی مسز جسونت سنگھ نے اظہارِ خیال کیا۔

" ہم مسلمانوں میں تو گانا بجانا معیوب سمجھا جاتا ہے، مگر آج کل زمانہ دوسرا ہے۔ میں نے تو 'اُن' سے کہہ دیا ہے۔ میں اپنی حمیدہ کو ہارمونیم ضرور سکھاؤں گی۔ "

مسز فاروقی نے جواب دیا۔ اور اس طرح رفتہ رفتہ ڈالن والا میں آرٹ اور کلچر کی ہوا چل پڑی۔ ڈاکٹر سنہا کی لڑکی نے ناچ سیکھنا بھی شروع کر دیا، ہفتے میں تین بار ایک منحنی سے ڈانس ماسٹر اس کے گھر آتے، انگلیوں میں سلگتی ہوئی بیڑی تھامے، منہ سے عجیب عجیب آوازیں نکالتے جو " جی جی کتّ تا توم ترنگ تکا ٹُن ٹُن " وغیرہ الفاظ پر مشتمل

ہوتیں۔ وہ طبلہ بجاتے رہتے اور اوشا سنہا کے پانّو، توڑوں کی چک پھیریاں لیتے لیتے گھنگھروؤں کی چوٹ سے زخمی ہو جاتے۔

پڑوس کے ایک نوجوان رئیس سردار امرجیت سنگھ نے وائلن پر ہاتھ صاف کرنا شروع کیا۔ سردار امرجیت سنگھ کے والد نے ڈچ ایسٹ انڈیز کے دار السلطنت بٹا دیا میں جواب جمہوریہ انڈونیشیا کا دار السلطنت جکارتا کہلاتا ہے، بزنس کر کے بہت دولت جمع کی تھی۔ سردار امرجیت سنگھ ایک شوقین مزاج رئیس تھے۔ جب وہ گراموفون پر بڑے انہماک سے ببّو کا ریکارڈ

خزاں نے آ کے چمن کو اُجاڑ دینا ہے
مری کھلی ہوئی کلیوں کو لوٹ لینا ہے

بار بار نہ بجاتے تو دریچے میں کھڑے ہو کر وائلن کے تاروں پر اسی انہماک سے گز رگڑا کرتے۔ ورنہ پھیری والے بزازوں سے رنگ برنگی چھینٹوں کی جارجت اپنے صافوں کے لیے خریدتے رہتے، اور یہ بڑھیا بڑھیا صافے باندھ کر اور داڑھی پر سیاہ پٹی نفاست سے چڑھا کر مسز فلک ناز مروارید خاں سے ملاقات کے لیے چلے جاتے اور اپنی زوجہ سردارنی بی بی چرن جیت کور سے کہہ جاتے کہ وائلن سیکھنے جا رہے ہیں۔

اسی زمانے میں باجی کو سرود کا شوق پیدا ہوا۔ وہ موسم سرما گوناگوں واقعات سے پر گزرا تھا۔ سب سے پہلے تو ریشم کی ٹانگ زخمی ہوئی۔ پھر موت کے کنویں میں موٹر سائیکل چلانے والی مس زہرہ ڈربی نے آ کر پریڈ گراؤنڈ پر اپنے جھنڈے گاڑے ڈائنا بیکٹ قتّالۂ عالم حسینہ لندن کہلائی۔

ڈاکٹر مس زبیدہ صدیقی کو رات کو دو بجے گدھے کی جسامت کا کتّا نظر آیا۔ مسٹر پیٹر رابرٹ سردار خاں ہماری زندگیوں سے غائب ہو گئے۔ نیگس نے خودکشی کر لی اور فقیرا کی

بھاوج گوریّا چڑیا بن گئی۔ چونکہ یہ سب نہایت اہم واقعات تھے لہٰذا میں سلسلے وار اُن کا تذکرہ کرتی ہوں۔

میری بہت خوب صورت اور پیاری ریحانہ باجی نے جو میری چچازاد بہن تھیں، اسی سال بی۔ اے پاس کیا تھا اور وہ علی گڑھ سے چند ماہ کے لیے ہمارے یہاں آئی ہوئی تھیں۔ ایک سہانی صبح باجی سامنے کے برآمدے میں کھڑی ڈاکٹر ہون کی بیوی سے باتوں میں مصروف تھیں کہ اچانک برساتی کی بجری پر ہلکی سی کھٹ کھٹ ہوئی اور ایک نحیف اور منحنی سے بوڑھے نے بڑی دھیمی اور ملائم آواز میں کہا__

"میں نے سنا ہے یہاں کوئی لیڈی سرود سیکھنا چاہتی ہیں۔"

باجی کے سوالات پر انہوں نے صرف اتنا کہا کہ ان کی ماہانہ فیس پانچ روپے ہے اور وہ ہفتے میں تین بار ایک گھنٹہ سبق دیں گے۔ وہ کرزن روڈ پر پادری اسکاٹ کی خالی کوٹھی کے شاگرد پیشے میں رہتے ہیں۔ ان کے بیوی بچے سب مر چکے ہیں اور برسوں سے ان کا ذریعۂ معاش سرود ہے جس کے ذریعے وہ آٹھ دس روپے مہینا کما لیتے ہیں۔

"لیکن اس خوابیدہ شہر میں سرود سیکھنے والے ہی کتنے ہوں گے؟" باجی نے پوچھا۔

انہوں نے اسی دھیمی آواز میں کہا: کبھی کبھی دو ایک طالب علم مل جاتے ہیں۔" (اس کے علاوہ انہوں نے اپنے متعلق کچھ نہیں بتلایا)

وہ انتہائی خود دار انسان معلوم ہوتے تھے، ان کا نام سائمن تھا۔ پیر کے روز وہ ٹیوشن کے لیے آگئے۔ باجی پچھلے لان پر دھوپ میں بیٹھی تھیں "مسٹر سائمن کو یہیں بھیج دو"۔ انہوں نے فقیرا سے کہا۔ باجی کی طرف جانے کے لیے فقیرا نے ان کو اندر بلا لیا۔ اُس روز بڑی سردی تھی اور میں اپنے کمرے میں بیٹھی کسی سٹر پٹر میں محو تھی۔ میرے کمرے میں سے گزرتے ہوئے ذرا ٹھٹک کر سائمن نے چاروں طرف دیکھا۔ آتش دان

میں آگ لہک رہی تھی۔ ایک لحظے کے لیے اُن کے قدم آتش دان کی سمت بڑھے اورانہوں نے آگ کی طرف ہتھیلیاں پھیلائیں۔ مگر پھر جلدی سے فقیرا کے پیچھے پیچھے باہر چلے گئے۔ ریشم نے ان سے بہت جلد دوستی کرلی۔ یہ بڑے تعجب کی بات تھی۔ کیونکہ ریشم بے انتہا مغرور، اکل کھری اور اپنے سیامی حُسن پر حد سے زیادہ نازاں تھی۔ اور بہت کم لوگوں کو خاطر میں لاتی تھی۔ زیادہ تر وہ اپنی ساٹن کے ریشمی جھالر دار غلاف والی ٹوکری کے گدیلوں پر آرام کرتی رہتی اور کھانے کے وقت بڑی مکّاری سے آنکھیں بند کر کے میز کے نیچے بیٹھ جاتی۔

"اس کی ساری خاصیتیں ویمپ (Vamp) عورتوں کی سی ہیں۔" باجی کہتیں

"عورت کی خاصیت بلّی کی ایسی ہوتی ہے، چمکارو تو پنجے نکال لے گی، بے رُخی برتو تو خوشامد شروع کردے گی__"

"اور آدمی لوگوں کی خاصیت کیسی ہوتی ہے باجی؟" میں پوچھتی، باجی ہنسنے لگتیں اور کہتیں: یہ ابھی مجھے معلوم نہیں۔"

باجی چہرے پر دل فریب اور مطمئن مسکراہٹ لیے باغ میں بیٹھی مظفر بھائی کے بے حد دل چسپ خط پڑھا کرتیں، جو اُن کے نام ہر پانچویں دن بمبئی سے آتے تھے۔ جہاں مظفر بھائی انجینئرنگ پڑھ رہے تھے۔ مظفر بھائی میرے اور باجی کے چچازاد بھائی تھے اور باجی سے ان کی شادی طے ہو چکی تھی۔ جتنی دیر وہ باغ میں بیٹھتیں، غفور بیگم ان کے نزدیک گھاس پر پاندان کھولے بیٹھی رہتیں۔ جب باجی اندر چلی جاتیں تو غفور بیگم شاگرد پیشے کی طرف جاکر فقیر ابھاوج سے باتیں کرنے لگتیں یا پھر اپنی نماز کی چوکی پر آبیٹھتیں۔ غفور بیگم باجی کی بے حد وفادار انّا تھیں۔ ان کے شوہر نے، جن کی علی گڑھ میں میرس روڈ کے چوراہے پر سائیکلوں کی دُکان تھی، پچھلے برس ایک نوجوان لڑکی سے نکاح کر لیا تھا،

اور تب سے غفور بیگم اپنا زیادہ وقت نماز روزے میں گزارتی تھیں۔

سائمن کے آتے ہی ریشم دبے پانو چلتی ہوئی آکر خُر خُر کرنے لگتی اور وہ فوراً جیب سے رومال نکال کر اُسے کچھ کھانے کو دیتے۔ شام کے وقت جب فقیراان کے لیے چائے کی کشتی لے کر برآمدے میں جاتا تو وہ آدھی چائے طشتری میں ڈال کر فرش پر رکھ دیتے اور ریشم فوراً طشتری چاٹ جاتی اور فقیرا بڑبڑاتا: ہمارے ہاتھ سے تورانی صاحب دودھ پینے میں بھی نخرے کرتی ہیں۔"

فقیراایک ہنس مکھ گڑھوالی نوجوان تھا۔ دو سال قبل وہ چیتھڑوں میں ملبوس، نہر کی منڈیر پر بیٹھا، اون اور سلائیوں سے موزرے بن رہا تھا۔ جو پہاڑیوں کا عام دستور ہے، تو سکھ نندن خانساماں نے اس سے پوچھا تھا: کیوں بے نوکری کرے گا۔؟"

اور اس نے کھکھلا کر ہنستے ہوئے جواب دیا تھا: مہینوں سے بھوکوں مر رہا ہوں کیوں نہیں کروں گا۔"

تب سے وہ ہمارے یہاں "اوپر کا کام" کر رہا تھا اور ایک روز اس نے اطلاع دی تھی کہ اس کے دونوں بڑے بھائیوں کی مٹی ہوگئی ہے اور وہ اپنی بھاوج کو لینے گڑھوال جارہا ہے۔ اور چند دنوں بعد اس کی بھاوج جل دھرا پہاڑوں سے آکر شاگرد پیشے میں بس گئی تھی۔ جل دھرا ادھیڑ عمر کی ایک گوری چٹّی عورت تھی جس کے ماتھے، ٹھوڑی اور کلائیوں پر نیلے رنگ کے نقش و نگار گدے ہوئے تھے۔ وہ ناک میں سونے کی لونگ اور بڑا سا بُلاق اور کانوں کے بڑے بڑے سوراخوں میں لاکھ کے پھول پہنتی تھی اور اس کے گلے میں ملکہ وکٹوریہ کے روپوں کی مالا بھی پڑی تھی۔ یہ تین گہنے اس کے تینوں مشترکہ شوہروں کی واحد جائیداد تھے۔ اس کے دونوں متوفی شوہر مرتے دم تک یاتریوں کا سامان ڈھوتے رہے تھے اور اتفاق سے اکٹھے ہی ایک پہاڑی سے گر کر مر گئے تھے جل دھرا

بڑے میٹھے لہجے میں بات کرتی تھی اور ہر وقت سوئٹر بنتی رہتی تھی۔ اسے کنٹھ مالا کا پُرانا مرض تھا۔ فقیرا اس کے علاج معالجے کے لیے فکر مند رہتا تھا اور اس سے بے حد محبت کرتا تھا۔

جل دھرا کی آمد پر باقی نوکروں کی بیویوں نے آپس میں چہ میگوئیاں کی تھیں __ "یہ پہاڑیوں کے ہاں کیسا برا رواج ہے ایک لُگائی کے دو دو تین تین خاوند" __ اور جب جل دھرا کا تذکرہ دوپہر کو کھانے کی میز پر ہوا تھا تو باجی نے فوراً دروپدی کا حوالہ دیا تھا اور کہا تھا پہاڑوں میں پولی اینڈری کا رواج مہابھارت کے زمانے سے چلا آتا ہے اور ملک کے بہت سے حصوں کا سماجی ارتقا ایک خاص اسٹیج پر پہنچ کر وہیں منجمد ہو چکا ہے اور پہاڑی علاقے بھی ان ہی پس ماندہ حصوں میں سے ہیں۔

باجی نے یہ بھی کہا کہ پولی اینڈری، جسے اُردو میں "چند شوہری" کہتے ہیں، مادرانہ نظام کی یادگار ہے۔ اور معاشرے نے جب مادرانہ نظام سے پدری نظام کی طرف ترقی کی تو انسان بھی کثیر الازدواجی کی طرف چلا گیا۔ اور مادرانہ نظام سے بھی پہلے، ہزاروں سال قبل، تین چار بھائیوں کے بجائے قبیلوں کے پورے پورے گروہ ایک ہی عورت کے ساتھ رہتے تھے اور ویدوں میں ان قبائل کا ذکر موجود ہے۔ میں منہ کھولے یہ سب سنتی رہی۔

باجی بہت قابل تھیں۔ بی۔ اے میں انہیں فرسٹ ڈویژن ملا تھا اور ساری علی گڑھ یونی ورسٹی میں اوّل رہی تھیں۔ ایک روز میں اپنی چھوٹی سی سائیکل پر اپنی سہیلیوں کے ہاں جا رہی تھی۔ ریشم میرے پیچھے پیچھے بھاگتی آرہی تھی۔ اس خیال سے کہ وہ سڑک پر آنے والی موٹروں سے کچل نہ جائے۔ میں سائیکل سے اُتری، اُسے خوب ڈانٹ کر سڑک پر سے اٹھایا اور باڑ پر سے احاطے کے اندر پھینک دیا اور پیڈل پر زور سے پانو مار کر تیزی

سے آگے نکل گئی۔ لیکن ریشم احاطے میں کودنے کے بجائے باڑ کے اندر لگے ہوئے تیز نوکیلے کانٹوں والے تاروں میں اُلجھ گئی۔ اس کی ایک ران بُری طرح زخمی ہوئی۔ وہ لہو لہان ہوگئی اور اس نے زور زور سے چلّانا شروع کیا اور اسی طرح تار سے لٹکی چیختی اور کراہتی رہی۔ بہت دیر بعد جب فقیرا ادھر سے گزرا جو جھاڑیوں سے مرچیں اور ٹماٹر توڑنے اس طرف آیا تھا، تو اس نے بڑی مشکل سے ریشم کو باڑ میں سے نکالا اور اندر لے گیا۔ جب میں کملا اور وملا کے گھر سے لوٹی تو دیکھا کہ سب کے چہرے اُترے ہوئے ہیں۔

"تمہاری ریشم مر رہی ہے"۔ باجی نے کہا۔ ان کی آنکھوں میں آنسو تھے۔ "کم بخت جانے کس طرح جا کر باڑ کے تاروں میں اُلجھ گئی جنے اس قدر احمق کیوں ہے؟ چڑیوں کی لالچ میں وہاں جا گھسی ہوگی۔ اب بُری طرح چلّا رہی ہے۔ ابھی ڈاکٹر صاحب مرہم پٹّی کر کے گئے ہیں۔"

میرا دل دہل گیا۔ ریشم کی اس ناقابلِ برداشت تکلیف کی ذمہ دار میں تھی۔ اس کی تکلیف اور ممکن موت کے صدمے کے ساتھ انتہائی شدید احساسِ جرم نے مجھے سراسیمہ کر دیا اور میں جا کر گھر کے پچھواڑے گھنے درختوں میں چھپ گئی تاکہ دنیا کی نظروں سے اوجھل ہو جاؤں۔ کچھ فاصلے پر کھٹ کھٹ بڑھیا کی شکل والی مسز وار بروک کے گھر میں سے وائرلیس کی آواز آ رہی تھی۔ دور شاگرد پیشے کے سامنے فقیرا کی بھاوج گھاس پر بیٹھی غفور بیگم سے باتیں کر رہی تھی۔ پچھلے برآمدے میں باجی اب مظفر بھائی کو خط لکھنے میں محو ہو چکی تھیں۔ باجی کی عادت تھی کہ دن بھر میں کوئی بھی خاص بات ہوتی تھی تو وہ فوراً مظفر بھائی کو طویل سا خط لکھتی تھیں۔

ریشم پٹیوں سے بندھی ان کے نزدیک اپنی ٹوکری میں پڑی تھی۔ ساری دُنیا پرسکون تھی، صرف میں ایک روپوش مجرم کی طرح اونچی اونچی گھاس میں کھڑی سوچ

رہی تھی کہ اب کیا کروں۔ آخر میں آہستہ آہستہ اپنے والد کے کمرے کی طرف گئی اور دریچے میں سے اندر جھانکا۔ والد آرام کرسی پر بیٹھے کچھ پڑھ رہے تھے۔ میں اندر گئی اور کرسی کے پیچھے جاکر کھڑی ہوگئی

"کیابات ہے بی بی؟"میری سسکی کی آواز پر انہوں نے چونک کر مجھے دیکھا۔

"ریشم کو__ ریشم کو ہم نے باڑ میں پھینک دیا تھا۔"

"آپ نے پھینک دیا تھا؟"

"ہم__ ہم کملا و ملا کے ہاں جانے کی جلدی میں تھے۔ وہ اتنا منع کرنے کے باوجود پیچھے پیچھے آرہی تھی۔ ہم نے اُسے جلدی سے باغ کے اندر پھینک دیا۔"

اتنا کہہ کر میں نے زار و قطار رونا شروع کر دیا۔ رونے کے بعد دل ہلکا ہوا اور جرم کا تھوڑا سا پر اُشچت بھی ہو گیا مگر ریشم کی تکلیف کسی طرح کم نہ ہوئی۔ شام کو سائمن سبق سکھانے کے بعد دیر تک اس کے پاس بیٹھے اس سے باتیں کرتے رہے۔ ریشم کی روزانہ مرہم پٹّی ہوتی تھی اور ہفتے میں ایک دفعہ اسے "گھوڑا ہسپتال" بھیجا جاتا تھا۔ اس کی ران پر سے اس کے گھنے اور لمبے لمبے سرمئی بال مونڈ دیئے گئے تھے اور زخم کی گہری سرخ لکیریں دور تک کھنچی ہوئی تھیں۔ کافی دنوں کے بعد اس کے زخم بھرے اور اس نے لنگڑا کر چلنا شروع کر دیا۔ ایک مہینے بعد وہ آہستہ آہستہ لنگڑاتی ہوئی سائمن کو پہنچانے پھاٹک تک گئی اور جب فقیرا بازار سے اس کے لیے چھچھڑے لے کر آتا تو وہ اسی طرح لنگڑاتی ہوئی کونے میں رکھے ہوئے اپنے برتن تک بھی جانے لگی۔

ایک روز صبح کے وقت مسٹر جارج بیکٹ باڑ پر نمودار ہوئے اور ذرا جھجکتے ہوئے انہوں نے مجھے اپنی طرف بلایا۔ "ریشم کی طبیعت اب کیسی ہے؟" انہوں نے دریافت کیا۔

"مجھے مسٹر سائمن نے بتایا تھا کہ وہ بہت زخمی ہو گئی تھی۔"

مسٹر جارج بیکٹ نے پہلی بار اس محلّے میں کسی سے بات کی تھی۔ میں نے ریشم کی خیریت دریافت کرنے کے لیے ان کا شکریہ ادا کیا۔ اور وہ اپنے چارخانہ کوٹ کی پھٹی ہوئی جیبوں میں انگوٹھے ٹھونس کر آگے چلے گئے۔ مسٹر جارج بیکٹ ایک بے حد فاقہ زدہ اینگلو انڈین تھے اور پلپلی صاحب کہلاتے تھے۔ وہ سڑک کے سرے پر ایک خستہ حال کائی آلود کاٹج میں رہتے تھے اور بالٹی اُٹھا کر صبح کو میونسپلٹی کے نل پر خود پانی بھرنے جایا کرتے تھے۔ ان کی ایک لڑکی تھی جس کا نام ڈائنا تھا۔ وہ پریڈ گراؤنڈ پر ایک انگریزی سنیما ہال میں ٹکٹ بیچتی تھی اور خوش رنگ فراک پہنے اکثر سامنے سے سائیکل پر گزرا کرتی تھی، اس کے پاس صرف چار فراک تھے جنہیں وہ دھو دھو کر اور بدل بدل کر پہنا کرتی تھی اور مسز گوسوامی، مسز فاروقی اور مسز جسونت سنگھ کا کہنا تھا کہ "سنیما ہال کی نوکری کے اسے صرف پچیس روپلّی ملتے ہیں اور کیسے ٹھاٹ کے کپڑے پہنتی ہے۔ اُسے گورے پیسے دیتے ہیں۔"

لیکن گورے اگر اُسے پیسے دیتے تھے (یہ میری سمجھ میں نہ آتا تھا کہ اُسے گورے کیوں پیسے دیتے تھے) تو اس کا بوڑھا باپ نل پر پانی بھرنے کیوں جاتا تھا۔ یہ پنشن یافتہ متمول انگریزوں کا محلہ تھا جو پُر فضا خوب صورت کوٹھیوں میں خاموشی سے رہتے تھے۔ ان کے انتہائی نفاست سے سجے ہوئے کمروں اور برآمدوں میں لندن السٹریٹیڈ نیوز، ٹیٹلر، کنٹری لائف اور پنچ کے انبار میزوں پر رکھے تھے۔ اور ٹائمز اور ڈیلی ٹیلی گراف کے پلندے سمندری ڈاک سے ان کے نام آتے تھے۔ ان کی بیویاں روزانہ صبح کو اپنے اپنے "مورننگ روم" میں بیٹھ کر بڑے اہتمام سے "ہوم" خط لکھتی تھیں۔ اور ان کے "گول کمروں" میں ان کے بیٹوں کی تصویریں روپہلے فریموں میں سجی تھیں جو مشرقی افریقہ اور

جنوب مشرقی ایشیا میں سلطنت برطانیہ کے آفتاب کو مزید چمکانے میں مصروف تھے۔

یہ لوگ مدّتوں سے اس ملک میں رہتے آرہے تھے مگر "کوئی ہائے" اور "عبدل چھوٹا حاضری مانگتا" سے زیادہ الفاظ نہ جانتے تھے۔ یہ عزت پسند انگریز دن بھر باغبانی یا برڈ واچنگ (Bird watching) یا ٹکٹ جمع کرنے میں مصروف رہتے تھے۔ یہ بڑے عجیب لوگ تھے۔

مسٹر ہارڈ کاسل تبتی زبان اور رسم و رواج کے ماہر تھے۔ مسٹر گرین آسام کے کھاسی قبائل پر اتھارٹی تھے۔ کرنل وایٹ ہیڈ جو شمالی مغربی سرحد کے معرکوں میں اپنی ایک ٹانگ کھو چکے تھے اور لکڑی کی ٹانگ لگاتے تھے، خوش حال خاں خٹک پر عبور رکھتے تھے۔ میجر شیلٹن اسٹیس مین میں شکار کے متلعق مضامین لکھا کرتے تھے۔ اور مسٹر مارچ مین کو شطرنج کا خبط تھا۔ مس ڈرنک واٹر پلانچٹ پر روحیں بلاتی تھیں اور مسز وار بُروک تصوریں بناتی تھیں۔ مسز وار بُروک ایک بریگیڈیر کی بیوہ تھیں اور ہمارے پچھواڑے رہتی تھیں۔ ان کی بوڑھی پھونس کنواری بہن بھی ان کے ساتھ رہتی تھیں۔ ان دونوں کی شکلیں لمبی چونچ والے پرندوں کی ایسی تھیں۔ اور یہ دونوں اپنے طویل و عریض ڈرائنگ روم کے کسی کونے میں بیٹھی آبی رنگوں سے ہلکی پھلکی تصویریں بنایا کرتی تھیں۔ وہ دونوں اتنی مختصر سی تھیں کہ پھول دار غلافوں سے ڈھکے ہوئے فرنیچر اور دوسرے سازو سامان کے جنگل میں کھو جاتی تھیں اور پہلی نظر میں بڑی مشکل سے نظر آتی تھیں۔

ڈالن والا کی ایک کوٹھی میں "انگلش اسٹورز" تھا۔ جس کا مالک ایک پارسی تھا۔ محلے کی ساری انگریز اور نیٹو بیویاں یہاں آکر خریداری کرتی تھیں اور اسکنڈل اور خبروں کا ایک دوسرے سے تبادلہ کرتی تھیں۔ اس خوش حال اور مطمئن انگریزی محلے کے واحد

مفلس اور اینگلو انڈین باسی بجھی بجھی نیلی آنکھوں والے مسٹر جارج بیکٹ تھے۔ مگر وہ بڑی آن بان والے اینگلو انڈین تھے اور خود کو پکّا انگریز سمجھتے تھے، انگلستان کو "ہوم" کہتے تھے اور چند سال اُدھر جب شہنشاہ جارج پنجم کے انتقال پر کولا گڑھ میں سلو مارچ پر بڑی بھاری پریڈ ہوئی تھی اور گوروں کے بینڈ نے موت کا نغمہ بجایا تھا تو مسٹر جارج بیکٹ بھی بازو پر سیاہ ماتمی پٹّی باندھ کر کولا گڑھ گئے تھے اور انگریزوں کے مجمعے میں بیٹھے تھے اور ان کی لڑکی ڈائنا روز نے اپنے سنہرے بالوں اور خوب صورت چہرے کو سیاہ ہیٹ اور سیاہ جالی سے چھپایا تھا۔ اور مسٹر بیکٹ بہت دنوں تک سیاہ ماتمی پٹّی بازو پر باندھے رہے تھے۔ لیکن بچّے بہت بے رحم ہوتے ہیں۔

ڈالن والا کے سارے ہندستانی بچّے مسٹر جارج بیکٹ کو نہ صرف پلپلی صاحب کہتے تھے بلکہ کملا اور وملا کے بڑے بھائی سورن نے جو ایک پندرہ سالہ لڑکا تھا اور ڈون پبلک اسکول میں پڑھتا تھا۔ مسٹر بیکٹ کی لڑکی ڈائنا کو چڑانے کی ایک اور ترکیب نکالی تھی۔ کملا اور وملا کے والد ایک بے حد دلچسپ اور خوش مزاج انسان تھے۔ انہوں نے ایک بہت ہی انوکھا انگریزی ریکارڈ ۱۹۲۸ء میں انگلستان سے خریدا تھا۔ یہ ایک انتہائی بے تکا گیت تھا جس کا اینگلو انڈین اُردو ترجمہ بھی ساتھ ساتھ اُسی دھن میں گایا گیا تھا۔ نہ جانے کس منچلے انگریز نے اُسے تصنیف کیا تھا۔ یہ ریکارڈ اب سورن کے قبضے میں تھا۔ اور جب ڈائنا سائیکل پر ان کے گھر کے سامنے سے گزرتی تو سورن گراموفون دریچے میں رکھ کر اُس کے بھونپو کا رُخ سڑک کی طرف کر دیتا اور سوئی ریکارڈ پر رکھ کر چھپ جاتا۔ مندرجہ ذیل بلند پایہ روح پرور گیت کی آواز بلند ہوتی ___

There was a rich merchant in London did stay. Who had for his daughter an uncommon liking. Her name it was Diana, she was sixteen years old, And had a large fortune in silver and gold.

ایک بار ایک سوداگر شہر لندن میں تھا۔ جس کی ایک بیٹی نام ڈائنا اُس کا نام اُس کاڈائناسولے برش کا عُومر جس کے پاس بہت کپڑا چاندی اور سونا

As Diana was walking in the garden one day. Her father came to her and thus did he say: Go dress yourself up in gorgeous atray, For you will have a husband both gallant and gay.

ایک دن جب ڈائنا بگیچہ میں تھی باپ آئی اور بولی بیٹی جاؤ کپڑا اپہنو اور ہو صفا کیوں کہ میں ترے واسطے ایک خاوند لایا

O father, dear father I‹ve made up my mind, To marry at present I don‹t feel inclined. And all my large fortune every day adore, if you let live me single a year or two more.

ارے رے مورا باپ تب بولی بیٹی شادی کا ارادہ میں ناہیں کرتی اگر ایک دو برس تکلیف ناہیں دیو آ آ ارے دولت میں بالکل چھوڑ دیوں

Then gave the father a gallant reply: if you don‹t be this young man‹s bride, I‹ll leave all your fortune to the fearest of things, And you should not reapthe benefit of single thing.

تب باپ بولا ارے بچّہ بیٹی اس شخص کی جورو تو ناہیں ہوتی مال اور اسباب تیر اگر کی کر دیوں اور ایک کچّی دمڑی بھی تجھے نا دیوں

As wilikins was walking in the garden one day, He found his dear Diana lying dead on the way. A cup so fearful that lay by her side. And wilikins doth fainteth with a cry in his eye

ایک دن جب ولی کن ہوا کھانے کو گیا ڈائنا کا مردہ ایک کونے میں پایا ایک بادشاہ پیالہ اس کے کمر پر پڑا اور ایک چٹّھی جس میں لکھا: "زہر پی کے مرا"

جیسے ہی ریکارڈ بجنا شروع ہوتا، بے چاری ڈائنا سائیکل کی رفتار تیز کر دیتی اور اپنے سنہرے بال جھٹک کر زنّاٹے سے آگے نکل جاتی۔ اس موسم سرما کا دوسرا اہم واقعہ پریڈ گراؤنڈ میں "دی گریٹ ایسٹ انڈین سرکس اینڈ کارنیول" کی آمد تھا۔ اس کے اشتہا

لنگوروں اور مسخروں کے لمبے جلوس کے ذریعے بانٹے گئے تھے جن پر لکھا تھا: بیسویں صدی کا حیرت ناک تماشا شیر دل حسینہ مس زہرہ ڈربی موت کے کنویں میں آج شب کو سب سے پہلے فقیرا سرکس دیکھ کر لوٹا۔ وہ اپنی بھاوج کو بھی کھیل دکھانے لے گیا تھا۔ اور صبح کو اس نے اطلاع دی تھی __

" بیگم صاحب __ بڑی بیٹا __ بی بی __ زنانی ڈیتھ آف ویل میں ایسے پھٹ پھٹی چلاتی ہے کہ بس کیا بتاؤں __ عورت ہے کہ شیر کی بچّی __ ہرے رام __ ہرے رام __ "

دوسرے دن اسکول میں کملا و ملا نے مجھے بتایا کہ مس زہرہ ڈربی ایک نہایت سنسنی خیز خاتون ہے۔ اور وہ دونوں بھی اس کے دلیرانہ کمالات بہ چشم خود دیکھ کر آئی ہیں۔ چونکہ میں سرکسوں پر پہلے ہی سے عاشق تھی لہٰذا جلد از جلد باجی کے ساتھ پریڈ گراؤنڈ پہنچی۔ وہاں تمبو کے باہر ایک اونچے چوبی پلیٹ فارم پر ایک موٹر سائیکل گھڑ گھڑا رہی تھی اور اس کے پاس مس زہرہ ڈربی کرسی پر فروکش تھی۔ اس نے نیلے رنگ کی چمک دار ساٹن کا اس قطع کا لباس پہن رکھا تھا جو مس نادیا نے ہنٹر والی فلم میں پہنا تھا۔ اس نے چہرے پر بہت سا گلابی پاؤڈر لگا رکھا تھا جو بجلی کی روشنی میں نیلا معلوم ہو رہا تھا۔ اور ہونٹ خوب گہرے سرخ رنگے ہوئے تھے۔

اس کے برابر میں ایک بے حد خوف ناک، بڑی بڑی مونچھوں والا آدمی اسی طرح کی رنگ برنگی " برجیس " پہنے، لمبے لمبے پٹّے سجائے اور گلے میں بڑا سا سرخ آدمی رومال باندھے بیٹھا تھا۔ مس زہرہ ڈربی کے چہرے پر بڑی اُکتاہٹ تھی اور وہ بڑی بے لطفی سے سگریٹ کے کش لگا رہی تھی۔ اس کے بعد وہ دونوں موت کے کنویں میں داخل ہوئے جس کی تہہ میں ایک اور موٹر سائیکل رکھی تھی۔ خوف ناک آدمی موٹر سائیکل پر چڑھا اور مس زہرہ ڈربی سامنے اس کی بانہوں میں بیٹھ گئی۔ اور خوف ناک آدمی نے کنویں کے

چکّر لگائے۔ پھر وہ اُتر گیا اور مس زہرہ ڈربی نے تالیوں کے شور میں موٹر سائیکل پر تنہا کنویں کے چکّر لگائے اور اوپر آکر دونوں ہاتھ چھوڑ دیئے۔ اور موٹر سائیکل کی تیز رفتار کی وجہ سے موت کا کنواں زور زور سے ہلنے لگا اور میں مس زہرہ ڈربی کی اس حیرت انگیز بہادری کو مسحور ہو کر دیکھتی رہی۔

کھیل کے بعد وہ دوبارہ اسی طرح چبوترے پر جا بیٹھی اور بے تعلقی سے سگریٹ پینا شروع کر دیا۔ گویا کوئی بات ہی نہیں۔ یہ واقعہ تھا کہ مس زہرہ ڈربی جاپانی چھتری سنبھال کر تار پر چلنے والی میموں اور شیر کے پنجرے میں جانے والی اور اونچے اونچے تاروں اور جھولوں پر کمالات دکھانے والی لڑکیوں سے بھی زیادہ بہادر تھی۔ پچھلے برس وہاں "عظیم الشان آل انڈیا دنگل" آیا تھا جس میں مس حمیدہ بانو پہلوان نے اعلان کیا تھا کہ جو مرد پہلوان انہیں ہرا دے گا وہ اس سے شادی کر لیں گی۔ لیکن بقول فقیرا کوئی مائی کا لال اس شیر کی بچّی کو نہ ہرا سکا تھا اور اسی دنگل میں پروفیسر تارا بائی نے بھی بڑی زبردست کشتی لڑی تھی اور ان دونوں پہلوان خواتین کی تصویریں اشتہاروں میں چھپی تھیں جن میں وہ بنیان اور نیکریں پہنے ڈھیروں تمغے لگائے بڑی شان و شوکت سے کیمرے کو گھور رہی تھیں ــــ یہ کون پُراسرار ہستیاں ہوتی ہیں جو تار پر چلتی ہیں اور موت کے کنویں میں موٹر سائیکل چلاتی ہیں اور اکھاڑے میں کشتی لڑتی ہیں۔

میں نے سب سے پوچھا لیکن کسی کو بھی ان کے متعلق کچھ نہ معلوم تھا۔ "دی گریٹ ایسٹ انڈین سرکس" ابھی تماشے ہی دکھا رہا تھا کہ ایک روز فقیرا پلٹن بازار سے سودا لے کر لوٹا تو اس نے ایک بڑی تہلکہ خیز خبر سنائی کہ مس زہرہ ڈربی کے عشاق، ماسٹر گل قند اور ماسٹر مچھندر کے درمیان چکّو چل گیا۔ ماسٹر مچھندر نے مس زہرہ ڈربی کو بھی چکّو سے گھائل کر دیا اور وہ ہسپتال میں پڑی ہیں اور اس سے بھی تہلکہ خیز خبر، جو فقیرا نے

چند دن بعد میونسپلٹی کے نل پر سُنی، یہ تھی کہ پلپلی صاحب کی مسیا نے سرکس میں نوکری کرلی۔ "ڈائنا بیکٹ نے__؟" باجی نے دہرایا۔

"جی ہاں بڑی بٹیا__ پلپلی صاحب کی مسیا سنا ہے کہتی ہے کہ اس سے اپنے باپ کی گریبی اور تکلیف اب نہیں دیکھی جاتی اور دنیا والے تو یوں بھی تنگ کرتے ہیں۔ اوڈین سنیما میں اسے پچیس روپے ملتے تھے۔ سرکس میں پچھتّر روپے ملیں گے__ یہ تو سچ ہے۔ وہ گریب تو بہت تھی بڑی بٹیا__" "اور گورے جو اس کو پیسے دیتے تھے؟" میں نے پوچھا۔

غفور بیگم نے مجھے گھور کر دیکھا اور کہا جاؤ۔ بھاگ جاؤ یہاں سے۔ "لہٰذا میں بھاگ گئی اور باہر جاکر ریشم کی ٹوکری کے پاس بیٹھ کے ڈائنا بیکٹ کی بہادری کے متعلق غور کرنے لگی۔ اب کی بار جب لنگوروں اور مسخروں نے سرکس کے اشتہار بانٹے تو ان پر چھپا تھا۔ سرکس کے عاشقوں کو مژدہ پری جمال یورپین دوشیزہ کے حیرت انگیز کمالات قتالہ عالم، حسینہ لندن مس ڈائنا روز موت کے کنویں میں آج شب کو ان ہی دنوں سنیما کا چرچا ہوا۔ یوں تو سنیما کے اشتہار عرصے سے لکڑی کے ٹھیلوں پر چپکے سامنے سے گزرا کرتے۔

سال رواں کی بہترین فلم "چیلنج" جس میں مس سردار اختر کام کرتی ہیں۔ پریڈ کے سامنے پلیڈیم سنیما میں۔ آج شب کو اور سال رواں کی بہترین فلم "دہلی ایکسپریس" جس میں مس سردار اختر کام کرتی ہیں پریڈ کے سامنے، راکسی سنیما میں آج شب کو اور مجھے بڑی پریشانی ہوتی تھی کہ مس سردار اختر دونوں جگہوں پر بیک وقت کس طرح "کام" کریں گی۔ لیکن قسمت نے ایک دم یوں پلٹا کھایا کہ باجی اور ان کی سہیلیوں کے ساتھ یکے بعد دیگرے تین فلم دیکھنے کو ملیں۔ "اچھوت کنیا" جس کے لیے مسز جوگ مایا چٹرجی نے بتایا کہ ہمارے دیش میں بہت زبردست سماجی انقلاب آگیا ہے اور گرو دیو ٹیگور کی بھانجی

دیویکارانی اب فلموں میں کام کرتی ہیں اور "جیون لتا" جس میں سبیتا دیوی نازک نازک چھوٹی سی آواز میں گاتیں ــــ

"موہے پریم کے جھولے جھلادے کوئی ــــ "اور "جیون پر بھات" جسے باجی بڑے ذوق وشوق سے اس لیے دیکھنے گئیں کہ اس میں خورشید آپا "کام" کر رہی تھیں، جو اب رینو کا دیوی کہلاتی تھی، جو اس زبردست سماجی انقلاب کا ثبوت تھا، مسز جوگ مایا چڑجی کی بشارت کے مطابق ہندستان جس کے دروازے پر کھڑا تھا اور تبھی مسز جوگ مایا چڑجی کی لڑکیوں نے ہارمونیم پر فلمی گانے "نکالنے" شروع کر دیئے۔

"بانکے بہاری بھول نہ جانا ــــ پیتم پیاری پریت نبھانا ــــ"، اور "چور چراوے مال خزانہ، پیانینوں کی نندیا چرواے" اور ــــ "تم اور میں اور منا پیارا ــــ گھر واہو گا سورگ ہمارا ــــ"

غفور بیگم کام کرتے کرتے ان آوازوں پر کان دھرنے کے بعد کمر ہاتھ پر رکھ کر کہتیں ــــ "بڑے بوڑھے سچ کہہ گئے تھے۔ قرب قیامت کے آثار یہی ہیں کہ گائے مینگناں کھائے گی اور کنواریاں اپنے منہ سے بر مانگیں گی۔"

اتنے میں منورما چڑجی کی سریلی آواز بلند ہوتی ــــ

"موہے پریم کے جھولے جھلادے کوئی۔"

"بے حیائی تیرا آسرا ــــ"

غفور بیگم کانپ کر فریاد کرتیں اور سلیپر پانو میں ڈال کر سڑ پڑ کرتی اپنے کام کاج میں مصروف ہو جاتیں۔ ان ہی دنوں فقیرا بھی اپنی بھاوج کو یہ ساری فلمیں سیکنڈ شو میں دکھالایا۔ مگر جس رات جل دھرا "چنڈی داس" فلم دیکھ کر لوٹی تو اسے بڑا سخت بخار چڑھ گیا اور ڈاکٹر ہون نے صبح کو آکر اسے دیکھا اور کہا کہ اس کا مرض تشویش ناک صورت

اختیار کر چکا ہے۔ اب وہ روز تانگے میں لیٹ کر ہسپتال جاتی اور واپس آ کر دھوپ میں گھاس پر کمبل بچھا کر لیٹی رہتی۔ کچھ دنوں میں اس کی حالت ذرا بہتر ہو گئی۔ اور سکھ نندن خانساماں کی بیوی دھن کلیا اس سے ذرا فاصلے پر بیٹھ کر اس کا دل بہلانے کے لیے پوربی گیت گایا کرتی اور اسے چھیڑ چھیڑ کر الاپتی __

"نا جو ادا سے سرم و حیا سے بالے سیاں سے سرمائے گئی میں تو __"

اور غفور بیگم جب جل دھرا کی خیریت پوچھنے جاتیں تو وہ مسکرا کر کہتی __

"انا جی __ میرا تو سمے آ گیا۔ اب تھوڑے دنوں میں پران نکل جائیں گے __"

اب غفور بیگم اس کا دل رکھنے کے لیے کہتیں

"اری تو ابھی بہت جئے گی __ اور اے جل دھریا __ ذرا یہ تو بتا کہ تو نے فقیرا نگوڑے پر کیا جادو کر رکھا ہے __ ذرا مجھے بھی وہ منتر بتا دے، مجھ بد بختی کو تو اپنے گھر والے کو رام کرنے کا ایک بھی نسخہ نہ ملا __ تو ہی کوئی ٹوٹکا بتا دے۔ سنا ہے پہاڑوں پر جادو ٹونے بہت ہوتے ہیں __ فقیرا بھی کیسا تیرا کلمہ پڑھتا ہے __ اری تو تو اس کی ماں کے برابر ہے __!"

اور وہ بڑی ادا سے ہنس کو جواب دیتی __

"انا جی۔ کیا تم نے سنا نہیں پرانے چاول کیسے ہوتے ہیں؟"

"پرانے چاول __؟"

میں دہراتی اور غفور بیگم ذرا گھبرا کر مجھے دیکھتیں اور جلدی سے کہتیں __

"بی بی آپ یہاں کیا کر رہی ہیں؟ جائیے بڑی بٹیا آپ کو بلا رہی ہیں __"

لہٰذا میں سر جھکائے بجری کی رنگ برنگی کنکریاں جوتوں کی نوک سے ٹھکراتی ٹھکراتی باجی کی طرف چلی جاتی۔ مگر وہ فلسفے کی موٹی سی کتاب کے مطالعے میں یا مظفر بھائی کا خط

پڑھنے یا اس کا جواب لکھنے میں مستغرق ہوتیں اور مجھے کہیں اور جانے کا حکم دے دیتیں تو میں گھوم پھر کر دوبارہ ریشم کی ٹوکری کے پاس جا بیٹھتی اور اس کے جلد تندرست ہونے کی دعائیں مانگنے لگتی۔ اسکول میں کرسمس کی چھٹیاں شروع ہو چکی تھیں، میں صبح صبح کملا وملا کے گھر جا رہی تھی کہ راستے میں مسٹر بیکٹ نظر آئے۔ وہ بے حد حواس باختہ اور دیوانہ اور ایک طرف کو بھاگے چلے جا رہے تھے۔ اتنے میں میجر چیلٹن نے اپنی ۱۹۲۶ء ماڈل کی کھڑ کھڑیا فوڈ روک کر انہیں اس میں بٹھالیا اور فورڈ یورپین ہسپتال کی سمت روانہ ہو گئی۔

میں کملا کے گھر پہنچی تو سورن خلاف معمول بہت خاموش تھا۔ میرے پوچھنے پر اس نے بتایا کہ وہ ابھی پریڈ گراؤنڈ سے سارا واقعہ سن کر آیا ہے___ ڈائنا بیکٹ ابھی ماسٹر مچھندر کے ساتھ ہی موٹر سائیکل پر بیٹھتی تھی اور دیکھنے والوں کا بیان تھا کہ دہشت کے مارے اس کا رنگ سفید پڑ جاتا تھا اور وہ آنکھیں بند کیے رہتی تھی۔ مگر سرکس منیجر نے اصرار کیا کہ وہ تنہا موٹر سائیکل چلانے کی ٹریننگ بھی شروع کر دے تاکہ اس کے دل کا خوف نکل جائے۔ دل کا خوف نکالنے کے لیے اس نے موٹر سائیکل پر تنہا بیٹھ کر کنویں کی دیوار پر چڑھنے کی کوشش کی مگر موٹر سائیکل بے قابو ہو گئی اور ڈائنا کی دونوں ٹانگیں موٹر سائیکل کے تیزی سے گھومتے ہوئے پہیوں میں آکر چور چور ہو گئیں۔ اسے فوراً یورپین ہسپتال پہنچا دیا گیا۔

کرنل وائی کومب سول سرجن نے کہا ہے کہ اس کی دونوں ٹانگیں ہمیشہ کے لیے بے کار ہو گئی ہیں۔ اور اسے ساری عمر پہیوں والی کرسی پر بیٹھ کر گزارنی ہو گی۔"

اس دن ہم لوگوں کا کسی چیز میں دل نہ لگا۔ اور ہم سب ایک درخت کی شاخ پر چپ چاپ بیٹھے رہے۔ کچھ دیر بعد دفعتاً سورن شاخ پر سے نیچے کودا، اور لمبے لمبے ڈگ بھرتا

کرکٹ کھیلنے چلا گیا۔ اور میں نے دیکھا کہ سب کے چہرے پر ایک عجیب سی ندامت طاری تھی۔ ایک انجانا سا احساس جرم اور ندامت __

دوسرے روز دی گریٹ ایسٹ انڈین سرکس اینڈ کارنیول کے نوکیلی مونچھوں اور بے شمار تمغوں والے منیجر اور رنگ ماسٹر پروفیسر شہباز نے اعلان کیا کہ سرکس کوچ کر رہا ہے اور آئندہ سال معزز شائقین کو اس سے زیادہ حیرت ناک تماشے دکھائے جائیں گے لیکن فقیرا کی اطلاع کے مطابق وہ ڈرا ہوا تھا۔ اس کے سرکس میں پے درپے دو شدید حادثے ہوئے تھے اور پولس اس کے پیچھے لگ گئی تھی۔ سرکس نے کوچ کر دیا اور مس زہرہ ڈربی بھی۔ ہسپتال سے جانے کہاں غائب ہو گئی۔

کرسمس کی چھٹیاں شروع ہوئے ایک ہفتہ گزرا تھا کہ ایک بہت لمبی اور دبلی پتلی بی بی ہمارے یہاں مہمان آئیں۔ ان کا نام ڈاکٹر زبیدہ صدیقی تھا۔ وہ دہلی سے کلکتہ جا رہی تھیں اور ایک ہفتے کے لیے ہمارے یہاں ٹھہری تھیں۔ انہوں نے ولایت سے سائنس کے کسی مضمون میں پی۔ ایچ۔ ڈی کیا تھا۔ وہ کسی دور افتادہ دیسی ریاست کے گرلز کالج کی پرنسپل تھیں اور سیاہ کنارے کی سفید ساری اور لمبی آستینوں کا سفید بلاؤز پہنتی تھیں، وہ اپنی طویل القامتی کی وجہ سے ذرا جھک کر چلتی تھیں اور سر نیہوڑا کر بڑی گہری نظر سے ہر ایک کو دیکھتی تھیں۔ اس وقت وہ گنتی کی ان مسلمان خواتین میں سے تھیں جنہوں نے سمندر پار جا کر اعلا تعلیم حاصل کی تھی۔ پہلے روز جب وہ کھانا کھانے بیٹھیں تو انہوں نے ذرا جھجک کر کہا۔ "آپ کے ہاں سارے ملازم ہندو ہیں۔ میں دراصل ہندو کے ہاتھ کا پکا نہیں کھاتی __ "

"مسلمان ہو کر آپ چھوت چھات کرتی ہیں زبیدہ آپا؟ کمال ہے، اور آپ تو ولایت تک ہو آئی ہیں زبیدہ آپا __ " باجی نے اپنی خوب صورت آنکھیں پھیلا کر کہا۔

"دراصل__وہ__میں__میں ایک وظیفہ پڑھ رہی ہوں آج کل__"

انہوں نے جھینپتے ہوئے جواب دیا۔ لہٰذا ان کا کھانا غفور بیگم نے باوضو ہو کر اپنے ہاتھ سے تیار کرنا شروع کیا۔ پڑوس کی مسلمان بیبیوں پر ڈاکٹر صدیقی کی مذہبیت کا بے انتہا رعب پڑا۔ "لڑکی ہو تو ایسی، سات سمندر پار ہو آئی مگر ساری کا آنچل مجال ہے جو سر سے سرک جائے__" مسز فاروقی نے کہا۔

"شرعی پردہ تو دراصل یہی ہے کہ عورت بس اپنا چہرہ اور ہاتھ کھلے رکھے۔ اور اپنی زینت مردوں سے چھپائے۔ قرآن پاک میں یہی آیا ہے۔" مسز قریشی نے جواب دیا۔

"روزے نماز کی پابند، شرم وحیا کی پتلی۔ اور مومنہ ایسی کہ ہندو کے ہاتھ کا پانی نہیں پیتی__"

مسز انصاری نے تعریف کی۔ ڈاکٹر صدیقی سارے وقت گھاس پر کرسی بچھائے باجی کو جانے کون سی داستان امیر حمزہ سنانے میں مشغول رہتی تھیں، اور فقیرا کی بھاوج کو دیکھ کر انہوں نے کہا تھا" کیسی خوش نصیب عورت ہے۔"

جب ڈاکٹر صدیقی صبح سے شام تک ایک ہی جیسی سنجیدہ اور غم ناک شکل بنائے بیٹھی رہتیں تو ان کو محفوظ کرنے کے لیے باجی بلاتیں (گویا میں کوئی تماشا دکھانے والی بھالو تھی) اور حکم دیتیں۔ فلاں گیت گاؤ، فلاں قصہ سناؤ زبیدہ آپا، ذرا بھاگ کے اپنی دوستوں کو بلا لاؤ اور سب مل کر ناچو__ ایک دن ڈاکٹر صدیقی پچھلے لان پر بیٹھی باجی سے کہہ رہی تھیں۔ "مرے کے لیے تو صبر آجاتا ہے، ریحانہ خاتون__ زندہ کے لیے صبر کیسے کروں__" اور اس دن جب انہوں نے کسی طرح مسکرانے کا نام ہی نہ لیا تو باجی نے مجھے بلا کر حکم دیا__

"ارے رے۔ ذرا وہ اپنے مسخرے پن کا اینگلو انڈین گیت تو سناؤ زبیدہ آپا کو__"

"بہت اچھا۔"

میں نے فرماں برداری سے جواب دیا۔ اور سیدھی کھڑی ہو کر ہاتھ گھٹنوں تک چھوڑ کر (جس طرح اسکول میں انگریزی گانے گاتے یا نظمیں پڑھتے وقت کھڑا ہونا سکھلایا گیا تھا) میں نے گیت شروع کیا۔ ایک بار ایک سوداگر شہر لندن میں تھا جس کی ایک بیٹی نام ڈائنا اس کا نام اس کا ڈائنا سولے برش کا عومر جس کے پاس بہت کپڑا__ اور__ چاندی__ اور__ دفعتاً میرے حلق میں کوئی چیز سی اٹکی، میری آواز رندھ گئی اور میں گیت ادھورا چھوڑ کر وہاں سے تیزی سے بھاگ گئی۔

ڈاکٹر صدیقی حیرت سے مجھے دیکھتی رہ گئیں۔ شام کو میں نے وملا سے کہا__

"یہ زبیدہ آپا ہر وقت جنے اتنی پریشان کیوں نظر آتی ہیں__"

"مجھے معلوم ہے۔" وملا نے جواب دیا۔

وہ مجھ سے ذرا بڑی تھی۔ اور ایک ماہر فن ڈیٹکیٹو تھی__

"کل صبح آنٹی فاروقی آنٹی گوسوامی کو انگلش اسٹورز میں بتا رہی تھیں کہ ایک سائنٹسٹ ہیں۔ ان کا نام بھی ڈاکٹر کچھ ہے۔ مجھے یاد نہیں آرہا۔ آنٹی فاروقی نے آنٹی گوسوامی کو بتایا تو تھا__ تو وہ کلکتہ یونی ورسٹی میں زبیدہ آپا کے کلاس فیلو تھے۔ اور جب زبیدہ آپا ولایت گئی تھیں تو وہاں مانچسٹر یونی ورسٹی میں بھی کئی سال ان کے ساتھ پڑھا تھا__ تو یہ زبیدہ آپا جو ہیں، تو یہ پچھلے پندرہ برس سے ڈاکٹر کے نام کی مالا جپ رہی ہیں۔"" یہ کسی کے نام کی مالا کیسے جپتے ہیں؟" میں نے دریافت کیا۔ "یہ پتا نہیں۔" وملا نے جواب دیا۔ جب میں گھر کے اندر آئی تو زبیدہ آپا کو غفور بیگم سے تبادلہ خیالات کرتے پایا۔ اور تبھی پتا چلا کہ جس ریاست میں زبیدہ آپا کام کرتی ہیں وہ اجمیر شریف کے بہت قریب ہے۔ اور اسی وجہ سے زبیدہ آپا بہت مذہبی ہوگئی ہیں، اور جب سے ان کو یہ اطلاع ملی ہے کہ

ڈاکٹر محمود خاں خود ان کی یعنی زبیدہ آپا کی سگی بھتیجی سائرہ سے شادی کرنا چاہتے ہیں جو ایک بے حد خوب صورت سترہ سالہ لڑکی ہے اور کلکتہ کے لورٹیو ہاؤس میں پڑھ رہی ہے، تب سے زبیدہ آپا نماز پنجگانہ کے علاوہ چاشت اشراق اور تہجد بھی پڑھنے لگی ہیں اور یہاں وہ غفور بیگم سے پنجسورہ شریف۔ دعائے گنج العرش اور درود تاج کے کتابچے مستعار لے کر پڑھا کرتی تھیں۔ کیونکہ یہ کتابچے سفر پر چلتے وقت وہ گھر پر بھول آئی تھیں۔

غفور بیگم نے ان سے کہا کہ بٹیا روز رات کو سوتے وقت تسبیح فاطمہ پڑھا کیجئے__ چنانچہ ایک مرتبہ جب وہ کھانے کے بعد اپنے کمرے میں بیٹھی تسبیح پھیر رہی تھیں تو میں نے، جو جاسوسی پر لگی ہوئی تھی ان کو دیکھ لیا اور صبح کو ملا کو اطلاع دی__ "ہمیں معلوم ہوگیا__ کل رات زبیدہ آپا ڈاکٹر کچھ کے نام کی مالا جپ رہی تھیں ہم نے خود اپنی آنکھوں سے دیکھا۔ ایک رات دو بجے کے قریب مہمان کمرے سے ایک دل خراش چیخ کی آواز آئی۔ سب ہڑبڑا کر اپنے اپنے لحافوں سے نکلے اور بھاگتے ہوئے مہمان کمرے کی طرف گئے۔ مگر دروازہ اندر سے بند تھا۔ باجی نے کواڑوں پر زور زور سے دستک دی۔ اندر سے کچھ منٹ بعد زبیدہ آپا بڑی کمزور آواز میں بولیں

"ٹھیک ہوں۔ میں بالکل ٹھیک ہوں۔ تم لوگ خدا کے لیے فکر نہ کرو__ جاؤ، سو جاؤ__ میں بالکل ٹھیک ہوں__ سوتے میں ڈر گئی تھی۔"

"زبیدہ آپا__ دروازہ کھولیے__" باجی نے چلا کر کہا۔

"چلے جاؤ تم لوگ__ ورنہ میں پھر چیخوں گی__" زبیدہ آپا اندر سے ہسٹریائی آواز میں دہاڑیں۔ صبح کو ان کا چہرہ بالکل ستا ہوا اور سفید تھا۔ ناشتے کے بعد جب کھانے کا کمرہ خالی ہوگیا تو انہوں نے باجی کو آہستہ سے مخاطب کیا__

"میں نے کسی کو بتایا نہیں تھا__ میں ایک چلہ کر رہی تھی انتالیس راتیں پوری

ہو چکی تھیں۔ کل چالیسویں اور آخری رات تھی۔ حکم تھا کہ چاہے کچھ بھی ہو جائے، میں اس جلالی وظیفے کے دوران میں مڑ کر نہ دیکھوں ورنہ اس کا سارا اثر ختم ہو جائے گا۔ اور کل رات __ دو بجے کے قریب وظیفہ پڑھنے میں میں نے اچانک دیکھا کہ جاء نماز کے سامنے ایک گدھے کی جسامت کا ہیبت ناک سیاہ کتا میرے مقابل میں بیٹھا دانت نکوس رہا ہے __ میں نے دہل کر چیخ ماری اور چلہ ٹوٹ گیا۔ کتا غائب ہو گیا۔ مگر میرا سارا کیا کرایا اکارت گیا۔ اب کچھ نہیں ہو سکتا۔ اب کچھ نہیں ہو سکتا __ "

ان کی آنکھوں سے ٹپ ٹپ آنسو گرنے لگے اور انہوں نے عینک اتار کر پلکیں خشک کیں۔ باجی ہکا بکا ہو کر انہیں دیکھنے لگیں __

"مگر زبیدہ آپا __ آپ تو __ آپ تو سائنسداں ہیں۔ مانچسٹر یونی ورسٹی سے پڑھ کر آئی ہیں۔ اور ایسی توہم پرستی کی باتیں کرتی ہیں۔ ہوش کی دوا کیجئے۔ آپ کو ہیلوسی نیشن (Hallucination) ہوا ہوگا __ گدھے کے برابر کتا __ اور وہ آپ سے آپ غائب بھی ہو گیا __ !"

اتنا کہہ کر باجی کھکھلا کر ہنس پڑیں۔

"ریحانہ خاتون __ "

ڈاکٹر صدیقی نے سر نیہوڑا کر باجی کو گہری نظر سے دیکھا اور آہستہ آہستہ کہا۔

"تم ابھی صرف بائیس برس کی ہو تمہارے ماں باپ اور محبت کرنے والے چچاؤں کا سایہ تمہارے سر پر قائم ہے۔ تم ایک بھرے پرے کنبے میں، اپنے چہیتے بہن بھائیوں کے ساتھ، سکھ کی چھاؤں میں زندہ ہو۔ اپنی پسند کے نوجوان سے تمہارا بیاہ ہونے والا ہے __ ساری زندگی تمہاری منتظر ہے، دنیا کی ساری مسرتیں تمہاری راہ دیکھ رہی ہیں۔ خدا نہ کرے تم پر کبھی ایسی قیامت گزرے جو مجھ پر گزر رہی ہے۔ خدا نہ کرے کہ

تمہیں کبھی تنِ تنہا اپنی تنہائی کا مقابلہ کرنا پڑے__کسی کی بے بسی اور اس کے دکھی دل کا مذاق نہ اڑاؤ__"

اچانک ان کی نظر مجھ پر پڑ گئی جو میز کے سرے پر بیٹھی مستعدی سے جاسوسی میں مصروف تھی۔ کیونکہ گدھے کے برابر سیاہ کتا ایک انتہائی سنسنی خیز واقعہ تھا۔ مجھے دیکھ کر وہ خاموش ہو گئیں۔ باجی نے پلکیں جھپکا کر مجھے اشارہ کیا کہ میں اڑنچھوں ہو جاؤں۔ چنانچہ میں اڑنچھو ہو گئی۔

اس واقعے کے دوسرے دن ڈاکٹر صدیقی کلکتہ روانہ ہو گئیں۔ اور ان کے جانے کے چند روز بعد ہی ایک انوکھی اور بن بلائی مہمان اتریں۔ ڈالن والا کی سڑکیں عموماً خاموش پڑی رہتی تھیں۔ اکا دکا راہگیر یا موٹروں اور تانگوں کے علاوہ کبھی کبھار کوئی سکھ جوتشی ہاتھ میں سرٹیفکیٹوں کا میلا سا پلندہ سنبھالے ادھر ادھر تاکتا سامنے سے گزر جاتا تھا۔ یا موٹے موٹے "چائینا مین" زین میں بڑی نفاست سے بندھے ہوئے بے حد وزنی گٹھر سائیکلوں پر لادے چکر کاٹا کرتے تھے، یا کشمیری قالین فروش یا بزاز یا قیمتی پتھر فروخت کرنے والا پھیری لگا جاتے تھے۔ مسٹر پٹیر رابرٹ سردار خاں ان ہی پھیری والوں میں سے ایک تھے۔ مگر وہ اپنے آپ کو ٹریولنگ سیلز مین کہتے تھے۔ اور انتہا سے زیادہ چرب زبان اور لسان آدمی تھے۔ موصوف مسلمان سے عیسائی ہو گئے تھے۔ ترکی ٹوپی اوڑھتے تھے اور سائیکل پر پلاسٹک کے برتن بیچتے گھوما کرتے تھے، اور مہینے دو مہینے میں ایک بار ہماری طرف کا پھیرا لگا جاتے تھے۔ وہ اپنی ہر بات کا آغاز "خدا باپ کا شکر ہے" سے کرتے تھے اور کبھی کبھی تبلیغ بھی شروع کر دیتے تھے۔

اس دن مسٹر پیٹر رابرٹ سردار خاں جو سائیکل برساتی میں ٹکا کر برآمدے میں داخل ہوئے تو انہوں نے ناک کی سیدھ جا کر مہمان کمرے کے اندر جھانکا جس کا دروازہ

کھلا پڑا تھا اور اطمینان سے اظہارِ خیال کیا ___

"ہوں۔ تو یہ کمرہ تو ہمیشہ خالی ہی پڑا رہتا ہے ___ بات یہ ہے کہ میری ایک بہن ہیں۔ وہ لیڈی ڈاکٹر ہیں۔ اور چند روز کے لیے دہرہ دون آ رہی ہیں۔"

اس کے بعد جواب کا انتظار کیے بغیر وہ سائیکل پر بیٹھ کر غائب ہو گئے۔ تیسرے روز جاپانی جارجٹ کی ملاگیری ساڑی میں ملبوس ایک بے حد فربہ خاتون تانگے سے اُتریں۔ مسٹر سردار خاں سائیکل پر ہم رکاب تھے۔ انہوں نے اسباب اُتار کر مہمان کمرے میں پہنچایا اور والدہ اور باجی سے ان کا تعارف کرایا ___

"یہ میری بہن ہیں۔ آپ کے یہاں دو تین دن رہیں گی۔ اچھا، اب میں جاتا ہوں۔" پھر خاتون کو مخاطب کیا ___ "بھئی تم کو جس چیز کی بھی ضرورت ہو بلا تکلّف بیگم صاحبہ سے کہہ دینا ___ اپنا ہی گھر سمجھو، اچھا ___ بائی بائی ___"

اور سائیکل پر بیٹھ کر یہ جاوہ جا۔ یہ ایک مسلمان بی بی تھیں، جنہوں نے یہ نہ بتایا کہ کہاں سے آ رہی ہیں اور کہاں جائیں گی۔ محض اس امر سے انہوں نے آگاہ کیا کہ پرائیوٹ طور پر ہومیوپیتھک ڈاکٹری پڑھ رہی ہیں۔ اور شام کے وقت اپنے اٹیچی کیس میں سے ایک موٹی سی اُردو کتاب نکال کر دکھائی جو ان کی ہومیوپیتھک ڈاکٹری کا کورس تھا۔ انہوں نے یہ بھی بتایا کہ "دی رائل تحفہ ہارمونیم گائیڈ سیریز" کے رسالوں کے ذریعہ انہوں نے اس فن میں بھی مہارت حاصل کر لی ہے اور انہوں نے "اے ماؤ، بہنو، بیٹو، دنیا کی عزت تم سے ہے" سپاٹ اور بے سری آواز میں "باجے" پر گا کر سنائی۔ انہوں نے یہ بھی واضح کیا کہ وہ آزادیِ نسواں کی قائل ہیں اور اپنی مرضی سے کتخدائی کریں گی ___ تیسرے روز مسٹر سردار خاں دوبارہ نمودار ہوئے۔ وہ تانگہ ساتھ لے کر آئے تھے جس میں بٹھا کر ہومیوپیتھک لیڈی ڈاکٹر کو ہم راہ لے گئے۔ مسٹر پیٹر رابرٹ خاں اس

کے بعد کبھی نہ آئے۔ دنیا میں بڑے عجیب و غریب واقعات ہوا کرتے تھے۔ نیگس ہمارا سیاہ رنگ اور سفید کانوں والا بد شکل اور چھوٹا سا دوغلا کتّا تھا۔ وہ دن بھر برساتی کے کونے میں اپنی جگہ پر بیٹھا رہتا تھا۔ چونکہ وہ نجس تھا، یعنی کتّا تھا اس لیے اُسے گھر کے اندر آنے کی اجازت نہ تھی۔ جاڑوں میں وہ ایک کوٹھری میں پڑے ہوئے اپنے کھٹولے پر سو رہتا۔ ریشم کو ہاں نکال کر اس پر غرّاتی تو وہ اس کا بھی بُرا نہ مانتا۔ وہ بے حد وفادار اور مرنجان مرنج طبیعت کا مالک۔ اور اپنی قسمت پر شاکر و قانع تھا کیونکہ خدا نے اسے ایک نجس کتّا ہی پیدا کیا تھا۔ وہ جانتا تھا کہ ریشم کی اس گھر میں بے حد قدر و قیمت ہے۔ اسے اس حقیقت کا بھی علم تھا کہ اس کمینی دنیا میں محض ظاہری رنگ و روپ کی قدر کی جاتی ہے۔

ایک رواقی فلسفی کی مانند آنکھیں بند کیے وہ غالباً دن بھر یہی سب سوچتا رہتا تھا اور اجنبی قدموں کی چاپ سنتے ہی آنکھیں کھول کر فوراً بھونکنا شروع کر دیتا تھا۔ وہ اٹلی اور حبشہ کی جنگ کے زمانے میں میجر شیلٹن کی اعلا نسل کتّیا میگی کے یہاں پیدا ہوا تھا، میجر شیلٹن چونکہ بین الاقوامی سیاست سے گہری دل چسپی رکھتے تھے اس لیے انہوں نے اس کا نام نیگس رکھا تھا۔ جس روز باجی نے اپنی چند سہیلیوں کو چائے پر بلایا تو بجلی کا ایک تار روشنی کے انتظام کے لیے باغ میں پہنچا دیا گیا تھا۔ اس روز موسم بہت خوش گوار تھا اور باجی اور ان کی سہیلیاں غروبِ آفتاب کے بعد تک اوور کوٹ پہنے باہر ٹہلتی رہی تھیں۔ پارٹی کے بعد باجی اپنے مہمانوں کو رخصت کرنے کے لیے ٹہلتی ہوئی سڑک پر چلی گئیں اور نیگس برآمدے میں رکھے ہوئے دعوت کے سامان کی حفاظت کے لیے مستعدی سے سیڑھیوں پر بیٹھا رہا۔ جب باجی واپس آئیں تو انہوں نے جھک کر دور سے نیگس کو پچکارا۔ نیگس اس خلافِ توقع اور غیر معمولی اظہار التفات سے بے انتہا خوش ہوا۔ اور زور زور

سے اُچھلنے کودنے لگا اور باجی کو مزید خوش کرنے کے لیے اس نے وہ سارے کھیل تماشے دکھانے شروع کیے جو اسے برکت مسیح جمعدار نے سکھلائے تھے اس طرح کھیلتے کھیلتے اس نے پام کے گملوں کے عقب میں پڑا ہوا بجلی کا تار منہ میں اٹھالیا۔ تار میں کرنٹ موجود تھا۔ لہٰذا انیگسؔ پٹ سے گر گیا اور پندرہ منٹ بعد اس کے منہ سے دھواں نکلا کیوں کہ بجلی نے اسے اندر سے جلا دیا تھا۔ ایک روز ڈاکٹر زبیدہ صدیقی کا خط باجی کے نام کلکتے سے آیا۔ انہوں نے لکھا تھا:

" جس روز میں یہاں پہنچی اسی ہفتہ میں محمود صاحب نے میری بھتیجی سائرہ سے شادی کر لی۔ بڑی دھوم کی شادی ہوئی ہے۔ تم نے السٹریٹیڈ ویکلی آف انڈیا میں دولہا دلہن کی تصویر بھی دیکھی ہو گی۔ پی۔ ایس:۔ میں نے اب اللہ میاں کے خلاف اسٹرائیک کر دیا ہے اور پرسوں میں نے بھی ڈاکٹر اپّل سے سول میرج کر لی۔ ڈاکٹر اپّل بردوان کالج میں پڑھاتے ہیں۔ پی۔ پی۔ ایس: ڈاکٹر اپّل ہندو ہیں۔ یہ اطلاع کہ میں نے ایک کافر سے شادی کر لی مسز فاروقی، مسز قریشی اور مسز انصاری کو بھی دے دینا۔ دعا گو زبیدہ اپّل"

دسمبر کے پہلے ہفتے میں جل دھرا کی حالت دفعتاً زیادہ بگڑ گئی۔ اُسے فوراً ہسپتال پہنچایا گیا جہاں دوسرے دن اس نے پران تج دیئے۔ فقیرا دھاڑیں مار مار کر روتا پھرا" صبر کر بچّے___صبر کر___"

غفور بیگم نے اسے دلاسا دیا۔" انّا جی۔ صبر کیسے کروں۔ میرے لیے ماں تھی تو وہ بھاوج تھی تو وہ بیوی تھی تو وہ"

اور وہ روتا دھوتا پھر باہر چلا گیا۔ مگر تیسرے دن پھول چننے کے بعد جب وہ شمشان گھاٹ سے واپس لوٹا تو بہت خوش تھا۔ اس نے ہاتھ میں مٹّی کا ایک کونڈا اُٹھا رکھا تھا جس میں جل دھرا کی راکھ تھی اور اس نے کہا کہ رات میں اُسے اپنے سرہانے رکھ کر سوؤں گا

اور جل دھرا نے جس جون میں جنم لیا ہو گا اس کے پیروں کے نشان راکھ پر بن جائیں گے۔"

جیسا کہ میں پہلے بتا چکی ہوں، باجی ایم۔ اے کے لیے فلسفے کا مطالعہ کر رہی تھیں اور بہت زیادہ قابل تھیں۔ فقیرا کی بات انہوں نے بڑی دل چسپی سے سنی اور رات کو کھانے کی میز پر بہت دیر تک مسئلہ تناسخ اور عوام کے توہّمات کے متعلق والد سے تبادلۂ خیالات کرتی رہیں۔ رات کو سونے سے پہلے فقیرا نے اپنی کوٹھری کی کُنڈی اندر سے چڑھائی اور راکھ کا کونڈا چار پائی کے نیچے رکھ کر سو گیا۔ صبح سویرے وہ بے حد خوش خوش کھانے کے کمرے میں داخل ہوا۔ فرطِ انبساط سے اس کی آنکھوں میں آنسو بھر آئے تھے۔ "بیگم صاحب___ بڑی بٹیا___ بی بی___"

اس نے اطلاع دی___

"میری جل دھرا گوریّا بن گئی___"

"گوریّا بن گئی___؟" باجی نے دہرایا، اور جلدی سے شال لپیٹ کر شاگرد پیشے کی طرف دوڑیں___ میں بھی ان کے پیچھے پیچھے سرپٹ بھاگی۔ فقیرا کوٹھری میں سے کونڈا باہر لایا

"بڑی بٹیا___ دیکھ لیجئے___ یہ دیکھیے___ یہ دیکھیے___"

میں نے اور باجی نے آنکھیں پھاڑ کر راکھ کو دیکھا جس پر چڑیا کے پنجوں کے نشان بہت واضح بنے ہوئے تھے۔ "گوریّا چڑیا ہے بڑی بٹیا___ بی بی___"

اس نے کہا اور کونڈا بڑی احتیاط سے اندر لے گیا___ اس کے بعد سے فقیرا روز صبح کو گوریّا چڑیوں کو دانا ڈالتا۔ ان کے لیے پانی کی کٹوریاں بھر بھر کر رکھتا اور اگر کوئی گوریّا روشن دان یا دریچے میں سے کسی کمرے میں داخل ہو جاتی تو وہ سارے کام چھوڑ کر

چٹکی بجا بجا کر کہتا ___

"چہ چہ چہ ___ آہ ___ آہ ___ آہ ___ لے ___ لے ___ لے ___ لے ___"

اور باجرے کے دانے ہتھیلی پر ڈال کر ساکت کھڑا رہتا۔ اس مقصد کے لیے وہ باجرے کے دانے ہمیشہ جیب میں رکھتا تھا اور اب اُسے مستقل یہ تشویش رہتی تھی کہ ریشم کسی گوریّا کو نہ پکڑ لے۔ اس سال چلّے کا جاڑا پڑا تھا۔ ڈائنا روزا ابھی ہسپتال میں داخل تھی۔ مسٹر بیکٹ اب میونسپلٹی کے نل پر بھی نظر نہ آتے۔ اب وہ دن بھر پریڈ گراؤنڈ کی ایک بنچ پر دھوپ میں، سر جھکائے بیٹھے رہتے۔ اور اسی طرح بیٹھے بیٹھے اونگھنے لگتے۔ ان کی ٹوپی ان کے پاس بنچ پر کاسئہ گدائی کی طرح رکھی رہتی۔ اور درختوں کے زرد پتّے گر گر کر اس میں جمع ہوتے رہتے۔ کرسمس نزدیک آگئی۔ کیرل گانے والوں کی ٹولیاں رات کے وقت ڈالن والا کی سڑک پر گھوم گھوم کر اکارڈین اور گٹار پر ولادتِ مسیحؑ کے گیت گاتی پھرتیں۔ صبح منہ اندھیرے کوئلہ بیچنے والے پہاڑیوں کی آوازیں آتیں جو چیتھڑوں اور گدڑیوں میں ملبوس کوئلے کی بھاری کنڈیاں نواڑ کی پٹّی کے ذریعے ماتھے سے باندھے "کوئلہ چاہیے کوئلہ ___" چلّاتے پھرے۔

سورج اوپر آتا تو سامنے ہمالیہ کا برف پوش سلسلہ کرنوں میں جگمگا اٹھتا۔ رات کو جتنا پانی فقیرا چڑیوں کے لیے باہر رکھتا تھا وہ صبح کو جما ہوا ملتا۔ رات گئے کسی پہاڑی راہ گیر کی بانسری کی آواز کہرے میں تیرتی ہوئی سنائی دے جاتی۔ کرسمس سے ایک دن پہلے سائمن نے بتایا کہ وہ صبح سویرے اُٹھ کر اسٹوو پر کرسمس پڈنگ تیار کرتے ہیں، گرجا جاتے ہیں۔ اور اس کے بعد اپنی کوٹھری میں بیٹھ کر دن بھر انجیلِ مقدس پڑھتے ہیں۔ اور کرسمس کے دوسرے روز وہ پڈنگ لے کر آئیں گے۔ بڑے دن کے تحفے کے طور پر وہ باجی کے لیے گلابی نقلی موتیوں کا منّا سا ہار، میرے لیے بالوں کے دو سرخ اور سبز ربن اور ریشم کے

لیے ربر کی چھوٹی سی رنگین گیند لائے تھے۔ انہیں بڑے دن کے تحفے کے طور پر دس روپے دیئے گئے جو ان کے لیے اتنی بڑی اور غیر متوقع رقم تھی کہ وہ چند لحظوں تک دس کے نوٹ کو آنکھیں پھاڑے دیکھتے رہے اور پھر ذرا کانپتے ہوئے ہاتھوں سے اسے احتیاط سے اندر واسکٹ کی جیب میں رکھ لیا۔ کرسمس کو تین دن گزر گئے مگر سائمن نہ آئے۔ چوتھے دن ان کی خیر خبر لانے کے لیے فقیرا کو پادری اسکاٹ کے گھر بھیجا گیا۔ اس نے واپس آکر سر جھکا لیا اور آہستہ سے کہا ___ "سائمن صاحب کی مٹّی ہو گئی۔ پادری صاحب کا مالی بتا رہا تھا کہ بڑے دن کے روز اس نے کوٹھری کا دروازہ کھولا تو سائمن صاحب چار پائی پر مرے ہوئے پڑے تھے۔ انہیں سردی لگ گئی۔

"ان کے پاس ایک ہی کمّل تھا بیگم صاحب ___ رات کو وہی کوٹ پتلون پہنے پہنے سوتے تھے۔"

"بڑا جاڑا پڑ رہا ہے بڑی بٹیا۔ ہمارے ہاں گڑھوال میں تو لوگ باگ اکثر سردی سے اکڑ اکڑ کر مرتے رہتے ہیں، اب اتنا گرم کپڑا کہاں سے لاؤ۔ سردی تو ہر سال ہی پڑتی ہے۔"

تیسرے پہر کو جب سائمن کے آنے کا وقت ہوا تو ریشم جو سردی کی وجہ سے پچھلے ایک ہفتے سے اپنی ملائم پشمینے کی شال میں لپٹی ٹوکری کے نرم و گرم گدیلوں میں سمٹی سمٹائی بیٹھی رہتی تھی۔ ٹوکری سے اُتر کر لنگڑاتی پھاٹک کی طرف چلی گئی اور پُلیا پر بیٹھ کر انتظار میں مصروف ہو گئی۔ کیونکہ سائمن روزانہ راستے میں میجر شیلٹن کے باورچی خانے سے مرغوں اور پرندوں کی مزے دار ہڈیاں اپنے میلے سے رومال میں احتیاط سے لپیٹ کر اُس کے لیے لایا کرتے تھے۔ سائمن نہ آئے۔ دھوپ مدّھم پڑ گئی۔ تو اُس نے اُکتا کر، اندر واپس آنے سے پہلے ایک گوریّا چڑیا پر تاک لگائی۔ گوریّا پھر سے اُڑ کر سلو واوک کی

شاخ پر جابیٹھی۔ ریشم نے اس کے تعاقب میں درخت پر چڑھنا چاہا مگر اپنی شکستہ ٹانگ کی وجہ سے جڑ پر سے پھسل کر نیچے آرہی۔ گوریّا پھدک کر اس سے اونچی شاخ پر چلی گئی۔ ریشم نے منہ اٹھا کر بڑی بے کسی سے کمزور سی میاؤں کی۔ گوریّا نے پر پھیلائے اور کھلے، نیلے آسمانوں کی سمت اُڑ گئی۔

Ref.: urduchannel.in

***

دیوار

ژاں پال سارتر / قاسم ندیم

انہوں نے ہمیں چونے سے پتے ایک سفید ہال میں دھکیل دیا۔ میری آنکھیں چندھیانے لگیں۔ وہاں کی تیز روشنی میں میری آنکھوں میں تکلیف شروع ہوگئی۔ تبھی میں نے ٹیبل کے نیچے چار سویلین کو ایک کاغذ پر جھکا ہوا دیکھا۔ انہوں نے پیچھے دوسرے قیدیوں کو ایک قطار میں کھڑا کر رکھا تھا۔ ان کے پاس پہنچنے کے لیے ہمیں پورا ہال پار کرنا پڑا۔ قیدیوں میں سے میں کئی لوگوں کو جانتا تھا۔ ان میں کچھ غیر ملکی بھی تھے۔ میرے سامنے کھڑے دونوں افسر گورے چٹے اور گول سر والے تھے۔ میرے انداز سے وہ فرانسیسی، ان میں ناٹے قد والا بار بار اپنی پینٹ کو اوپر کھینچ کر اپنے حواس پر قابو پانے کی کوشش کر رہا تھا۔ سنتری، قیدیوں کو یکے بعد دیگرے ٹیبل کے پاس لے جانے لگے۔ افسروں نے ہر ایک سے ان کا نام اور پتہ پوچھا۔ زیادہ پوچھ تاچھ نہیں کی۔ زیادہ سے زیادہ اِدھر اُدھر کا ایک آدھ سوال پوچھ لیا۔ جواب وہ دھیان سے نہیں سن رہے تھے۔ خاموشی سے سامنے دیکھتے ہوئے کاغذات پر لکھنا شروع کر دیتے تھے۔ انہوں نے ٹام سے جاننا چاہا کہ کیا وہ انٹرنیشنل بریگیڈ کا ممبر ہے؟ ٹام اپنی جیب سے برآمد ہونے والے کاغذات کی وجہ سے انکار نہ کر سکا۔ زوان سے انہوں نے کچھ نہیں پوچھا۔ صرف اس کا نام جاننے کے بعد دیر تک کاغذوں پر کچھ لکھتے رہے۔

"میرا بھائی جوز باغی ہے۔"زوان نے کہنا شروع کیا۔"آپ جانتے ہیں کہ وہ یہاں سے فرار ہو چکا ہے؟میں کسی پارٹی کا ممبر نہیں ہوں نہ ہی سیاست سے کوئی تعلق رکھتا ہوں۔میں کسی دوسرے کے کیے کی سزا بھگتنے کو تیار نہیں۔"زوان کے ہونٹ کانپ رہے تھے۔ایک سنتری اسے پکڑ کر باہر لے گیا۔اس کے بعد میری باری تھی۔"تمہارا نام پابلو بیتیا؟"ایک افسر نے پوچھا۔

"ہاں۔"

اس نے کاغذات دیکھ کر پوچھا۔"رامن گریس کہاں ہے؟"

"مجھے پتہ نہیں۔"وہ ایک منٹ تک کچھ لکھتا رہا۔اس کے بعد سنتری وہاں سے مجھے باہر لے آیا۔برآمدے میں ٹام اور زوان انتظار کر رہے تھے۔

"اس کا مطلب؟"ٹام نے ایک پہرے دار سے پوچھا۔

"مطلب کا کیا مطلب؟"پہرے دار نے جواب دینے کی بجائے سوال کیا۔

"یہ جرح تھی یا سزا؟"

"سزا۔"پہرے دار نے کہا۔"وہ ہمارے ساتھ کیا کریں گے؟"

"تمہاری سزا تمہاری کوٹھری میں سنائی جائے گی۔"ہماری کوٹھری ایک اسپتال کا تہہ خانہ تھی۔سیلن کی وجہ سے بے حد ٹھنڈی۔ہم اس میں ساری رات کانپتے رہے۔

"کیا ہم مارے جائیں گے؟"ایک طویل خاموشی کے بعد ٹام نے کہا۔

"میرا بھی ایسا ہی خیال ہے۔لیکن وہ لڑکے کو کچھ نہیں کہیں گے۔"

"اس کے خلاف کوئی ثبوت نہیں۔یہ ایک فوجی کا بھائی ہے،بس۔"ٹام نے کہا۔

بس زوان کی جانب دیکھا۔مجھے لگا کہ وہ کچھ بھی نہیں سن رہا ہے۔"تمہیں پتہ ہے یہ لوگ سرگوسا میں کون سا طریقہ اپناتے ہیں؟"ٹام نے کہنا جاری رکھا،"وہاں قیدیوں کو

سڑک کے اوپر لٹا کر اوپر سے ٹرک دوڑاتے ہیں۔ یہ اطلاع مجھے مراقش کے رہنے والے ایک شخص سے ملی تھی۔ اس کا کہنا تھا کہ وہ گولیاں بچانے کے لیے یہ طریقہ اپناتے ہیں۔"

"اس سے گیس کی بچت تو ہوتی نہیں ہو گی؟" میں نے طیش میں آکر کہا۔ مجھے ٹام پر غصہ آرہا تھا۔ اسے ایسی بات کہنا نہیں چاہیے تھی۔

ٹام پھر سے بتاتا گیا، "پھر افسران وہاں ٹہلتے ہوئے آتے ہیں۔ مشاہدہ کرتے ہیں۔ وہ اپنی جیبوں میں ہاتھ ڈالے سگریٹ پیتے رہتے ہیں۔ تم کیا سوچتے ہو وہ قیدیوں کو ایک دم سے ختم کر دیتے ہیں۔۔۔۔۔۔۔۔۔۔۔۔۔۔۔؟ آہ۔۔۔۔۔۔۔۔۔۔۔۔۔۔۔ نہیں! وہ انہیں چیختے ہوئے چھوڑ دیتے ہیں۔"

"میں یقین نہیں کرتا کہ ہمارے ساتھ ایسا ہو گا؟" میں نے کہا۔ چاروں دیواروں کے روشن دانوں اور چھت کے درمیان گول کٹاؤ سے ہو کر جس سے آسمان صاف دکھائی دیتا تھا نیا دن داخل ہو رہا تھا۔ میں ایک دم 'سُن' نہیں تھا۔ پھر بھی اپنے کندھے اور بازوؤں کو محسوس نہیں کر رہا تھا۔ بیچ بیچ میں خیال آتا جیسے کوئی چیز کھو گئی ہو۔ پھر اچانک یاد آیا انہوں نے میرا کوٹ تو واپس کیا ہی نہیں۔ دن کیسے اور کب گزر گیا اس کا پتہ ہی نہیں چلا۔ رات میں آٹھ بجے دو پہرے داروں کے ساتھ ایک میجر اندر آیا۔ میجر کے ہاتھ میں ایک کاغذ تھا۔ "ان تینوں کے نام کیا ہیں؟" اس نے پہرے دار سے دریافت کیا۔ "اسٹین واک، ابیتیا اور مربل۔" اس نے جواب دیا۔

میجر آنکھوں پر چشمہ چڑھا کر فہرست دیکھنے لگا۔ اسٹین واک۔۔۔۔ اسٹین واک۔۔۔ ہاں ٹھیک ہے۔ تمہیں موت کی سزا دی گئی ہے۔ صبح تمہیں گولی سے اڑا دیا جائے گا۔"

"باقی لوگوں کو بھی؟" ٹام نے پوچھا۔ میجر نے اپنے کندھے ہلائے۔ ٹام اور میری طرف مڑ کر بولا، "تم میں سے کوئی واسک ہے؟"

"ہم میں سے کوئی واسک نہیں۔" ہمارے جواب سے میجر ناراض ہو گیا۔ مجھے بتایا گیا تھا کہ یہاں تین واسک ہیں؟ لیکن میں ان کی کھوج میں وقت ضائع کرنا نہیں چاہتا۔ میں جانتا ہوں کہ تمہیں پادری کی ضرورت تو نہیں ہو گی۔" ہم نے کوئی جواب نہیں دیا۔ "ایک بیلجین ڈاکٹر یہاں جلد آئے گا۔" میجر نے آگے کہا، "اسے تم لوگوں کے ساتھ رات بتانے کو کہا گیا ہے۔" اس کے ساتھ ہی فوجی سلام ٹھوک کر وہ باہر چلا گیا۔ "میں نے پہلے ہی کہا تھا۔ ہم مار دیئے جائیں گے۔" ٹام بولا۔

"ہاں۔" میں نے کہا، "اس لڑکے کے لیے بہت برا ہوا۔" یہ بات میں نے ہمدردی جتانے کے لیے کہی تھی۔ یوں تو میں زوان کو پسند نہیں کرتا تھا۔ اس کا چہرہ پچکا ہوا تھا اور ذہنی تناؤ کی وجہ سے اس کے سارے نقوش گھل مل کر بدصورتی میں بدل گئے تھے۔ تین دن پہلے وہ ایک چست نوجوان تھا۔ تب وہ زیادہ برا دکھائی نہیں دیتا تھا۔ لیکن اب وہ ایک بوڑھی عورت جیسا نظر آ رہا تھا۔ مجھے محسوس ہو رہا تھا کہ اگر وہ اسے چھوڑ بھی دیں تو وہ دوبارہ کبھی جوان نہیں ہو گا۔

میرے دل میں اس کے لیے رحم دلی ہونی چاہیے تھی۔ لیکن اب رحم دلی سے مجھے چڑ بلکہ وحشت سی ہوتی تھی۔ تاریکی بڑھتی جا رہی تھی۔ روشن دان سے ہلکی سی روشنی چھن کر اڑ رہی تھی۔ کوئلے کا ڈھیر آسمان کے ٹکڑے کے نیچے ایک کالے دھبے کی طرح نظر آ رہا تھا۔ اچانک تہہ خانے کا دروازہ کھلا۔ دو پہرے داروں کے درمیان ایک گورے چٹے آدمی نے جو کتھئی وردی میں تھا اندر داخل ہوا اس نے ہمیں سلام کیا اور بولا، "میں ڈاکٹر ہوں۔ مجھے ان تکلیف بھرے لمحات میں آپ کی مدد کرنے کا حکم دیا گیا ہے۔" اس

کی آواز وہاں کے لوگوں سے الگ اور پر اعتماد لگ رہی تھی۔

"تم یہاں کیا کرنا چاہو گے ؟"میں نے اس سے پوچھا۔"میں آپ کی مرضی کے مطابق کام کروں گا۔ آپ کے آخری لمحات کو آسان بنانے میں میں آپ کی مدد کروں گا۔"

"تم یہاں کیوں آئے ؟ جبکہ اور بھی بہت مجرم ہیں؟ سارا اسپتال ان سے بھرا پڑا ہے۔"

"مجھے بطور خاص یہیں بھیجا گیا ہے۔"اس نے گول مول جواب دیا۔ اس نے ہمیں انگلش سگریٹ دینے کی کوشش کی۔ ہم نے انکار کر دیا۔ میں نے اس کی آنکھوں میں دیکھا۔ وہ حیرت زدہ تھا۔" تمہیں یہاں دیانت داری دکھانے کے لیے نہیں بھیجا گیا ہے۔"میں نے کہا،"اس کے علاوہ میں تمہیں جانتا ہوں۔ اپنی گرفتاری کے دن میں نے تمہیں بیرکوں کے احاطے میں فاشسٹوں کے ساتھ دیکھا تھا۔"میں نے اپنا بیان جاری رکھا۔ مگر پتہ نہیں مجھے کیا ہوا!؟ ڈاکٹر نے میری دلچسپی ایک دم ختم کر دی۔ میں نے جسم کو ایک جھٹکا دیا اور اس طرف سے نظریں پھیر لیں۔

میں نے دونوں ساتھیوں کی جانب دیکھا۔ ٹام نے ہتھیلیوں میں چہرہ چھپالیا تھا۔ چھوٹے سے زوان کی حالت سب سے زیادہ خراب تھی۔ اس کا منہ کھلا ہوا تھا۔ نتھنے کانپ رہے تھے۔ ڈاکٹر نے قریب جاکر تسلی کے لیے اس کے کندھے پر ہاتھ رکھا۔ لیکن زوان کی آنکھیں جذبات سے عاری تھیں۔ دوغلا !ڈاکٹر کے بارے میں میں نے غصے سے سوچا اگر یہ میرے پاس نبض دیکھنے آیا تو اس کا حلیہ بگاڑ دوں گا۔ وہ میرے پاس نہیں آیا۔ لیکن وہ مجھے گھور رہا تھا۔ میں نے سر اٹھا کر اسی کی طرف دیکھا۔ " تمہیں یہاں سردی نہیں لگتی؟"اس نے اپنائیت سے پوچھا وہ خود بھی سردی کا مارا لگ رہا تھا۔

"مجھے نہیں لگتی۔" میں نے کہا۔

اس نے پھر بھی اپنی نظریں میرے چہرے سے نہیں ہٹائیں۔ میرے ہاتھ خود بہ خود اپنے چہرے پر چلے گئے۔ میں پسینے میں شرابور تھا۔ میں نے رومال سے اپنی گردن کو پوچھنا شروع کیا۔ رومال بھیگ گیا لیکن پسینہ نکلتا ہی جارہا تھا۔ میری پینٹ بینچ سے چپک گئی تھی۔

اسی وقت زوان بولا، "تم ڈاکٹر ہو؟"

"ہاں۔" ڈاکٹر نے جواب دیا۔

"کیا۔۔۔ تکلیف ہوتی ہے؟۔۔۔ کافی دیر تک۔۔؟"

"ہوں! کب۔۔۔ ارے نہیں، قطعی نہیں۔ سب کچھ بہت جلد ختم ہو جاتا ہے۔" ڈاکٹر نے اس طرح کہا جیسے نقد سودا لینے والے کسی گاہک کو پھسلا رہا ہو۔

"لیکن وہ کہہ رہے تھے۔۔ کبھی کبھی انہیں دوبارہ گولی چلانا پڑتی ہے؟"

" کبھی کبھی۔" ڈاکٹر نے اس بات کی حمایت میں سر ہلایا، "اس حالت میں جب گولی نازک حصے تک نہیں پہنچتی۔"

"تب انہیں پھر سے بندوق لوڈ کرنا پڑتی ہو گی۔ دوبارہ نشانہ لگانا پڑتا ہو گا؟" ایک لمحہ سوچنے کے بعد پھر گویا ہوا اس میں وقت لگتا ہو گا!"

اسے تکلیف سے ڈر لگتا تھا۔ اپنی کم عمری کی وجہ سے وہ صرف اسی کے بارے میں سوچ سکتا تھا۔ میں نے تکلیف کے بارے میں نہیں سوچا۔ پسینہ آنے کا یہ سبب نہیں تھا کہ میں ڈرا ہوا تھا۔ میں اٹھا اور ٹہلتا ہوا کوئلے کے ڈھیر تک جا پہنچا۔ ٹام اچک کر کھڑا ہو گیا اور مجھے نفرت سے دیکھنے لگا۔ میرے جوتوں کی آواز نے اسے ناراض کر دیا تھا۔ وہ دھیمی آواز میں بڑبڑانے لگا۔ بنا بولے اُسے آرام نہیں آتا تھا۔

"تم کچھ سمجھ رہے ہو؟ میری سمجھ میں کچھ نہیں آتا۔" اس نے کہا۔

میں نے ڈاکٹر کی طرف دیکھا۔

"کیا بات ہے؟" ڈاکٹر نے کہا۔

"میرے ساتھ کچھ ہونے والا ہے؟ جسے میں بالکل سمجھ نہیں پاتا۔" ٹام نے کہا۔ اس کے بدن سے عجیب طرح کی بو کا بھبھکا اٹھ رہا تھا۔

"کچھ دیر بعد تمہاری سمجھ میں سب کچھ آجائے گا۔" میں نے دانت بھینچتے ہوئے کہا۔

مجھے محسوس ہوا کہ عام دنوں کی بہ نسبت میں اس وقت بو کو بہت زیادہ محسوس کر رہا تھا۔ "بات واضح نہیں ہوئی۔" اس نے ضد سے کہا۔ "میں نڈر ہونا چاہتا ہوں لیکن اس سے پہلے ہر بات سمجھ لینا چاہتا ہوں۔ سنو پہلے وہ ہمیں احاطے میں لے جائیں گے۔ ٹھیک! ہمارے سامنے کھڑے ہو جائیں گے۔ ان کی تعداد کتنی ہو گی؟"

"پتہ نہیں۔ پانچ یا آٹھ اس سے زیادہ نہیں۔"

"ٹھیک ہے۔ وہ آٹھ ہوں گے۔ کوئی چلا کر کہے گا۔ نشانہ لگاؤ اور میں اور بندقوں کو اپنی طرف تنا ہوا دیکھوں گا۔ تب شاید میں دیوار میں سما جانا چاہوں گا میں اپنی پیٹھ سے دیوار کو دھکا دوں گا۔ اپنی طاقت کی آخری بوند سے۔ لیکن دیوار اپنی جگہ رہے گی۔ کسی بھیانک خواب کی طرح۔ میں اس حالت کا تصور کر سکتا ہوں۔"

"ٹھیک ہے۔" میں نے کہا، "میں بھی تصور کر سکتا ہوں۔ لیکن میں اس بات کو اہمیت نہیں دینا چاہتا۔"

مجھ سے مایوس ہو کر ٹام اپنے آپ سے باتیں کرنے لگا۔ لگتا تھا ڈاکٹر کچھ نہیں سن رہا۔ اسے اس میں کوئی دلچسپی نہیں تھی کہ ہم کیا سوچتے ہیں۔ وہ ہمارے جسموں کی نگرانی

کرنے کے لیے آیا تھا۔ اجسام جو دھیرے دھیرے مردہ ہوتے جا رہے تھے۔

"ایک بھیانک خواب کی طرح لگتا ہے۔" ٹام کہہ رہا تھا، "میں پاگل نہیں ہو رہا ہوں لیکن کچھ گڑبڑ ضرور ہے۔ مجھے اپنی لاش دکھائی دیتی ہے۔" وہ لفظوں کو چبا چبا کر بول رہا تھا۔ یقینی طور پر وہ کچھ نہیں سوچنا چاہتا تھا۔ اسی لیے اپنے آپ سے باتیں کر رہا تھا اس سے بڑے ہوئے مریض جیسی بدبو اٹھ رہی تھی۔

"سور، تو پینٹ میں پیشاب کر رہا ہے۔" میں نے کڑھ کر کہا۔

"نہیں، نہیں!" اس نے بے چین ہو کر کہا۔ "یہ بات نہیں ہے۔"

ڈاکٹر نے قریب آکر مصنوعی انداز میں اس سے پوچھا، "کیا آپ بے چینی محسوس کر رہے ہیں؟"

"لیکن میں خوف زدہ نہیں ہوں۔ میں قسم کھا کر کہہ سکتا ہوں کہ قطعی خوف زدہ نہیں ہوں میں۔" ٹام نے کہا ڈاکٹر نے کوئی جواب نہیں دیا۔ ٹام کونے میں پیشاب کرنے چلا گیا۔ وہاں سے لوٹا اور خاموش ہو کر بیٹھ گیا۔ ہم تینوں بغور ڈاکٹر کو دیکھنے لگے کیوں کہ وہ زندہ آدمی کی طرح فکر مند لگ رہا تھا۔ تہہ خانے کی سردی میں وہ اس طرح کانپ رہا تھا جیسے ایک زندہ آدمی کو کانپنا چاہیے۔ آخر میں وہ زوان کے پاس آیا۔ وہ اس کی گردن کی جانچ کرنا چاہتا تھا۔ زوان نے اپنے آپ کو ڈھیلا چھوڑ دیا۔ لیکن اس کی آنکھیں ڈاکٹر پر مرکوز تھیں۔ اس نے ہاتھ کو منہ سے کاٹنے کی کوشش کی۔ ڈاکٹر فوراً پیچھے ہٹ گیا اور لڑکھڑا کر دیوار سے جا ٹکرایا۔ پل بھر وہ ہماری طرف گھبرائے ہوئے انداز میں دیکھنے لگا۔ پھر اس کی سمجھ میں آ گیا۔ ہم اس کی طرح انسان نہیں رہ گئے تھے۔ میں ہنسنے لگا۔ میں نے اپنے اندر ایک ساتھ راحت اور بے چینی محسوس کی۔ میں صبح یا موت کے بارے میں نہیں سوچنا چاہتا تھا۔ جیسے ہی میں کسی چیز کے بارے میں سوچنا شروع کرتا، مجھے اپنی

طرف تنی ہوئی بندوق کی نالیاں دکھائی دینے لگتی تھیں۔ میں اپنی زندگی کی ڈور کے آخری سرے پر تھا۔ میں اپنی زندگی کے کچھ گھنٹے بے کار گنوانا نہیں چاہتا تھا۔ وہ صبح مجھے جگانے آئیں گے۔ میں نیند کی کیفیت میں ان کے پیچھے اور بنا اُف کیے ختم ہو جاؤں گا۔ میں نے سوچا۔

میں ٹہلتا ہوا بیتی زندگی کے بارے میں سوچنے لگا۔ یادوں کی بے ترتیب بھیڑ ذہن میں داخل ہوگئی۔ اچھی اور بری دونوں قسم کی یادیں میں نے ایک ناٹے قد والے آدمی کا چہرہ دیکھا۔ جسے مار ڈالا گیا تھا۔ اپنے چاچا اور رامن گریس کا چہرہ دیکھا۔ اپنی پوری زندگی دیکھی۔ کس طرح میں تین مہینے بے روزگار رہا اور بھوک سے مرتے مرتے بچا۔ مجھے گرینڈا میں ایک بینچ پر گزاری ہوئی رات کا خیال آیا۔ تب میں تین دن کا بھوکا تھا۔ میں غصے میں تھا اور مرنے سے نفرت کرتا تھا۔ اس رات کے خیال سے مجھے ہنسی آگئی۔ کس پاگل پن کے ساتھ خوشی، عورتوں اور آزادی کے پیچھے دوڑتا رہا۔ کس لیے؟ میں اسپین کو آزاد کرانا چاہتا تھا۔ میں مارگل کا معتقد تھا۔ میں بغاوت میں شامل ہوا۔ میں نے جلسوں میں تقاریر کیں۔ میں نے ہر بات کو ایسی سنجیدگی سے لیا جیسے مجھے کبھی مرنا ہی نہ ہو۔

مجھے لگ رہا تھا جیسے میری پوری زندگی میرے سامنے کھڑی ہو اور محسوس کیا کہ یہ ایک شرم ناک جھوٹ ہے۔ اس کی کوئی حقیقت نہیں کیوں کہ اب یہ ختم ہونے والی ہے۔ مجھے حیرت ہو رہی تھی کہ میں کیسے لڑکیوں کے ساتھ ہنس بول لیتا تھا۔ اگر مجھے پتہ ہوتا کہ مجھے اس طرح ختم ہونا ہے تو میں چھوٹی انگلی کے برابر بھی حرکت نہ کرپاتا۔ میری زندگی ایک بند بورے کی طرح میرے روبرو تھی۔ ایک لمحہ پہلے میں نے اُسے پرکھنے کی کوشش کی تھی۔ خود سے کہنا چاہتا تھا یہ ایک خوبصورت زندگی ہے؟ لیکن اس پر کوئی فیصلہ نہ دے سکا۔ یہ صرف ایک نقشہ تھا۔ میں نے حیاتِ جاویداں کا سوانگ بھرتے

ہوئے اپنا وقت خرچ کیا اور کچھ بھی حاصل نہ کر سکا۔ میں بہت سی چیزوں کی قربانی دے سکتا تھا۔ جیسے مینگنل کا ذائقہ، شدید گرمی میں کیڈل کے پاس چھوٹے سے مجسمے میں غسل۔۔۔ لیکن موت نے سب بد ذائقہ کر دیا تھا۔

اچانک ڈاکٹر کے دماغ میں ایک نایاب خیال آیا۔ اس نے کہا، "دوستو، اگر فوجی حکومت نے اجازت دی تو میں آپ کے عزیز و اقارب کے پاس آپ کی خبر یا نشانی بھیجنے کا انتظام کر سکتا ہوں۔"

"میرا تو کوئی نہیں!" ٹام غرایا۔

میں چپ رہا۔ پل بھر انتظار کرنے کے بعد ٹام نے میری طرف حیرت سے دیکھا۔

"تمہیں کونچا کے پاس کوئی پیغام نہیں بھیجنا ہے؟"

"نہیں۔" میں نے کہا۔

مجھے اس طرح کی جذباتی ہمدردیوں سے قربت تھی۔ اس میں میری غلطی تھی۔ پچھلی بار میں نے اس سے کونچا کا ذکر کیا تھا۔ مجھے اپنے آپ پر قابو رکھنا چاہیے تھا۔ میں کونچا کے ساتھ ایک سال رہا۔ لیکن اب اسے دیکھنے یا اس سے بات کرنے کی مجھے حسرت نہیں تھی۔ یہاں تک کہ اسے اپنی بانہوں میں بھرنے کی آرزو بھی نہیں تھی۔ میں جانتا تھا، میرے مرنے کی خبر سن کر وہ چلا چلا کر روئے گی۔ مہینوں تک اسے اپنی زندگی بے کار لگے گی۔ لیکن اس کے باوجود مجھے مرنا تو تھا ہی۔

ٹام بھی بالکل تنہا تھا۔ لیکن دوسری طرح سے۔ وہ حیرت سے مسکراتا ہوا بینچ کی طرف دیکھ رہا تھا۔ اس نے احتیاط سے مکڑی کو چھوا اور فوراً ہاتھ کھینچ لیا۔ جیسے صرف چھونے سے ہی وہ ٹوٹ جائے گی۔ اگر میں اس کی جگہ ہوتا تو بینچ چھونے کی حرکت نہ کرتا۔ میں نے محسوس کیا کہ میری پینٹ گیلی ہو رہی ہے میں سمجھ نہیں پایا کہ یہ پیشاب

ہے یا پسینہ۔ پھر بھی احتیاط کے طور پر میں پیشاب کرنے کے لیے کوئلے کے ڈھیر کے پاس چلا گیا۔

تبھی بیلجین ڈاکٹر نے جیب گھڑی نکال کر دیکھی، بولا، "ساڑھے تین بج گئے۔"

"دوغلا۔" میں نے دل ہی دل میں کہا۔ اس نے یہ بات ضرور کسی مقصد سے کہی تھی، ٹام اچھل کر کھڑا ہو گیا۔ ہم بھول چکے تھے کہ وقت گزر رہا ہے۔ معصوم زوان چیخنے لگا۔ "میں مرنا نہیں چاہتا۔" پھر پورے تہہ خانے میں ہوا میں ہاتھ گھماتا ہوا دوڑنے لگا۔ پھر روتا ہوا چٹائی پر ڈھیر ہو گیا۔

ٹام اسے سنجیدگی سے دیکھتا رہا۔ ایسا لگ رہا تھا جیسے زوان کو حوصلہ دینے کی اس کے دل میں تمنا نہیں رہی۔ شاید ایسی حالت میں ہمدردی بھی فضول ہو چکی تھی۔ زوان رو رہا تھا اور اپنے اوپر ترس کھا رہا تھا ایک سیکنڈ، صرف ایک سیکنڈ کے لیے میرا بھی دل چاہا کہ رولوں۔ دل نے چاہا کہ میں بھی اپنی حالت پر چیخوں چلاؤں، لیکن ہوا الٹا۔ جیسے ہی اس کے کانپتے ہوئے کمزور کندھوں پر میری نظر گئی میں نہ خود پر ترس کھا سکتا تھا نہ دوسروں پر۔ میں نے اپنے آپ دہرایا۔ "میں ایک صاف ستھری موت مرنا چاہتا ہوں۔"

ٹام اٹھ بیٹھا اور چھت کے روشن دان کے نیچے کھڑا دن کی روشنی کا انتظار کرنے لگا۔ میں نے صاف ستھری موت کا عہد کر لیا تھا اور اسی کے بارے میں سوچ رہا تھا۔ لیکن اس پل سے جب ڈاکٹر نے گھڑی دیکھ کر وقت بتایا مجھے لگ رہا تھا جیسے وقت اڑا جا رہا ہے۔ بوند بوند کر کے تیزی کے ساتھ رس رہا ہو۔ اس وقت اندھیرا ہی تھا جب میں نے ٹام کی آواز سنی۔

"تم نے وہ آہٹیں سنیں؟" ٹام نے پوچھا۔

"باہر یارڈ میں کچھ لوگ مارچ کر رہے تھے۔"

"ہاں۔"

"وہ کیا کر رہے ہوں گے۔ وہ اندھیرے میں تو گولی چلا نہیں سکتے۔"

تبھی وہ آہٹیں بند ہو گئیں۔

"وہ پچھواڑے والے یارڈ میں ہوں گے۔" میں نے کہا۔

ٹام نے ڈاکٹر سے ایک سگریٹ مانگی۔ پھر مجھ سے پوچھا، "تم کچھ اندازہ لگا سکتے ہو کہ باہر کیا ہو رہا ہے؟" وہ کچھ اور بھی کہنا چاہتا تھا کہ دروازے پر آہٹ ہوئی۔ اگلے ہی پل تہہ خانے کا دروازہ کھلا۔ ایک لفٹیننٹ دو سپاہیوں کے ساتھ اندر آیا۔ ٹام کے ہاتھ سے سگریٹ چھوٹ گئی۔

"اسٹین واک۔"

ٹام نے کوئی جواب نہیں دیا۔ لیکن پیڈرو نے اس کی جانب اشارہ کر دیا۔

"زوان ہربل۔"

"وہاں، چٹائی پر۔"

زوان اپنی جگہ سے نہ ہلا۔ دونوں سپاہیوں نے اسے کندھوں سے پکڑ کر کھڑا کیا۔ جیسے ہی انہوں نے اسے چھوڑا وہ پھر گر پڑا۔ سپاہی جھجکے۔ "یہ بیمار نہیں ہے اسے اٹھا کر لے چلو۔ وہیں دیکھیں گے۔" کہتا ہوا لفٹیننٹ ٹام کی جانب مڑا، "اسے لے چلو۔"

ٹام سپاہیوں کے درمیان چل پڑا۔ دونوں کندھوں پر زوان کو ٹانگے سپاہی چل پڑے۔ زوان کے ہوش و حواس گم نہیں ہوئے تھے۔ اس کی آنکھیں پھیلی ہوئی تھیں۔ رخساروں پر آنسو بہہ رہے تھے۔ میں ان کے ساتھ چلنے کو ہوا تو لفٹیننٹ نے روک دیا۔ "تم ابیتیا ہو؟"

"ہاں۔"

"یہیں ٹھہرو۔ تمہارے لیے بعد میں آئیں گے۔"

وہ چلے گئے ،ڈاکٹر بھی۔ میں تنہا رہ گیا۔ میں نہیں جانتا تھا کہ میرے ساتھ کیا ہونے والا ہے۔ پھر بھی چاہ رہا تھا کہ جو بھی ہونا ہو، صحیح ڈھنگ سے ہو جائے۔ قریب قریب مجھے بندوقوں کی آوازیں سنائی دے رہی تھیں۔ ہر آواز پر میں کانپ جاتا۔ میں چیخ کر اپنے بال نوچنا چاہتا تھا۔ میں نے دانت بھینچے اور دونوں ہاتھ پینٹ کی جیبوں میں ٹھونس لیے۔ میں ایک اچھی موت مرنا چاہتا تھا۔

ایک گھنٹے کے بعد وہ پھر آئے۔ وہ مجھے پہلی منزل پر بنے ایک چھوٹے سے کمرے میں لے گئے۔ جو بے حد گرم اور سگریٹ کے دھوئیں سے بھرا ہوا تھا۔ دو افسر سگریٹ پیتے ہوئے آرام کرسیوں پر بیٹھے ہوئے تھے۔

"تم ابیتیا ہو؟" ایک نے پوچھا۔

"ہاں۔۔۔۔"

"رامن گریس کہاں ہے؟"

"مجھے نہیں معلوم؟"

سوال کرنے والا افسر چھوٹے قد کا اور موٹا تھا۔ چشمے کے پیچھے سے جھانکتی ہوئی اس کی آنکھیں بے حد ظالم لگ رہی تھیں۔ اس نے حکم دیا،"یہاں آؤ۔"

میں اس کے پاس پہنچا۔ اس نے میرے کندھے پکڑ لیے اور ایسے دیکھنے لگا جیسے میں زمین میں دھنس جاؤں گا۔ اس کے علاوہ میرے بازوؤں کو پوری قوت کے ساتھ بھینچنے لگا۔ یہ کام مجھے تکلیف دینے کے لیے نہیں تھا ایک کھیل جیسا تھا۔ وہ مجھے اپنی طاقت سے توڑنا چاہتے تھے۔ وہ یہ بھی جانتا تھا کہ اس کے لیے میرے چہرے پر اپنی بدبودار سانسیں بھی چھوڑنی چاہیے۔ ایک پل ہم دونوں اسی حالت میں کھڑے رہے۔ میرا دل چاہا کہ میں

ہنس دوں۔ مرتے ہوئے آدمی کو ڈرانا اتنا آسان نہیں ہوتا۔اس کا طریقہ کامیاب نہیں ہوا۔ مجھے زور کا دھکا دینے کے بعد وہ کرسی پر بیٹھ گیا۔

"تمہاری یا اس کی زندگی میں سے کسی ایک کا سوال ہے۔ تم ہمیں بتادو کہ وہ کہاں ہے ؟ تو تمہاری زندگی بچ سکتی ہے۔"

میں نے کوئی جواب نہیں دیا اور سوچنے لگا اپنی وردی میں چست درست یہ لوگ بھی کبھی نہ کبھی مریں گے۔چاہے کچھ وقت کے بعد۔ میں نے اپنے آپ سے کہا،"یہ لوگ مڑے ہوئے کاغذات میں ناموں کو تلاش کرتے ہیں۔لوگوں کو گرفتار کرتے ہیں اور ظلم کرنے کے لیے بھاگتے ہیں۔ اسپین کے مستقبل کے بارے میں فکر مند رہتے ہیں یہ بھی کبھی نہ کبھی تو مریں گے ہی۔"

اب مجھے ان کی معمولی سے معمولی حرکتیں بھی ڈرامائی نظر آنے لگی۔ مجھے اس پر کچھ افسوس ہوا۔ مجھے لگا یہ لوگ خطرناک ہو چکے ہیں۔ چھوٹے قد والا افسر ہاتھ کی چھڑی سے جوتوں کو ٹھونکتا ہوا اب مجھے گھور رہا تھا۔اس کا گھورنا کسی خونخوار جنگلی جانور جیسا اثر ڈالنے کے مترادف تھا۔

"تو تمہاری سمجھ میں کچھ آیا؟" اس نے پوچھا۔

"مجھے نہیں معلوم کہ گریس کہاں ہے۔ میرے خیال میں اسے میڈرڈ میں ہی کہیں ہونا چاہیے۔" میں نے کہا۔

"تمہیں غوروفکر کے لیے پندرہ منٹ دیئے جاتے ہیں۔"اس نے آہستہ سے کہا۔ "اسے لانڈری میں لے جاؤ۔ پندرہ منٹ بعد واپس لے آنا۔اس کے بعد بھی اگر یہ انکار کرے تو اسے یہیں گولی سے اڑادیا جائے گا۔"

انہیں پتہ تھا۔وہ کیا کر رہے ہیں۔میں نے ساری رات انتظار میں گزاری

تھی۔ آدھے گھنٹے سے کیا فرق پڑنے والا تھا۔

انہوں نے مجھے ایک گھنٹہ تہہ خانے میں رکھا تھا۔ اس دوران ٹام اور زوان کو گولیوں سے اڑادیا گیا تھا اور اب وہ مجھے لانڈری میں لے جارہے تھے۔ میں نے سوچا انہوں نے پچھلی رات ہی سب طے کرلیا ہوگا۔ شاید انہیں اعتماد تھا کہ اس طرح آدمی ٹوٹ جاتا ہے۔ اسی طریقے سے وہ مجھے بھی توڑنے کی کوشش میں تھے۔ لیکن وہ غلط تھے۔ لانڈری میں پہنچ کر میں ایک کرسی پر بیٹھ گیا اور سوچنے لگا۔ میں کافی کمزوری محسوس کررہا تھا۔ مجھے پتہ تھا گریس شہر سے چار کلومیٹر کے فاصلے پر اپنے چچازاد بھائیوں کے پاس روپوش ہے۔ میں جانتا تھا کہ ایذا پہنچائے جانے کے بعد میں اس کا پتہ بتادوں گا۔ مگر لگتا تھا وہ مجھے ایذا دینا نہیں چاہتے تھے۔ ان کے سارے کام منصوبہ بند طریقے سے انجام پاتے تھے۔ جس میں میری کوئی دلچسپی نہیں تھی۔ اچانک میرے دل میں ایک خیال ابھرا کیا میں گریس کا پتہ بتانے کی بجائے مرنا پسند کروں؟ لیکن کس لیے؟ طلوعِ آفتاب سے پہلے ہی میرے دل میں سے اس کے لیے دوستی ختم ہوچکی تھی۔ اس کے ساتھ ہی کونچا کے لیے پیار بھی۔ صرف اتنا ہی نہیں۔ خود کو زندہ رکھنے کی چاہت بھی ختم ہوگئی تھی۔ ویسے تو گریس کے لیے میرے دل میں احترام کا جذبہ تھا۔ وہ ایک مضبوط ارادے والا شخص تھا۔ لیکن اب اس کی زندگی میرے لیے اپنی زندگی سے زیادہ قیمتی نہیں تھی۔ ان لوگوں کو کسی ایک آدمی کی ضرورت تھی جسے وہ دیوار سے لگا کر اس کی آخری سانس تک گولیاں چلاتے رہیں۔ یا تو وہ گریس ہوسکتا ہے یا پھر میں! اس سے ان کے لیے کوئی فرق نہیں پڑتا تھا۔ مجھے احساس تھا کہ اسپین کو میرے مقابلے گریس کی زیادہ ضرورت ہے۔ مگر میں اپنے خیالوں میں اسپین کی بغاوت کو بھی بھاڑ میں جھونکنے کو تیار تھا۔ اس وقت میرے لیے دنیا کی ہر چیز واہیات ہوگئی تھی۔ پھر بھی یہ بات عجیب تھی کہ میں گریس کا پتہ نہ دے کر

اپنی جان گنوانے جارہا تھا۔ یہ بات مجھے دلچسپ لگی۔ میں نے سوچا اس وقت مجھے سخت ہونے کی ضرورت ہے۔

پندرہ منٹ بیت جانے کے بعد وہ پھر آئے اور مجھے دونوں افسروں کے سامنے لے گئے۔ میرے پاؤں کے قریب سے ایک چوہا بھاگ نکلا۔ یہ دیکھ کر مجھے اچھا لگا۔ میں نے مذاق سے ایک سپاہی سے پوچھا، "کیا تم نے اس چوہے کو دیکھا۔" اس نے جواب نہیں دیا۔ اسی طرح سنجیدہ چہرہ بنائے رہا۔ میں نے زور سے ہنسنا چاہا، مگر اپنے آپ کو روک لیا۔ میں جانتا تھا کہ ایک بار ہنسنا شروع کردوں گا تو روکنا مشکل ہو جائے گا۔ میں نے سپاہی کی مونچھ کی طرف اشارہ کرتے ہوئے کہا، "تمہیں اپنی مونچھیں منڈوا لینی چاہیے۔" مجھے یہ سوچ کر مزہ آرہا تھا کہ بنا مونچھ کے اس کا چہرہ کتنا عجیب لگے گا۔

"اچھا، تم نے اچھی طرح سوچ لیا؟" موٹے افسر نے پوچھا۔

"وہ قبرستان میں چھپا ہے۔ کسی قبر میں یا قبر کھودنے والے کی جھونپڑی میں۔" میں نے حیرت سے ان کی طرف دیکھتے ہوئے کہا۔ جیسے وہ کیڑے مکوڑے ہوں۔

لیکن یہ میرا وہم تھا۔ میں انہیں فوراً کھڑا ہوتے، بیلٹ کستے اور حکم دیتے ہوئے دیکھنا چاہتا تھا، یہی ہوا۔ وہ اچھل کر کھڑے ہو گئے۔ "ہمیں چلنا چاہیے۔ مولس تم پندرہ سپاہی لے کر جاؤ۔" یہ کہنے کے بعد افسر مجھ سے مخاطب ہوا۔ "اگر تمہاری بات سچ ہے تو میں تمہیں چھوڑ دوں گا۔ لیکن اگر تم ہمیں بے وقوف بنارہے ہو تو اس کی بھرپور قیمت تمہیں چکانی پڑے گی۔" وہ بڑبڑاتا ہوا نکل گیا۔ میں سپاہیوں کی نگرانی میں اطمینان سے انتظار کرنے لگا۔ ان کی حالت کا تصور کر کے مجھے ہنسی آرہی تھی۔

تصور میں میں نے انہیں قبروں کے پتھر اٹھاتے اور ایک جھونپڑی کی تلاشی لیتے ہوئے دیکھا پھر میں نے دیکھا کہ بڑی مونچھوں اور وردی والے سپاہی مجھے پکڑنے کے لیے

میرے پیچھے حکم دینے کے لیے آیا ہے۔ آدھے گھنٹے بعد موٹا افسر واپس آیا۔ مجھے لگا مجھے گولی مارنے کا حکم دینے آیا ہے۔ وہ بے حد چست دکھائی دے رہا تھا۔ اس نے میری طرف دھیان سے دیکھا اور بولا، "اسے دوسرے قیدیوں کے ساتھ یارڈ میں لے جاؤ۔ فوجی کاروائی کے بعد عدالت فیصلہ کرے گی کہ اس کا کیا کیا جائے۔"

"تو مجھے گولی سے نہیں اڑایا جائے گا؟" میں نے پوچھا۔

افسر نے کندھے اچکائے، سپاہی مجھے باہر لے آئے۔ یارڈ میں تقریباً چار سو قیدی تھے۔ ان میں عورتیں بچے، بوڑھے سبھی تھے۔

دوپہر کو انہوں نے ہمیں میس کے ہال میں کھانا کھلایا۔ دو تین لوگوں نے مجھ سے کچھ سوالات کیے۔ جن کا میں نے کوئی جواب نہیں دیا۔ شام کے دھندلکے میں وہ مزید دس قیدیوں کو اندر دھکیل گئے۔ میں نے بسکٹ فروخت کرنے والی گارسیا کو پہچان لیا۔ "تمہاری قسمت اچھی ہے۔ مجھے امید نہیں تھی کہ تمہیں زندہ دیکھوں گی۔" اس نے کہا۔

"مجھے موت کی سزا سنائی گئی تھی۔ بعد میں انہوں نے اپنا فیصلہ بدل دیا۔ مجھے نہیں معلوم کہ کیوں؟"

"انہوں نے مجھے دو بجے گرفتار کیا؟" گارسیا نے کہا۔

"کس جرم میں؟"

"پتہ نہیں، وہ ہر اس آدمی کو گرفتار کر لیتے ہیں جو ان کی طرح نہیں سوچتا۔ انہوں نے رامن گریس کو بھی گرفتار کر لیا۔"

"کب؟" میں کانپنے لگا۔

"آج صبح، لیکن ساری غلطی گریس کی تھی۔ منگل کو اس نے چچازاد بھائیوں کا

گھر چھوڑ دیا۔ ان سے کسی بات پر بحث ہوگئی تھی۔ بہت سے لوگ اس کی مدد کو تیار تھے۔ لیکن اس نے کسی کا احسان لینا قبول نہیں کیا۔ اس کا کہنا تھا کہ میں ابیتیا کے گھر چھپ سکتا تھا لیکن اسے پکڑ لیا گیا۔ اس لیے اب میں قبرستان میں جاکر چھپ جاؤں گا۔"

"قبرستان میں؟"

"انہوں نے اسے قبر کھودنے والے کی جھونپڑی سے گرفتار کرلیا۔ گریس نے ان پر گولیاں چلائیں مگر وہ پکڑ لیا گیا۔"

مجھے اپنے آس پاس کی ہر چیز گھومتی ہوئی لگ رہی تھی۔ میں زمین پر بیٹھ گیا۔ پھر خود بہ خود قہقہہ لگانے لگا۔

Ref.: urduchannel.in

***

بھاگ متی

عمران جمیل

"امّاں اِی ہم سے نہ ہوے" بھاگمتی نے اپنا میلا کچیلا گھاگرا کمر میں اُڑس کر منہ بناتے ہوئے کہا۔ دھونکنی کے پاس گھنٹوں کالے دھوئیں اور تیز بُو کے درمیان بیٹھے رہنے سے اُسکا دماغ بھی انگارے پر رکھے تانبے کی طرح تپ رہا تھا۔ گردن کے پاس سے کمر تک رنگین کترنوں سے سِلی گئی کانچلی اُس پر ٹنکی چمکیلی ٹِکلیاں اور موتی کام پھیکے پڑنے بعد بھی کپڑے پر ایسے جمے ہوئے تھے جیسے وہ اُس کا ساتھ چھوڑنا نہیں چاہتے ہوں۔ بھاگمتی کے مرجھائے جواب سے اماں ٹھٹک گئیں۔ بھٹّی کی تپن سے جُھلستا ان کا گورا رنگ گرم لوہے کی طرح انگارہ ہو گیا۔ امّاں کی بھرّائی آواز جب کانوں میں پڑتی تو ڈھولک کی تھاپ پر الاؤ کے گرد رقص کرتی آوازوں کے لوک گیت یاد آجاتے۔ امّاں نے دنیا دیکھی تھی۔ کچھ سوچتے ہی اُن کی آنکھوں سے شرارے پھوٹ پڑے۔ بھاگمتی امّاں سے نظریں چار نہیں کر سکی اُسمیں ہمت ہی نہیں تھی کہ وہ اپنے جواب کو پھر سے دوہرا سکے۔ ٹھاکروں نے چمیلی سے بیاہ ہوتا دیکھ چھوٹے مالک اور چمیلی کو حویلی کے صدر دروازے پر جھولتا ڈال دیا تھا تاکہ قصبے کے لوگ کچھ دن اُس جوڑے کو بے جان لٹکتا دیکھ سکیں آخر اُن کی مریَادا کی بات جو تھی اُنہیں گاڈیا برادری کی کسی لڑکی کا حویلی کی ٹھاکرائن بننے کا خواب بالکل بھی نہ بھایا۔ اُس رات جس نے بھی اپنے سینے میں دل کو محسوس کرنا چاہا چمیلی اور چھوٹے مالک

کولوہے کے ہُک سے اُتارنا چاہا تو اُن کا بھی وہی انجام ہوا جس انجام سے چمیلی اور چھوٹے مالک اپنے پیروں سے ہمیشہ کے لئے زمین کھو بیٹھے تھے۔ بھاگمتی کو ہڈیوں میں اُترتی سرد رات کے وہ لمحے اب بھی یاد ہیں جب امّاں نے دلدوز چیخوں کے ساتھ جس میں ایک دہشت کی للکار تھی چمیلی کی رسی کو تیز چھرے سے کاٹا اُسے چھاتی سے چمٹائے بجلی کی طرح گرجی تھی۔ اُس دن امّاں کی چینخ سے کچھ وقت تک اُسے کچھ بھی سنائی نہ دیا اُسے لگا کہ وہ ریت کے دریا میں اکیلی کھڑی ہے اور ریتیلے غبار کے جھکّڑوں سے اُسے کچھ سجھائی نہیں دے رہا ہے۔ امّاں کی چینخ کی گونج کے ساتھ ہی زبان نکالی ہوئی وحشتناک آنکھوں سے دیکھتی ہوئی ماتا کے سینکڑوں روپ اُسے اُس دن اماں کے آس پاس ہی محسوس ہوئے۔ لمبے تڑنگے، مونچھوں پر تاؤ دیتے، انگارہ برساتی آنکھوں والے رائفل سے نشانہ سادھے ہوئے ٹھاکر بھی اُس ٹھٹھرتی رات کو بوکھلائے ہوئے میمنے لگے۔ رائفل کی جگہ اُنکے ہاتھوں میں اُسے پشکر میلے کا تنتنا دکھائی پڑ رہا تھا۔ دوڑتے بھاگتے ملازم دُم دبائے کتّوں کی سی حرکت کرتے نظر آرہے تھے۔

نہ جانے کیا بات تھی امّاں کی آواز میں وہ کبھی لجاجت سے بھی پکارتیں تو اُس میں بھی ہلکی سی دہاڑ کی جھلک صاف محسوس ہوتی۔ امّاں مسکراتی تو تھیں لیکن اُنکی چمکتی آنکھیں ویسی ہی سپاٹ نظر آتیں مانو کوئی بڑا سا محل اپنے مکینوں کے بناء اُجاڑ کھنڈر ہو گیا ہو۔ امّاں کی چبھتی نظروں کو اپنے وجود میں گڑتا دیکھ بھاگمتی کو لگا کہ اُس کے بیزاری بھرے روّیے میں اُس کا دخل نہیں تھا۔ اُسے وہم سا ہونے لگا کہ شاید اُس نے سوتے میں کچھ بڑبڑا دیا ہو۔ وہ زنانہ حصے کے پاس مٹکوں کے ڈھیر کے ایک جانب بُت بنی گنگ سی بیٹھی رہی۔ زنانہ حصے کو رنگین پتھروں اور چمکیلی ٹِکلیوں سے ٹانکے گئے پردے سے بانٹا گیا تھا۔ تیرتھ یاترا پر گئے بسواس کمار کے رکھے گئے مٹکوں سے اُن پر کی گئی گلکاریوں سے اُسے انسیت سی

ہو گئی تھی۔ اکثر وہ اُن مٹکوں پر بنائے گئے پھولوں کے سنگ خود کو تتلی جیسا اڑتا ہوا دیکھتی پھر کہیں سے کوئی کالا بھونرا آجاتا اُسکے نازک پَر زخمی ہو جاتے اور وہ چونک پڑتی۔

آج بھی امّاں کی نظروں کی تپش سے بچنے کے لئے وہ مٹکوں کی آڑ میں سمٹ کر بیٹھ گئی۔ نظر پھر پھولوں پر جا پڑی بھونرے کا خیال آتے ہی اُسے اپنے نازک پَر چھلے ہوئے محسوس ہونے لگے۔ مَٹ میلے گھاگرے کا بڑا سا حصہ اسکے پیچ و تاب کھاتے گورے ہاتھوں سے مَسلا جا رہا تھا۔ دھونکنی بجھی ہوئی تھی پھر بھی اُس نے اپنے ماتھے کے ٹھنڈے قطروں کو زمین پر مٹی میں جذب ہوتے دیکھا۔ چھن کی آواز سے وہ بیٹھے بیٹھے چونک پڑی۔ وہ سوچنے لگی کہ اُس کے ہاتھوں میں تو تیز دھار کی چھریاں بھی نہیں تھیں نا ہی پاس میں رکھی پانی سے بھری کوئی ناند تھی۔ پھر یہ چھن کی آواز کیسی؟؟ ٹھیک ہے امّاں وہ منمنائی۔ لیکن وہاں امّاں موجود ہوتیں تو سنتیں۔ مٹی کو گھورتے اُسکی نظریں ایک جگہ مرکوز ہو گئیں۔ ریت سے چھوٹے چھوٹے دائرے بڑے ہوتے گئے اور اُسکے چہرے پر چھانے لگے۔ وہ وہیں بُت بنی بیٹھی رہ گئی۔

"تھارے ہاتھوں میں اِی لال چوڑیاں خوب جچے گی" حویلی کی جاگیر کے ایک کنارے دور ٹیکری کی اوٹ میں اُسکے زانوؤں پر سر رکھے مانو پرتاپ سنگھ نے اپنی گمبھیر آواز میں اُس سے کہا۔ بھاگمتی مانو سنگھ کی شرارت بھری نظروں کی تپش کو اپنے اندر اُترتا محسوس کر رہی تھی وہ من ہی من میں اپنے اندر کی عورت کے وجود کو سکیڑنے لگی۔ سرسراتی ہوا کے خوشگوار جھونکوں سے اُسکے گھنگریالے اخروٹی رنگت کے بال رخساروں پر اٹھکیلیاں کر رہے تھے۔ مچلتے دل کو سنبھالتے ہوئے وہ بول اُٹھی،

"دیکھ مانو یہ سب عسکیہ باتیں جانے دے پہلے یہ تو بتا کہ ہم سادی کیسے کر پاویں گے حویلی کے لوگ تو۔۔۔!" بھاگمتی اپنی بات پوری بھی نہیں کر پائی تھی کہ مانو نے تڑپ کر

اُسکے ہونٹوں پر اپنا ہاتھ رکھ دیا رخساروں سے شرارت کرتی لٹوں کو ہٹاتے ہوئے وہ فوراً اُٹھ بیٹھا، پاس پڑے خنجر کو اُٹھا کر پٹکے میں اُڑس لیا، کاندھے تک جھولتے اپنے بالوں پر ہاتھ پھیرا چرمی جوتوں میں اپنے پیروں کو ڈالا اور بھاگمتی کا ہاتھ مضبوطی سے تھامے ایک سمت چل پڑا۔ مانو کے ایسے پُراعتما برتاؤ سے وہ ہمیشہ کھل اُٹھتی۔ اسکی لوویں سرخ ہو جاتیں۔ دل بے نام سی خوشیوں سے بھر اُٹھتا۔ چند برس پہلے بھاگمتی کا باپ چترنجن اپنے قبیلے کی بقا کے لئے ٹھاکروں سے بے جگری سے لڑتے ہوئے مارا گیا تھا۔ لڑائی کے تیسرے دن پَو پھٹتے ہی سورج آگ اگلنے لگا تھا۔ ریتیلی زمین اپنی تپن سے ڈھیٹ بنی تنہا لڑتے چترنجن کی گرمی سے لوہا لے رہی تھی۔ اَن گنت لاشوں کے ڈھیر پر مسکراتے ہوئے چترنجن نے اپنے پران دیئے۔ خون آلود دھول مٹی کے ساتھ قبیلے کے نازک ارمانوں کی چتا بھی ٹھاکروں کے غیض وغضب میں بھسم ہوتی گئی۔

اُس دن کچھ بھی تو نہ بچا تھا قبیلے میں، ہر طرف خون ہی خون، انسانی جسموں کے چیتھڑے، گھروں کے برتن، اوزار اور اُنکی عزتیں بکھری پڑی تھیں۔ پامالی کا جاں گسل احساس گاڑیا قبیلے کی روح میں چھانے لگا۔ وہ امّاں ہی تو تھیں جنکے حوصلوں اور رعب دار برتاؤ سے قبیلے کی مرتی روح میں پھر سے جان پڑتی گئی۔ ریتیلی زمین پر رات کے الاؤ روشن ہونے لگے، رات رانیاں لہک لہک کر گیت گانے لگیں۔ اُسے آج بھی یاد ہے جیسے یہ کل کی بات ہو امّاں نے بہت سمجھایا لیکن چمیلی اب سب سمجھانے بجھانے کے مرحلوں سے آگے بڑھ چکی تھی۔ دیویندر پرتاپ سنگھ اُسکی کل کائنات بن چکا تھا۔ پھر ہڈیوں میں خون جما دینے والی وہ رات بھی آئی جب حویلی کے صدر دروازے سے امّاں چنگھاڑتے ہوئے چمیلی کی لاش کو اپنے سینے سے چمٹا کر گھر لائی تھیں۔ بھاگمتی سب بھول جانا چاہتی تھی۔ بچپن سے ان سارے بھید بھاؤ سے وہ اوب چکی تھی۔

"کیا ہم لوہاروں کے کوئی سپنے نہیں۔۔؟"

"کیا ہم چاندی کی تھال میں پروسے گئے کھانے کبھی نہیں کھا سکتے؟" پھر اپنے قدموں سے زمین کھسک جانے کے خیال سے وہ فوراً اپنے سر کو جھٹکتی۔ چمیلی کا مسکراتا دمکتا چہرہ اسکی کھنکتی ہوئی ہنسی کی مسحور کن بازگشت سے وہ اکثر خیالوں کی اُن تہوں تک جا پہنچتی جہاں بھید بھاؤ کے زخموں کو مندمل کرنے میں چمیلی اور اُسکے بچپن کی خوبصورت یادیں تھیں۔ وہ دھونکنی کے پیٹ میں سانس بھرتے بھرتے اپنے کچے گھر کے دالان سے حویلی کے اونچے درو دیوار کو، مہنگی لکڑیوں سے بنے دروازوں، اُن دروازوں کے اوپر رنگین کانچ کے ٹکڑوں سے جڑے محرابوں کو دیکھتی پھر کچھ سوچ کر دل ہی دل میں مسکرا دیتی اُس کی مسکراہٹ کے پیچھے تمتماتے جذبوں کی کسی کو بھنک نہیں تھی۔

"ایسے گھور گھور کر زمین میں چھید کرے گی کیا" امّاں کی کرخت آواز اچانک اُسکے کانوں سے ٹکرائی دائرے چھوٹے ہوتے ہوئے نکتہ بن کر زمین میں کہیں مدغم ہو گئے۔ چمیلی کی یادیں کبھی ریت گھڑی کے خالی ہوتے حصے کی طرح لگتی جیسے ہی اُسے یہ محسوس ہوتا اُسے لگتا کہ پھولوں کے رنگ اُڑ چکے ہیں وہی پھول جنہیں چند گملوں میں کبھی چمیلی نے اپنے ہاتھوں سے لگایا تھا۔ وہ فوراً لپک کر ریت گھڑی کو اُلٹا رکھ کر یادوں کو پھر سے کشید کرنے لگتی۔ آج کے دن کا اُسے بے صبری سے انتظار تھا اُسے آج ٹیکری کے پیچھے مانو پرتاپ سے ملنا تھا۔ آج صبح سے اُسے موسم بہت بھلا لگ رہا تھا۔ آسمان میں اُڑتے پرندوں کی چہکار میں اُسے مدھم گیت کی لے سنائی دے رہی تھی۔ پھر امّاں کی چتاونی بھی جیسے ہی یاد آئی اُسکے بدن میں جھرجھری سی دوڑ گئی۔

"نہیں نہیں اب اور انتظار نہیں" حویلی کی شادی میں وہ اپنی سکھیوں کے ساتھ خوب جم کر ناچی تھی وہاں کی عورتوں کی سنہری ساڑیاں، اُنکے مہنگے رنگین زیورات سے

اُس دن نظریں ہٹتی نہ تھی۔ ریتیلے قصبے میں یوں تو ہریالی بَس نام کی تھی لیکن حویلی کے لمبے صحن میں ہریالی سے سایے بنے ہوئے تھے۔ وہاں کے قیمتی فانوس، رنگین جگ مگ کرتے جھومر، سرخ دبیز قالین اور طرح طرح کے کھانے اُسکی نظروں سے ہٹتے نہ تھے۔

"آخر یہ سورج کب ڈھلے گا۔ جو بھی ہو مجھے آج جانا ہی ہے اب اور انتظار نہیں ہوتا" وہ بدبدائی۔ امّاں کے سونے والے حصے پر اُس نے اُچٹتی نگاہ ڈالی دل زوروں سے دھک دھک کئے جارہا تھا امّاں چلم سے شغل کر کے ہلکے بدن کے ساتھ آسمان کی سیر پر جاچکی تھیں۔ وہ لپک کر اُٹھی ٹھنڈے پانی کے کئی چھپاکے منہ پر تیزی سے مارے، کپڑوں پر نظر دوڑائی، شیشے پر نظریں گاڑے بالوں کو کس کر باندھا۔ کاجل کی گاڑھی لیکر آنکھوں کے گرد پھیرا۔ نازک زنجیر سے بندھے رنگین پتھروں سے جڑے ہوئے چھوٹے سے گولے کو مانگ سے گذار کر ماتھے پر لٹکایا۔ دونوں ہاتھوں کی بیچ کی انگلیوں سے سنہری زنجیر سے بندھے "ہاتھ پھول" کو پہنا۔ چمکتے "باجو بند" کو بازو میں کسا۔ بیچ کی انگلی میں آئینوں سے جڑی آرسی پہنی۔ ماتھے اور ٹھڈّی پر پکے رنگ سے کچھ نقطے بنائے۔ سورج زردی مائل ہو کر پہاڑیوں کے پیچھے چھپنے کی تیاریوں میں تھا۔ ریشمی کپڑے، آرام و آسائش مہنگے زیور اُسکے خیالوں میں پھر گھومنے لگے ان خیالوں سے سر جھٹک کر ملگجی روشنی میں وہ تیز قدموں سے چلتی گئی۔ اُس کی سرمئی آنکھوں میں عجیب سا عزم جھلک رہا تھا۔ ٹھنڈے پسینے کے قطروں کے سنگ اُسکے چہرے پر ایک میٹھی سی مسکراہٹ رقصاں تھی۔ مانو کے پاس پہنچ کر ہی اُسکی سانسوں کا طوفان تھما۔ آسمان سیاہ ہو چکا تھا۔ تارے پوری آب و تاب سے چمک رہے تھے۔ اب رخصت کا وقت تھا مانو کو اُس نے اپنے سینے سے کس کر جکڑ رکھا تھا ایک بیخودی تھی یا کوئی باؤلا پن۔ دور الاؤ کے گرد رقص میں ڈوبیں رات رانیوں کے گیت تیز بہت تیز ہوتے جارہے تھے۔ مانو اچانک اُس کے بازووں

میں جھول گیا۔ بھاگمتی نے بہت سکون سے اسے خود سے الگ کیا مانو کے منہ سے جھاگ نکل رہا تھا وہ دھڑام سے گرا اور ساکت ہو گیا۔

Ref.: urduchannel.in

***

اب میرا انتظار کر

اجیت کور

پسلیوں سے ذرا سا نیچے درد کا ایک طوفان اٹھتا اور رشید دُہرا ہو جاتا۔ زمین گھوم جاتی اور آسمان سے راکھ برسنے لگتی۔ آخر وہ اسپتال چلا گیا۔ کئی ٹیسٹ ہوئے۔ "ایک چھوٹا سا آپریشن کرنا پڑے گا۔" ڈاکٹروں نے کہا۔

"آپریشن؟ کس کا آپریشن کرنا پڑے گا؟"

"بائی آپسی۔"

"بائی آپسی؟ یعنی؟ کینسر کا شک ہے کیا؟"

"نہیں، ٹیسٹ شکوں کی تصدیق کرنے کے لیے نہیں ہوتے۔ ہر قسم کا شک دور کرنے کے لیے کیے جاتے ہیں۔"

وہ راضی ہو گیا۔ "کب آجاؤں؟"

"اگلے منگل کو۔ ٹھیک؟ کوئی ساتھ تو آئے گا ہی۔ پہلے دن جنرل وارڈ میں وہ بھی آپ کے ساتھ رہ سکتے ہیں۔"

"نہیں، کوئی نہیں آئے گا۔ میں ہی آؤں گا۔ کافی نہیں؟" وہ مسکرایا۔

"آپ کی بیوی؟ بچے۔۔۔۔۔۔۔۔۔۔۔۔۔"

وہ ہنس دیا۔ "بیوی تو پچھلے برس ہی سے اللہ میاں کے گھر بیٹھی چرخہ کات رہی ہے

اور بیٹا دور ہے، امریکہ۔"

بائی آپسی ہوئی۔ تقریباً چھ ہفتوں کے بعد جب وہ بائی آپسی کی رپورٹ لینے اسپتال گیا تو ڈاکٹر پھر سے اس کے بیٹے کے بارے میں پوچھنے لگے۔

"آپ لوگ میرے بیٹے کو مجھ سے زیادہ عقل مند سمجھتے ہیں؟ مجھ سے زیادہ پختہ اور طاقتور؟ آپ رزلٹ بتائیں، مجھ میں حوصلہ ہے سننے کا۔" وہ مسکرایا۔

"ڈاکٹروں نے بے حد نرم اور ملائم آواز میں اسے بتایا کہ اس کے پیٹ میں کینسر ہے۔

کینسر؟ اس کے جسم میں اس بنا سلائی کے، لپٹے لپٹائے تھیلے کے اندر اس کا پیٹ آہستہ آہستہ سڑ رہا تھا۔ باسی گوشت کے ٹکڑے کی طرح اور اس میں لاکھوں ننھے ننھے کیڑے رینگ رہے تھے اور اسے خبر تک نہ ہوئی۔ بدبو بھی نہ آئی! وہ حیران، سوچ رہا تھا۔

بڑے ڈاکٹر نے سوچا، رشید اس بھیانک خبر کی وجہ سے خاموش ہو گیا ہے۔ بڑی اپنائیت سے اس نے رشید کا ہاتھ دبایا۔ "آپ میرا کہا مانئے، بیٹے کو امریکہ سے بلا لیجئے۔ کینسر کا علاج کرنے کی کوشش کی جا سکتی ہے۔ آپریشن ہو سکتا ہے۔ دوائیں ہیں، بجلی کا علاج ہے، گھبرانے کی ضرورت نہیں ہے۔ آج کل تو۔۔۔"

رشید مسکرایا، "اگر علاج کیا جائے تو۔۔۔ کتنی دیر۔۔۔؟"

ڈاکٹر نے کہا، "سال دو سال! کچھ زیادہ بھی شاید۔ مگر دوائیں پابندی سے لینی ہوں گی۔ چیک اپ لگاتار کرواتے رہنا ہو گا۔ اس کے بعد شاید درد بڑھ جائے اور آپ کو ہسپتال میں داخل ہونا پڑے۔ گھبرانے کی بات نہیں۔ ہر درد کے لیے دوائیں موجود ہیں۔ ویسے میری یہ صلاح ہے کہ آپ بیٹے کو بلوا لیں۔ دو چار ہفتوں میں ہی ہسپتال میں داخل ہو جائیں۔ تاکہ ہم اپنی پوری کوشش کر سکیں۔"

"اور اگر دوائیں نہ لی جائیں؟ یعنی کچھ بھی نہ کیا جائے، تو؟"

"یہ تو پھر خودکشی ہے۔"

"نہیں، میرا مطلب تھا کہ اگر مجھے پتہ ہی نہ چلتا، درد ہی نہ ہوتا، اگر ہوتا بھی تو میں اجوائن پھانکتا رہتا اور آپ کے پاس نہ آتا، ٹیسٹ نہ ہوتے، تو کتنی دیر زندہ رہ پاتا؟"

ڈاکٹر نے کندھے اچکائے۔ گردن میں خم سا دیتے ہوئے کہا، "چھ مہینے، پانچ مہینے، آٹھ مہینے۔ کیا کہا جا سکتا ہے؟ قسمت پر بھی تو ایسی باتیں ٹکی ہوئی ہیں۔"

گھر پہنچ کر رشید نے اپنی زندگی کا حساب کتاب کرنا شروع کیا۔ جوڑنے لگا تو سارے جواب منفی میں ہی آئے۔ "کمال ہے۔" اس نے سوچا۔ "اتنے برس بیت گئے اور میں نے کبھی اس طرح سے اپنی زندگی کا بہی کھاتہ کھول کر دیکھا بھی نہیں کہ کیا کمایا اور کتنا نقصان ہوا ہے۔ ہے نا حیرانی کی بات؟"

اچانک اسے لگا کہ وہ اور لوگوں سے زیادہ قسمت والا تھا۔ نہیں؟ ورنہ موت کے مقام کا کسے پہلے سے علم ہوتا ہے؟ اچانک بیٹھے ہوں اور اچانک لڑھک جاتے ہوں۔ بس ختم! اور ایک وہ تھا کہ اسے پتہ تھا کہ پانچ چھ مہینے اس کے پاس ہیں اور پھر۔۔۔

پھر۔۔۔ بعد میں سوچیں گے، بھئی! فی الحال وہ۔۔۔

سوچوں کے بہاؤ کو جتنا بھی روک لو، وہ رکتا ہے کیا؟ کچھ نہ سوچنے کا فیصلہ کرنے کے باوجود اس کی پوری زندگی اس کے سامنے گھومنے لگی۔ مگر یار ہے نا کمال کی بات؟ اتنے برس سوچا ہی نہیں کہ یہ گزر رہی ہے، زندگی۔ رشید خود سے باتیں کرتا رہا۔

فریدہ، میری جان، شاید تم ہی مجھے پکار رہی ہو۔ وہاں اکیلے میں دل نہیں لگتا نا تمہارا؟ وہ پیار سے اپنی بیوی کے تصور سے پوچھتا۔

وہاں، کہاں یار؟ وہ تو قبر میں لیٹی ہے، آرام سے۔ اما تم بھی کیا اپنے دوست رمیش

کی طرح سوچتے چلے جا رہے ہو۔ آلتو فالتو باتیں۔۔۔ کہ اس کی بیٹی اوپر کہیں، بادلوں کی دوسری اور، چاند تاروں کی دنیا میں رہ رہی ہے۔ یہ تو ہندوؤں کی سوچ ہے۔ کافر کہیں کا۔

اتنے برس تو وہ دفتر سے گھر اور گھر سے دفتر کا فاصلہ طے کرتا رہا تھا۔ اور دفتر میں اپنی میز سے صاحب کے کمرے کا فاصلہ۔ بس! قبیلہ داری؟ کہاں۔

فرماں بر داری بھی نبھائی اس نے۔ اپنے بوڑھے ماں باپ کی خدمت کی تھی۔ چھوٹے بھائی کو پڑھایا تھا۔ بہنوں کی شادیاں کی تھیں۔ خود اپنے تین بچے پیدا کئے تھے، پر دو اللہ کو پیارے ہو گئے۔ ایک ہی باقی تھا، اسلم۔ اسلم ڈاکٹری کی پڑھائی ختم کر کے اعلیٰ تعلیم کے لیے امریکہ چلا گیا تھا۔

خود ہی بھیجا تھا میں نے۔ بچوں کی خوشی میں ہی ماں باپ کی خوشی ہوتی ہے۔ ہے یا نہیں؟

مگر یہ تو نہیں کہا تھا میں نے اسے کہ پھر لوٹ کے آئے ہی نہیں۔ پڑھائی ختم کی اور وہیں سیٹل ہو گیا۔ نالائق! چٹھی لکھی، جس میں اطلاع دی تھی کہ وہیں نوکری جوائن کر رہا ہوں۔ احمق! کم سے کم اجازت تو لے ہی سکتا تھا۔ نہیں؟

رشید نے دفتر سے استعفیٰ دے دیا۔ کسی کو کچھ نہیں بتایا، ساتھ میں کام کرنے والوں سے یہی کہا کہ وہ اب جا کر اپنے گاؤں میں رہنا چاہتا ہے۔ گاؤں میں اپنا پرانا گھر ہے۔ پکی حویلی ہے۔ شہر کے شور میں کیا رکھا ہے صاحب! بہت ہو گیا۔ اتنے برس دریا گنج کے ایک چھوٹے سے، اندھیرے سے گھر میں رہ کر بتا دیئے۔ اب ذرا کھلی ہوا میں سانس لوں گا۔

رمیش جو اس کے دفتر میں ساتھ والی میز پر بیٹھتا تھا اور دوپہر کو کھانا بھی دونوں اکٹھا کھایا کرتے تھے، اس کا اکلوتا دوست، حیران تھا۔ "مگر رشید صاحب، وہاں اکیلے کیا کریں گے؟"

"اکیلا؟ اور یہاں کیا اکیلا نہیں ہوں میں؟" اور وہ ہنس پڑا۔ بات کو ہنسی میں اڑا دیا، "بھائی جان ،وہاں بھینسیں رکھوں گا، کتّے پالوں گا، بلّیاں پالوں گا۔ گاؤں میں کیسا اکیلا پن؟ اکیلا پن تو شہر میں ہوتا ہے، ماچس کی ڈبیوں جیسے گھروں میں۔"

"اسلم سے پوچھ لیا؟"

"اسلم؟ اس نالائق سے کیا پوچھنا؟ میں اس کا باپ ہوں کہ وہ میرا باپ ہے؟" رشید قہقہہ لگا کر ہنس پڑا۔ اتنا کھل کر ہنستے ہوئے اسے پہلے کسی نے نہیں دیکھا تھا۔

اسلم کو سچ مچ اس نے کچھ نہیں لکھا۔ ویسے بھی تو چھ مہینے میں ایک آدھ چٹھی ہی تو آتی ہے اس کی۔ چھ مہینوں کی ہی تو بات ہے ساری۔ اسے تو پتہ بھی نہیں چلے گا کہ۔۔۔ رشید سوچتا رہا۔

ویسے بھی یار، اگر دو چار دنوں میں ہی مرنا ہو تو لکھ دوں اسے کہ آجا اور کام نبٹا کر لوٹ جا۔ اب میں چھ مہینے پہلے کیوں اسے دکھی کروں؟ کھانے پینے کی عمر ہے اس کی، نہیں؟ وہ اپنے من میں خود کو ہی بچوں کی طرح سمجھاتا۔

کہوں بھی تو کیا کہوں؟ کہ آ، میرے پاس بیٹھ، اینڈ واچ می ڈائنگ اے سلو ڈیتھ!

بھئی جانا ہی ہے تو اپنی مرضی سے جائیں گے۔ نہ اسلم کے رحم پر نہ ڈاکٹروں کے رحم و کرم پر! آ کر کرے گا بھی کیا آخر؟ ہسپتال میں بھرتی کروا دے گا، دوائیں! بدبو! ٹیکے! اور چھ آٹھ مہینے کُڑھتا رہے گا کہ بوڑھا نہ آر ہوتا ہے نہ پار!

غلط، غلط رشید میاں! بوڑھے کب سے ہو گئے آپ؟ ابھی تو اچھے خاصے ہیں بھلا۔ دفتر کی کوئی بھی لڑکی ابھی تک آپ کے پاس بے تکلفی سے نہیں بیٹھتی۔ جب لڑکیاں آپ سے دکھ سکھ کی باتیں کرنے لگیں اور صلاح مانگنے لگیں، تب ہی بزرگی میں قدم رکھتے ہیں، سمجھے آپ حضرت؟ وہ مسکراتا۔

گھر کا سب سامان اس نے بیچ دیا۔ صرف ایک بستر رکھ لیا اور پہننے کے کچھ کپڑے، کچھ تکیے کے غلاف، چادریں اور تولیے۔ ایک صندوق کتابوں سے بھر لیا۔ دو چار برتن دوسری پیٹی میں ڈالے۔ گیس کا چولہا فروخت کرکے بازار سے اسٹو خریدا اور قندیل۔ ایک جوڑی چپل اور موٹے ربڑ سول کے کینوس کے جوتے سیر کرنے کے لیے۔ بڑھیا سے کاغذوں کا ایک پیکٹ، داڑھی بنانے کا سامان اور ایک چھوٹی سی بوتل پرفیوم کی۔

رشید میاں، لگتا ہے بارات میں جا رہے ہو یار۔ خدا کی بارات میں۔ بس، اب آنکھوں میں سرمہ بھی نہ مٹکا لینا کہیں! وہ اپنے آپ سے مذاق کرتا اور مسکرا دیتا جیسے سچ مچ کہیں چھٹیاں منانے جا رہا ہو۔ پھول سا ہلکا محسوس ہوتا اسے اپنا دل اور بدن!

بیٹی بیٹے، ماں باپ، بہن بھائی یہ سب انسان کو باندھے رکھتے ہیں۔ پھر گھر گھر میں مکڑی کے جال کی طرح سو ضرورت کی اور باون سو غیر ضروری چیزوں کا جال! پھر مجھے دیکھ رمیش بھائی، دیکھ حسد سے جل۔ سارے مایا جال کاٹ کر پھینک دیئے ہیں۔ سارے جالے جھاڑ پونچھ کر باہر پھینک دیئے ہیں۔ ہے یا نہیں؟ وہ دل ہی دل میں رمیش کو چیلنج دیتا اور ہنستا۔

سب کچھ بیچ باچ کر اور ضرورت کی چیزیں خرید کر اس نے پیسوں کا حساب لگایا تو اسے لگا کہ اتنی بادشاہت تو اس نے زندگی بھر نہیں دیکھی تھی۔ اتنے سارے پیسے بچ گئے تھے اور سارے اسے چھ سات مہینے میں اڑا دینے تھے۔

واہ یار! رئیس ہو گئے ہو تم تو یار! چاہے دو گھوڑوں والی بگھی خرید لو۔ کوچوان گھوڑوں کو سوٹے مار مار کر چلائے۔ بید کی چھڑی ہوا میں لہراتا ہوا اور تو پچھلی سیٹ پر بیٹھا دنیا کے نظارے دیکھ۔ زندگی میں پہلی بار رشید نے فرسٹ کلاس میں سفر کیا۔ اسٹیشن

سے گاؤں تک ٹیکسی لے لی اور پشتینی حویلی کے سامنے اترا۔اس کی چال میں ایک عجیب سی مستی اور دل میں امنگ تھی۔حویلی کے موٹے دروازے برسوں سے بند پڑے تھے۔دروازے پر لکڑی کی نقاشی تھی جس میں پیتل کی کیلیں جڑی ہوئی تھیں۔

کتنے سال کے بعد گاؤں آیا ہوں میں؟سوچتا ہوا وہ اپنی جیب سے لمبی چابی نکالنے لگا۔چابی تالے کے سوراخ میں ڈالی، لیکن وہ گھومی ہی نہیں۔شاید تالے کو زنگ لگ گیا ہو گا۔"کیوں یار، ترے پیٹ میں بھی کینسر ہے۔"اس نے آہستگی سے تالے سے کہا اور پھر اداس ہو گیا۔

تم بھی رشید میاں!بڑے نامعقول آدمی ہو۔گھر کے اندر پاؤں رکھتے وقت کوئی اچھی بات سوچنی چاہئے اور تم ہو کہ۔۔اسے بس تھوڑے سے تیل کی ضرورت ہے۔تیل؟میرے پاس تو ہے۔وہ کہاں ہے میرا وینٹی بیگ؟وینٹی بیگ؟رشید مسکرایا،"وینیٹی!"

سر میں لگانے والا خوشبودار تیل میں چابی کو ٹھیک سے بھگوا کر اس نے جب تالے میں گھمائی تو تالا کھل گیا،"تم بھی دوست دنیا کی نبض خوب پہچانتے ہو۔کسی نیتا و یتا کا سایہ پڑا لگتا ہے تم پر بھی۔تیل دیے بنا بات ہی نہیں کرتے۔"اس نے تالے سے مذاقاً کہا۔لکڑی کے موٹے پلّے چرمرا کر، چرچرا کر کھل گئے۔ٹھہر جاؤ یار، ذرا دم لو۔پلاتا ہوں تیل تمہیں بھی۔شور کیوں مچائے جا رہے ہو؟

شام کے سائے ڈھل رہے تھے۔ٹیکسی کی آواز سن کر محلے کے بچے گھروں سے بھاگتے ہوئے نکل آئے۔پہلے تو ذرا دور کھڑے ٹکر ٹکر دیکھتے رہے، پھر دھیرے دھیرے کھسکتے ہوئے ان کا گھیرا تنگ ہوتا گیا۔سب چپ چاپ اسے ہی دیکھتے رہے۔

اس نے کنکھیوں سے انہیں دیکھا، رشید یار، اب ان آفتوں سے دوستی نہ کرنے بیٹھ

جانا۔ ورنہ رات دن تمہیں گھیرے رہیں گے۔ تم یہاں مستی کرنے آئے ہو یا ان بچوں کو بہلانے پچکارنے؟ اور اس نے بچوں سے نظر نہیں ملائی، تالا کھول کر وہ سامان اندر لے جانے لگا۔ ٹیکسی والا کتابوں کا بھاری صندوق اٹھا کر اندر لے آیا۔ اس نے اس کے پیسے ادا کئے اور بچوں کی نظروں سے بچتے اوپر پیڑوں کی شاخوں کو دیکھتے ہوئے اس نے دروازہ اندر سے بند کر دیا۔

حویلی کے ایک ایک کمرے کو کھول کر وہ دیکھ رہا تھا۔ ہر کمرے میں بہت سا اندھیرا دُبک بیٹھا تھا۔ اور اندھیرے میں باسی گرد اور باسی ہوا کی گھٹی ہوئی سانسیں گھلی ہوئی تھیں۔ "گھر بھی کیا چیز ہوتا ہے یار رشید! اس میں رہتے رہو۔ اسے استعمال کرتے رہو۔ دھوتے پونچھتے، رگڑتے گھستے رہو تو اس میں سوندھی خوشبو آتی ہے۔ عورت کی طرح! عورت کو پیار کرتے رہو، اس کے ساتھ سوتے، جاگتے رہو، گھر میں روٹیاں سینکتی ہے وہ۔ نئ نویلی، نرم ملائم سی پورے گھر میں چھم چھم کرتی گھومتی رہتی ہے۔ اگر گھر چھوڑ کر چلی جائے یا پاس رہتے ہوئے بھی نہ چھوؤ تو اسی طرح بھوتوں کا ڈیرا بن جاتا ہے اس کا بدن بھی۔"

رشید اداس ہو گیا۔ رومال سے اس نے چوڑے پلنگ سے مٹی جھاڑی اور بیٹھ گیا۔ دونوں کہنیاں گھٹنوں پر ٹیک دیں اور دونوں ہاتھوں کی انگلیوں کو ایک دوسرے میں پھنسا کر ان پر ٹھڈی ٹکا دی۔ فریدہ اس کے سامنے جیسے چلنے پھرنے، ہنسنے بولنے لگی۔ گوشت کی ہنڈیا میں کڑچھل گھمانے لگی۔ اور تندور سے سوندھی سوندھی مہک والی روٹیاں پکانے لگی۔ تندور سے نکلی تازہ گرم روٹیوں کی سوندھی خوشبوؤں میں رشید کھوسا گیا۔

دوسرے دن صبح سویرے چڑیوں کی چہچہاہٹ نے اور کبوتروں کی غٹر غوں نے

اسے جگا دیا۔ ابھی اجالا پوری طرح پھیلا نہیں تھا۔ دودھیا اندھیرا دھیرے دھیرے اجالے میں تبدیل ہوتا جا رہا تھا۔ وہ پہلے تو نیند کی خماری میں ہی سلیپر میں پیر ٹکا کر دروازے کی اور چلنے لگا۔ دو قدم ہی چلا تھا کہ اچانک رک گیا، مسکرایا۔ کیوں رشید میاں دروازے کے باہر بڑا اخبار لینے جا رہے ہو؟ تا کہ سگریٹ سلگا کر مزے مزے سے دنیا کے حال احوال کا معائنہ کیا جا سکے؟ حضور یہ دریا گنج نہیں ہے۔ یہ تو اپنا گاؤں ہے۔

اور آپ چودھری صاحب ذرا ہوش سنبھالیے۔ جاگ جائیے، لوٹا پکڑیئے اور چلئے باہر، کھیتوں میں، کیا کہتے ہیں۔ اسے؟ باہر سے خالی لوٹا ہاتھ میں جھلاتا ہوا، وہ لوٹا تو بچپن کی صبحیں یاد آ گئیں۔

واپسی پر کیکر کی ٹہنیاں توڑی ہوتی تھیں اور ٹہنیوں سے کانٹے چھیلنے ہوتے تھے اور چھوٹی چھوٹی داتونیں کاٹ کر گھر لانی ہوتی تھیں۔ ایک داتون راستے میں مزے مزے سے چبانی ہوتی تھی۔

گھر لوٹ کر سبھی کو داتونیں بانٹنا اس کا کام ہوا کرتا تھا، یہ سوچتے ہوئے رشید کا من نرم گیلی مٹی سا ہو گیا۔ چاروں طرف کھیت لہلہا رہے تھے۔ ہوا میں خنکی تھی۔ اکتوبر آدھا بیت چکا تھا، اکتوبر نومبر دسمبر جنوری۔۔۔ رشید دل ہی دل میں ایک بار پھر گنتی گن رہا تھا۔ ویسے یہی گنتی وہ پچھلے کچھ دنوں میں سینکڑوں بار گن چکا تھا۔

مارچ؟ مارچ کا بھی بہت خوبصورت مہینہ ہوتا ہے یار رشید۔ نہ سردی، نہ گرمی۔ بہت خوشگوار ہے مارچ کا مہینہ۔ نرم اور نازک۔ سفر پر جانے کے لیے، کوئی بھی کام کرنے کے لیے۔ موسم کا اور وقت کا درست ہونا بہت اہم ہے، نہیں؟ مرنے کے لیے بھی۔۔۔

پھر وہی مرنا! کون سا عجیب و غریب کام ہے بولیے! سارے ہی کرتے ہیں چاروں اور دن رات یہی تو! سوچ کر پھر اداس ہونے لگا وہ، زیادہ خورشید اور مریم کے لیے، اس

کے اپنے بچے جو نہیں رہے تھے اور فریدہ کے لیے، اس کی بیوی جو اسے تنہا چھوڑ کر چلی گئی تھی۔

اوئے رشید میاں، ارے۔۔۔ کہاں چل دیئے، اونٹ کی طرح منہ اٹھا کر؟ اپنے گھر کا موڑ تو پیچھے چھوٹ گیا اور وہ واپس گھوم گیا۔ اب وہ گاؤں کی گلی میں تھا۔ اپنے گھر کی گلی میں۔ آتے جاتے لوگ ذرا رک کر اسے پہچاننے کی کوشش کرتے۔ پہچان لیتے تو سلام کرتے۔

"کیسے آنا ہوا؟"

"بس ذرا گھر کا خیال آ گیا۔"

"اچھا ہے اچھا ہے۔۔۔ خیر خبر لینی چاہئے۔ گھر تو گھر والوں سے ہی بنتے ہیں جی، کیوں جی؟"

"سو تو ہے۔" وہ مسکرا دیتا۔

"اسلم کیا کر رہا ہے آج کل؟"

"ڈاکٹری۔"

"اچھا اچھا۔ پروردگار کا بہت شکر ہے جی۔ ڈاکٹری! واہ واہ! نام روشن کر دیا خاندان کا۔ گاؤں کا بھی تو! کبھی کبھی یہاں بھی تو آتا جاتا رہے گا۔ دیکھئے نا یہاں آنکھوں کی بیماری بہت ہے۔ چالیس پار کیے نہیں کہ آنکھوں میں موتیا اترنا شروع ہو جاتا ہے۔ شہروں میں تو سنا ہے موتیئے کا آپریشن منٹوں میں کر دیتے ہیں۔"

"اسلم تو امریکہ میں ہے۔"

"امریکہ! بلّے بلّے! خیر سے! امریکہ!"

"جب بھی آئے گا، اسے یہاں ضرور لاؤں گا۔ خدمت کرے گا آپ سب

کی۔" اور رشید من ہی من مسکراتا، واہ کیسی صفائی سے جھوٹ بولتے ہو!

جھوٹ !کاہے کا جھوٹ بھائی؟ دوسرے کا دل رکھ لیا، جھوٹ کی کیا بات ہے۔ گھر کی کھیتی ہے سچ جھوٹ تو۔ دوسرے کی پل بھر کی خوشی پر سوچ قربان، میری جان۔

رشید نے بہت لگن سے گھر کی صفائی شروع کی۔ کتنی ہی چیزیں فالتو پڑی تھیں۔ بے شمار چیزیں جو اس بات کی گواہ تھیں کہ کبھی یہ گھر بھی انسانوں سے بھرا رہتا تھا۔

گھر کے آس پاس اس نے گلاب کے پودے لگا دیئے۔ حساب کرنے لگا کہ پھول کب کھلیں گے۔ مارچ سے پہلے یا مارچ کے بعد؟ بہت سے کبوتر پال لیے رشید نے۔ سفید اور سرمئی، بھورے اور چتکبرے کبوتر۔ بہت پیار کرتا ان سے۔ دل ہی دل میں ان سے باتیں کرتا۔ "ذرا سانس تو لو۔ کیوں شور مچا رہے ہو؟ صبر نہیں کرسکتے۔۔۔"

صبح اٹھتا تو کبوتروں کو ننھے بچوں کی طرح ڈانٹتا، "شور تو اتنا مچاتے ہو کہ بس! جگا دیا نا مجھے!"

اسے لگتا چڑیاں اسے ہی نیند سے بیدار کرنے کے لیے گا رہی تھیں، "اکیلے آدمی، اٹھ۔ سونے کے لیے تمام وقت پڑا ہے۔ قیامت کے روز تک اور چار مہینے بعد سونا ہی تو ہے اور کرنا ہی کیا ہے۔ فی الحال تو جاگ جاؤ، آس پاس دیکھو۔ دیکھو قدرت کے رنگ۔ دیکھو آسمان کس طرح جگمگا رہا ہے۔ پیڑوں کے پتے ننھے بچوں کی طرح چھوٹی چھوٹی ہتھیلیوں سے تالیاں بجا بجا کر کھکھلا رہے ہیں۔ بھوری مٹی کی خوشبو آرہی ہے۔ گلابوں کے پودوں میں نئی کونپلیں پھوٹ رہی ہیں۔ دھوپ ہے، ہوا ہے، زندگی ہے۔"

ایک وقت ہی ہے جو واپس نہیں آتا رشید میاں اور سب کچھ واپس آجاتا ہے۔ موسم، اندھیرے اجالے، دھوپ، روشنی، ہوا، پتے، پھول، فصلیں سبھی واپس آجاتے

ہیں مگر وقت جو گزر گیا وہ محض ایک خواب بن جاتا ہے۔

انسان بھی تو کھاد بن جاتا ہے قبر میں لیٹے لیٹے۔ مگر وہ قیامت کا دن ؟ قبر میں سے اٹھنے کا دن ؟ یا جسے رمیش کہتا تھا دوسرا جنم ؟

سب بیکار باتیں ہیں رشید میاں۔ دل بہلانے کو گڑھی گئی ہیں۔ جو لوگ آخر کو آخر ماننے کو تیار نہیں ہوتے انہیں بہلانے پھسلانے کے لیے۔

رشید جاگتا تو اسے لگتا وہ سویا تو تھا ہی نہیں۔

وہ آس پاس دیکھ کر حیران ہوتا رہتا۔ یہ قسم قسم کے پرندے، چڑیاں، کبوتر، مینا، بگلے اور بھی کئی۔ جن کے نام اسے معلوم نہ تھے مگر جنھیں دیکھتے ہی وہ پہچان لیتا تھا۔ رشید حیرانی سے انہیں دیکھ کر سوچتا۔ "یہ سب کے سب میری ہی دنیا میں رہ گئے تھے کیا؟ سدا سے ؟ کہاں چھپے تھے سب اتنے سال؟"

وہ کہاں پوشیدہ تھے یار رشید! پوشیدہ تو زندگی تو نے گزاری ہے۔

اتنے سال، جب وہ گھر سے دفتر اور دفتر سے گھر کا فاصلہ طے کر رہا تھا۔ جب وہ اپنی تنخواہ اور اخراجات کا حساب کتاب جوڑ توڑ کر کھینچ تان کر بیٹھا رہا تھا۔ جب وہ آفیسر کی ہر ڈانٹ سے غمزدہ اور ہر ترقی سے خوش ہوتا رہا تھا۔

جب وہ صبح اٹھ کر اخبار پڑھتا اور چائے پیتا رہا تھا۔۔ پھر خود رشید کو، مریم کو اور آخر میں فریدہ کو دیگر کئی دوستوں کو رخصت کر کے زمین کے نیچے سلاتا رہا تھا، ان تمام برسوں میں یہ تمام رنگین حسین زندگی کیسے اس کے پاس سے سرک کر گزرتی چلی گئی تھی۔ خاموشی سے جشن مناتی ہوئی۔

رشید دیکھتا رہا، کبوتروں کے جوڑے کیسے گلے کی گہرائیوں میں سے پیار کے دھیمے بول بولتے ہوئے ایک دوسرے کی گردنوں کو اپنی چونچوں میں پکڑتے، پروں کو دلارتے

اور کپکپی کی ننھی ننھی لہریں ان کے بدن کو تھر تھراتی رہتیں۔

تین چار آوارہ بلیّاں بھی رشید کے پاس آکر رہنے لگی تھیں۔ ویسے تو بلّی کبوتر کو چھوڑتی نہیں، مگر ان بلّیوں کو شاید معلوم تھا کہ اس گھر میں رہنا ہے تو کبوتروں کی جانب میلی نگاہوں سے دیکھنا بھی نہیں۔

پیٹ میں درد کے نشتر جب بھی چبھتے تو وہ درد سے بے حال ہو جاتا۔ ایسے لگتا جیسے ساری کی ساری جان گڈمڈ ہو کر اس کے سڑتے ہوئے پیٹ کے اندر جا چھپی ہے۔ مگر دواخانے جانے کے لیے اس کا دل انکار کر دیتا۔

اس نے سنا تھا اور کتابوں میں پڑھا تھا کہ ان دواؤں سے پہلے تو انسان گنجا ہو جاتا ہے۔ چڑیا کے نوزائیدہ بچے کی طرح، جو ابھی ابھی انڈے سے باہر آیا ہو۔ وہ سوچتا اور پیار سے اپنے گھنے بالوں میں انگلیاں پھیرتا، پھر بالوں سے مخاطب ہوتا۔ فکر مت کرو، تم رہو گے، میرے ساتھ ہی، آخری وقت تک، دوائیوں کی ایسی کی تیسی۔

جب بھی درد بڑھتا، وہ یا تو باہر پھولوں کی کیاریوں میں دو چار قلمیں اور لگانے لگتا، یا پھر پتوں کے مرجھانے اور نئی کونپلوں کے پھوٹ آنے کے جادو کو دیکھتا رہتا۔ اڑوس پڑوس کے بچوں کو بلا کر کہانیاں سنایا کرتا۔ اسکول کے بچوں کا ہوم ورک کروا دیتا۔ کئی بار حیران ہو کر خود سے پوچھتا، "مگر رشید میاں، تیری ایک بات پلّے نہیں پڑی یار! تیرے پیٹ کے درد کا بچوں سے یا کبوتروں، بلّیوں سے کیا تعلق ہے، ذرا سوچ کر سمجھا تو سہی۔"

اس بار درد کا طوفان اٹھا تو وہ جا کر کہیں سے رنگ برنگ طوطے خرید لایا۔ پھر کئی دن وہ ان کے لیے پنجرے بناتا رہا۔ لمبے چوڑے پنجرے تیار ہو گئے تو اس میں طوطے براجمان کر دیئے۔ پھر نیچے پانی کے تسلے بھر کر رکھے، دانے کے برتن، مرچی اور سب چیزوں کی روزانہ صفائی! ان سب کاموں میں دن کدھر سے چڑھتا اور کدھر ڈھلتا، احساس

ہی نہ ہوتا۔ لے بھئی، ایک اور دن کو لوٹ لیا۔بدّھو بنا کر بھگادیا۔واہ رشید میاں، جواب نہیں تمہارا ابھی۔وہ مسکرایا۔رات کو چاہے نیند آئے یا نہ آئے، صبح سویرے اٹھتا تو اسے لگتا وہ تو ابھی ابھی پیدا ہوا تھا۔یہ زمین، یہ کائنات بھی ابھی ابھی تعمیر ہوئی تھی، صرف اس کے لیے۔یہ سبزہ زار، پیڑ جن میں ہوا اور دھوپ پاس پاس بیٹھ کر کانپتی رہتی۔

جب وہ گاؤں آیا تھا تو گرمی کا موسم گزر چکا تھا،ہوا میں صبح و شام ہلکی ہلکی خنکی رہتی تھی۔وہ اس میٹھی رُت میں اپنی چارپائی باہر کھلے آنگن میں ڈال کر سوتا۔یا اوپر کھلی چھت پر تو آسمان کے سبھی ستارے ذرا سا نیچے جھک جاتے اور اس سے باتیں کرنے لگتے۔سارا گزرا ہوا بچپن اس کی چارپائی کے سرہانے آکر بیٹھ جاتا۔

دوپہر کی دھوپ آج کل بے حد نرم ہو گئی تھی۔خرگوش کے بدن کی طرح نرم۔وہ دھوپ میں بیٹھے بیٹھے اونگھنے لگتا۔واہ میرے پروردگار۔اتنی نعمتیں دیتا ہے تو انسان کو۔اور انسان ہے کہ بس اپنی آنکھوں پر پٹی باندھے کولہو کے بیل کی طرح گول دائرے میں گھومتا چلا جاتا ہے۔اگر مجھے بھی ڈاکٹر نہ بتاتے۔۔۔یعنی یہ چھ مہینے والی بات نہ کہتے۔۔۔تو یہ ساری خوبصورتی، کائنات کا یہ سارا حسن، کنوارا ہی مر جاتا۔

ایک دن اس نے بھنتی کے بیٹے کا سر سہلاتے ہوئے کہا، "بیٹا، کل اسکول سے لوٹ کر ذرا میرا ہاتھ بٹانا۔پیچھے جو مویشیوں کا کوٹھا ہے اس کی صفائی کر دیں گے۔اب تو نہ کوئی گائے نہ بھینس نہ گھوڑا نہ بیل۔وہ کوٹھا یوں ہی ویران پڑا ہے۔صفائی کر دیں گے تو کل کو مویشیوں کے کام آئے گا۔"

ویسے وہ سوچ رہا تھا، کس کے مویشی؟ کون سے مویشی؟ ارے رشید میاں کوئی تو آکر رہے گا اس چھت کے نیچے۔دروازہ کھلا چھوڑ جاؤں گا نہ میں۔اسلم تو آکر رہنے سے رہا۔گھر ویران پڑے رہیں۔بھوتوں کا ڈیرا بن جائیں اس سے تو اچھا ہے کہ۔۔۔

اگلے دن اس نے بھنتی کے بیٹے کے ساتھ مل کر صفائی کی۔ صفائی کرتے ہوئے اسے اپنے بچپن کے دن یاد آتے رہے۔ دودھ سے بھری بالٹیاں، مویشیوں کے گلے میں بجتی گھنٹیاں، سب کچھ یاد آتا رہا۔ اب یہ کوٹھا ویران پڑا تھا۔ کوٹھے کی صفائی کرتے کرتے بہت تھکان ہوگئی رشید کو۔ دل بھی بہت بجھا بجھا سا ہو گیا تھا۔ باہر آکر اس نے پمپ سے ہاتھ دھوئے اور دھوپ میں بچھی ہوئی چارپائی پر لیٹ گیا۔ بھنتی کا بیٹا بھی باہر آکر اس کی چارپائی کے پاس رک گیا۔

"کیا نام ہے تیرا بیٹے؟"

"جی، شام۔۔۔۔۔"

"اچھا، اچھا شام! بتایا تھا تونے کل بھی۔ میں ہی بھلکڑ ہوتا جا رہا ہوں۔" رشید مسکرایا۔ شام بھی مسکرایا۔ کچھ دیر خاموشی رہی۔ "تو پتنگ اڑاتا ہے کبھی؟" رشید نے شام سے پوچھا۔

"پچھلے برس اڑائی تھی، بسنت کے میلے میں۔" لڑکے نے نگاہیں نیچی کرکے، شرما کر جواب دیا۔ رشید نے جیب میں ہاتھ ڈالا۔ پانچ روپے نکالے اور کہا، "لے، یہ لے۔ جا کر پتنگ اور ڈور لے آ۔ یہاں آکر پتنگ اڑا۔ میں دیکھوں گا۔"

پھر اس نے ذرا سوچ کر ایک اور نوٹ نکالا اور لڑکے کو پکڑا دیا۔ "لے اور رکھ لے۔ کیا پتہ آج کل ڈور اور پتنگ کتنی مہنگی ہے؟"

لڑکا دوڑتا ہوا گیا اور پتنگ جھلاتا ہوا لوٹ آیا۔ دونوں نے مل کر ڈور سے پتنگ باندھی، جھول پرکھا، ہموار کیا، پتنگ اڑنے کے لیے تیار تھی۔

"لے تو ذرا پیچھے ہٹ، دونوں ہاتھوں میں کس کر پکڑے رکھنا ڈور کو۔ میں جب اسے یہاں سے اوپر اڑاؤں گا تو جلدی سے ڈور کھینچنا۔ پتنگ اڑنے لگے گی۔" شام پیچھے کی

طرف چلنے لگا قدم در قدم۔

اچانک رشید کو لگا یہ اس کا بیٹا اسلم تھا۔ برسوں کے دوسرے سرے سے اسے دیکھ رہا تھا۔ دریا گنج والے گھر میں ہی ایک دن ضد پکڑ کر بیٹھ گیا کہ ابّو ہم تو پتنگ اڑائیں گے۔ بڑی منت سماجت سے کہا تھا اس کا شرٹ پکڑ کر، "ابّو، سکھا دیجئے نا ہمیں بھی پتنگ اڑانا۔"

اور اس نے کہا تھا، "نادان ہے تو تو، اتنی تنگ گلیوں، مکانوں پر اونچی اونچی پانی کی ٹنکیوں اور ٹیلیفون کے ایریل، پتنگ کہاں اڑائے گا تو؟"

اسلم کو پیچھے ہٹا کر رشید شام کو دیکھ رہا تھا۔ وہ مزید دو چار قدم پیچھے چلا گیا۔ تا کہ فاصلہ زیادہ ہو جائے پتنگ کو وہ جب جھٹکا دے کر اونچا کر کے چھوڑے تو ایک ہی جھٹکے سے وہ ہوا سے باتیں کرنے لگے۔ فاصلہ کافی ہو گیا تھا۔ رشید نے پتنگ کے دونوں سروں کو پکڑا اور اوپر اچھال دیا، "شام، جھٹکا مار۔" ایڑیاں اٹھا کر اس نے پتنگ ہوا میں چھوڑ دی۔

اُس ایک ہی جھٹکے سے پیٹ میں درد کا ایک خنجر پیوست ہو گیا۔ درد کا طوفان، خون کا ایک گھونٹ منہ سے باہر اور آسمان کی تمام نیلاہٹ اس کی آنکھوں میں سمٹ کر کالی ہو گئی۔ شام کا دھیان آسمان میں تیرتی، جھومتی اور رقص کرتی پتنگ کی جانب تھا اور پتنگ کے آس پاس آسماں میں رشید کے گولے کبوتر تیر رہے تھے اور نیچے آنگن میں طوطے گا رہے تھے۔

Ref.: urduchannel.in

***

لوہے کا کمر بند

رام لعل

بہت عرصہ گزرا کسی ملک میں ایک سوداگر رہتا تھا۔ اس کی بیوی بہت خوب صورت تھی۔ اتنی خوب صورت کہ اس کی محض ایک جھلک پانے کے لئے عاشق مزاج لوگ اس کی گلی کے چکر لگایا کرتے تھے۔ یہ بات سوداگر کو بھی معلوم تھی، اس لیے اس نے اپنی بیوی پر سخت پابندیاں عائد کر رکھی تھیں۔ اس کی اجازت کے بغیر وہ کسی سے مل نہیں سکتی تھی۔ اس کے قریب قریب سارے ہی ملازم دراصل اس سوداگر کے خفیہ جاسوس تھے جو اس کی بیوی کی حرکتوں پر کڑی نظر رکھتے تھے۔

سوداگر کو کبھی کبھی دو دو، تین تین سال کے لیے دور دور کے ممالک میں بیوپار کے سلسلے میں جانا پڑتا تھا۔ کیونکہ سفر میں کئی سمندر بھی حائل ہوتے تھے جنھیں عبور کرتے وقت کئی بار بحری قزاقوں سے بھی واسطہ پڑ جاتا تھا۔ ایک بار وہ ایسی ہی ایک تجارتی مہم پر روانہ ہونے والا تھا۔ گھر چھوڑنے سے ایک رات پہلے وہ اپنی بیوی کی خواب گاہ میں گیا تو اس سے بولا۔۔۔ "جان من! تم سے جدا ہونے سے پہلے میں تمہیں ایک تحفہ دینا چاہتا ہوں۔ مجھے یقین ہے یہ تحفہ تمہیں ہمیشہ میری یاد دلاتا رہے گا کیونکہ یہ تمہارے جسم کے ساتھ ہمیشہ چپکا رہے گا۔"

یہ کہہ کر سوداگر نے اپنی بیوی کے چاندی کے سے بدن پر کمر سے نچلے حصے کے

ساتھ لوہے کا ایک مضبوط کمر بند جوڑ دیا اور کمر بند میں ایک تالا بھی لگا دیا۔ تالے کی چابی اپنے گلے میں لٹکاتے ہوئے بولا۔ " یہ چابی میرے سینے پر ہر وقت لٹکی رہے گی۔ اس کی وجہ سے میں بھی تمہیں یاد کرتا رہوں گا۔"

سوداگر کی بیوی نے لوہے کے کمر بند کو غور سے دیکھا تو سمجھ گئی۔ یہ دراصل اسے بداخلاقی سے باز رکھنے کے لئے ہی پہنایا گیا ہے۔ اس کی آنکھوں میں آنسو آ گئے۔ بولی: " آپ کو مجھ پر اعتماد نہیں ہے نا! اسی لئے آپ نے ایسا کیا ہے۔ لیکن میں تو آپ سے بہت محبت کرتی ہوں۔ کبھی آپ کو شکایت کا موقع ملا؟"

سوداگر نے جواب دیا۔۔۔ "میرے دل میں تمہاری طرف سے کوئی شبہ نہیں ہے لیکن چونکہ زمانہ بہت خراب ہے اور میں مردوں کی ذات سے بخوبی واقف ہوں۔ وہ کمزور اور بے سہارا عورتوں کی تاک میں ہمیشہ لگے رہتے ہیں، اسی خیال سے میں نے تمہیں محفوظ کر دیا ہے۔ اب کوئی بھی شخص تمہاری عصمت نہیں لوٹ سکے گا۔"

یہ کہہ کر سوداگر تو اپنے سفر پر روانہ ہو گیا لیکن اس کی بیوی لوہے کے کمر بند کی وجہ سے سخت پریشانی محسوس کرنے لگی۔ جو جسمانی کم تھی ذہنی زیادہ۔ کمر بند کی وجہ سے وہ خود کو ایک قیدی سمجھنے لگی۔ اٹھتے بیٹھتے اسے کمر کے گرد کسے ہوئے لوہے کے کمر بند کا شدید احساس ہوتا تھا۔ اسی کمر بند کی وجہ سے اسے دوسرے مردوں کا خیال زیادہ آنے لگا تھا جن سے بچانے کے لئے اس کے شوہر نے یہ انوکھا طریقہ اپنایا تھا۔ وہ اس کی غلام تو نہیں تھی لیکن اس کی زندگی غلاموں سے بھی بدتر ہو گئی۔ یہ سب اس کے بے پناہ حسن کی وجہ سے ہوا تھا۔۔۔ وہ اتنی حسین نہ ہوتی تو اس کے ساتھ اس قسم کا ظالمانہ سلوک بھی ہرگز نہ کیا جاتا۔ اپنے شوہر کے ظلم کو یاد کر کر کے اور اپنے حسن کو آئینے میں دیکھ دیکھ کر وہ دُکھی ہو جاتی۔ رونے بھی لگ جاتی تھی۔ لیکن وہ کر ہی کیا سکتی تھی۔ اب تو ہر طرح سے

بے بس تھی۔ بند کھڑکیوں اور دروازوں کے باہر گلی میں سے اسے کتنے مردوں کی سیٹیاں سنائی دیتی تھیں۔ بعض لوگ تو اس کا نام تک پکارتے ہوئے یا شعر پڑھتے ہوئے گلی میں سے گزرتے تھے۔ شعر اس کے بے پناہ حسن کی تعریف میں یا خود ان کی اپنی اندرونی کیفیتوں کے غماز ہوتے۔ لیکن وہ کبھی دروازہ یا کھڑکی کھول کر باہر نہیں جھانکتی تھی کیونکہ وہ اپنے شوہر سے بہت محبت کرتی تھی۔ اس کے ملازم اس قسم کی آوازیں سن کر ہمیشہ چوکنے ہو جاتے تھے اور وہ اپنے دل میں کبھی کبھی پیدا ہو جانے والی اس خواہش کو بڑی سختی سے دبا لیتی کہ وہ کسی روز تو کھڑکی کو ذرا سا کھول کر اپنے عاشقوں کی شکل ہی دیکھ لے!

اس کے کانوں میں جو سیٹیاں گونجتی تھیں اور عاشقانہ اشعار پڑھنے کی جو آوازیں آتی تھیں اُن کی وجہ سے اس کے ذہن میں عجیب عجیب سی تصویریں اُبھرا کرتیں۔ ایسا نہ چاہتی تب بھی شکیل اور بہادر مردوں کی تصویریں اپنے آپ اس کی آنکھوں کے سامنے آ جاتیں۔ لیکن اس میں اسے ایک دبی دبی آسودگی بھی نصیب ہوتی تھی۔ اس کے عاشقوں میں ایک بھی ایسا بہادر آدمی نہیں ہے جو مکان کی اونچی دیوار پھاند کر اسے اغوا کر کے لے جاتا!

رفتہ رفتہ اغوا کئے جانے کے تصورِ محض سے ہی اسے تسکین ملنے لگی۔ اسے لگتا وہ ایک اجنبی مرد کے آگے اس کے گھوڑے پر سوار ہے۔ وہ گھوڑے کو سرپٹ بھگائے لیے جا رہا ہے اور اسے گھر سے سینکڑوں کوس دور ایک گھنے جنگل میں لے جاتا ہے جہاں سے اسے کوئی بھی واپس نہیں لے جا سکے گا۔ اب وہ اپنے شکی مزاج و ظالم شوہر کے پنجے سے ہمیشہ کے لئے آزاد ہو چکی ہے لیکن جب وہ اپنے اجنبی عاشق کے ساتھ جسمانی تعلق کی بات سوچنے بیٹھتی تو اس کے آنسو نکل پڑتے۔ کمر میں لوہے کے کمر بند کی وجہ سے تو وہ کسی بھی مرد کے کام کی نہیں ہے۔ جب تک اس کمر بند کو کھول نہ دیا جائے۔ لیکن اس کی چابی

تو اس کے شوہر کے پاس تھی۔

ایک مرتبہ سوداگر کی بیوی کے کانوں میں ایک ایسے قوال کے گانے کی آواز آئی جسے سنتے ہی وہ مضطرب ہو اُٹھی۔ اس سے رہا نہ گیا۔ اس نے اپنے قیمتی زیورات اپنے نوکروں کو انعام کے طور پر دے دیے اور ان سے کہا۔۔ "اس قوال کو تھوڑی سی دیر کے لیے میرے پاس لے آؤ۔ اس کا گانا سنوں گی۔ اس کی آواز میں بڑا سوز ہے، جس نے میرے دل میں میرے پیارے شوہر کی یاد تازہ کر دی ہے جو ایک مدت سے مجھ سے ہزاروں کوس دور پردیس میں ہے اور میں اس کے فراق میں دن رات تڑپا کرتی ہوں۔"

ملازم فوراً اس قوال کو بلا کر لے آئے۔ وہ اس علاقے کا مشہور و معروف قوال تھا۔ لوگ اس کی قوالی سُن کر وجد میں آجاتے تھے۔ وہ مردانہ حسن و شکوہ کا ایک بے مثال نمونہ تھا، اونچا قد، مضبوط جسم، لمبے لمبے بازو، سانولا رنگ اور لہراتے ہوئے گھنگھریالے بال۔ اس کی آنکھوں میں غضب کی کشش تھی۔ محبت کی ایک عجیب سے شدت بھی۔ اس نے بھی سوداگر کی بیوی کے حسن کے چرچے سن رکھے تھے اور غائبانہ طور پر اس سے محبت بھی کرنے لگا تھا۔ اب جب وہ اس حسینہ کے سامنے اچانک پہنچا دیا گیا تو متعجب سا رہ گیا۔ پہلے تو اسے اعتبار ہی نہ ہوا یہ حقیقت ہو سکتی ہے۔ اس لیے اس نے اپنی آنکھیں بار بار مَلیں۔ لیکن جب اسے یقین ہو گیا کہ وہ سچ مچ اپنے دل کی ملکہ کے حضور میں کھڑا ہے تو پہلے تو وہ دل ہی دل میں اپنی خوش نصیبی پر مالکِ دوجہاں کا شکر بجا لایا پھر سر جھکا کر بولا۔۔ "اے حسینۂ عالم! میں آپ کی کون سی خدمت سر انجام دے سکتا ہوں؟"

سوداگر کی بیوی قوال کے مردانہ حسن پر پہلی ہی نظر میں فریفتہ ہو گئی۔ لیکن اپنے ملازموں کی موجودگی میں اس نے اپنی کیفیت کا اظہار کرنا مناسب نہ سمجھا۔ صرف اتنا ہی کہنے پر اکتفا کی۔۔۔ "نامور قوال! میں اپنے پیارے شوہر کی جدائی میں تڑپ رہی ہوں

جس کے لوٹنے کی ابھی تین برس تک کوئی توقع نہیں ہے۔ تم مجھے کوئی ایسی غزل سناؤ جس سے میرے دل کو راحت نصیب ہو۔ مجھے یقین ہے تمہاری پُر سوز آواز میرے زخمِ دل پر مرہم کا کام کرے گی۔"

یہ کہتے کہتے وہ قوال کی آنکھوں میں ڈوب سی گئی لیکن پھر فوراً سنبھل بھی گئی اور سر جھکا کر بیٹھ گئی۔ قوال اس کی حقیقی کیفیت کچھ کچھ بھانپ گیا۔ سمجھنے لگا کہیں وہ اسی کی محبت میں گرفتار تو نہیں ہے؟ ممکن ہے اپنے ملازموں کی موجودگی کے سبب سے اس کا اظہار نہ کر سکتی ہو! بہر حال اس کی خواہش کے احترام کے لیے اس نے باہر کھڑے ہوئے اپنے رفیقوں کو بھی اندر بلوا لیا۔ ساز بجنے لگے۔ ڈھول پر تھاپ پڑنے لگی اور سوداگر کی عالیشان عمارت گونج اٹھی۔

قوال نے اس کے سامنے اپنے ایک پسندیدہ شاعر کی ایک منتخب غزل چھیڑ دی جس کے ذریعے وہ اپنی اندرونی کیفیت کا اظہار بھی کر سکتا تھا:

زمیں والوں پہ یہ عشق ستم، اے آسماں! کب تک
بہت نازاں ہے تو جس پر وہ دورِ کامراں کب تک
کہاں تک باغباں کا ناز اٹھائیں گے چمن والے
رہے گا گلشن امید بربادِ خزاں کب تک

اس کی آواز میں ایک عجیب سا جادو تھا جس کا اسے خود بھی احساس تھا۔ آج تک جہاں بھی اس نے قوالی پیش کی تھی، وہ ہمیشہ کامیاب و کامراں رہا تھا۔ اب تو اس نے اپنی آواز میں ایک نیا ہی جذبہ شامل کر لیا تھا۔ وہ اپنی محبوبہ کے سامنے بیٹھا تھا۔ اسے یقین تھا، یہاں بھی وہ کامیاب رہے گا۔ یہ حسینہ اپنا دل ہار کر اس کے قدموں میں رکھ دینے کے لیے ضرور مجبور ہو جائے گی۔ جب وہ اشعار گا رہا تھا، اس کی آنکھیں جذبات کی شدت

سے لال ہو گئی تھیں۔ اُدھر سوداگر کی بیوی کی آنکھیں بھی بار بار نم ناک ہو جاتی تھیں لیکن دیکھنے والے یہی سمجھ رہے تھے کہ وہ اپنے شوہر کو ہی یاد کر کے آنسو بہا رہی ہے۔ جب قوال نے اگلا شعر پڑھا تو سوداگر کی بیوی کی کیفیت اور بھی غیر ہونے لگی:

بجھانے سے کہیں بجھنے کی ہے یہ آتشِ الفت
ارے او دیدۂ گریاں! یہ سعیِ رائیگاں کب تک
(حفیظ بنارسی)

قوال نے پہلے مصرعے کو اتنی مرتبہ دہرایا، اس قدر مستی سے دہرایا کہ ہر مرتبہ اس سے ایک نیا ہی تاثر ابھرتا چلا گیا۔ ملازموں کو اب یہ خدشہ ستانے لگا کہ ان کی مالکن کہیں بے ہوش نہ ہو جائے۔ اس لئے انھوں نے قوال کو قوالی بند کر کے چلے جانے کا اشارہ کر دیا لیکن سوداگر کی بیوی نے قوال کو جانے سے روک لیا۔ بولی۔۔۔ "میں تم سے تنہائی میں کچھ باتیں کرنا چاہتی ہوں۔"

قوال نے اپنے سارے ساتھیوں کو واپس بھیج دیا اور خود سوداگر کی بیوی کے قدموں میں جھک کر پھر سے بیٹھ گیا۔ بولا۔۔۔ "فرمایئے، میں حاضرِ خدمت ہوں۔"

سوداگر کی بیوی کی آنکھیں ابھی تک آنسوؤں سے بھری ہوئی تھیں۔ وہ کتنی دیر تک تو کچھ کہہ ہی نہ سکی۔ آخر تھرتھراتی ہوئی آواز میں بولی۔۔۔ "تمہاری آواز میں اس قدر سوز کیوں ہے، قوال! کیا تم کسی سے محبت کرتے ہو؟"

قوال نے جواب دیا۔۔۔ "میرے سر سے میرے والدین کا سایہ بچپن سے ہی اٹھ گیا تھا۔ میں بہت چھوٹی عمر سے جگہ جگہ گھوم رہا ہوں۔ موسیقی سے مجھے خاص رغبت ہے۔ اسی میں مجھے بڑی تسکین ملتی ہے۔ اب سے پہلے میں نے کسی سے محبت کی ہے یا نہیں، اس کے متعلق میں یقین سے کچھ نہیں کہہ سکتا۔ یہ صحیح ہے کہ میں نے عورتیں بے

شمار دیکھی ہیں۔ حسین سے حسین ترین عورتیں، بادشاہوں، امیروں اور سرداروں کی محفلوں میں ہمیشہ شریک ہوتا رہا ہوں۔ وہاں عورتوں کی کمی کبھی نہیں رہی ہے لیکن میں سچے دل سے اس بات کا اقرار کر سکتا ہوں کہ حقیقی محبت کا آغاز مجھے آپ کا غائبانہ ذکر سن کر ہی ہونے لگا تھا۔ آج تو مجھے یوں محسوس ہوا۔"

اس سے آگے سوداگر کی بیوی نے اسے نہ بولنے دیا، کہا۔۔۔"بس، بس میں سمجھ گئی۔ تم کیا کہنا چاہتے ہو؟ لیکن آئندہ ایسی بات زبان پر کبھی مت لانا۔ سمجھ لو میں اپنے شوہر کی پاک دامن بیوی ہوں۔ اس کے علاوہ میں کسی بھی دوسرے کا خیال اپنے دل میں نہیں لاسکتی۔ لیکن تمہارے جذبات کی میں اس حد تک ضرور قدر کروں گی کہ تم کبھی کبھی یہاں آکر مجھے قوالی سنا جایا کرو۔ کیونکہ اس سے تمہارے جذبات کو تسکین حاصل ہو گی۔ ایسی تسکین مجھے بھی یقیناً حاصل ہو گی کیونکہ تمہارے گانے کی وجہ سے میرے دل میں میرے شوہر کی یاد تازہ رہے گی۔ جب میرا شوہر واپس آجائے گا اور اسے یہ معلوم ہو گا کہ اس کی غیر حاضری میں تم نے اپنی موسیقی کے ذریعے میرے دل میں اس کی محبت کو ہمیشہ جگائے رکھا ہے تو وہ بہت خوش ہو گا۔ بہت ممکن ہے اس خدمت کے عوض وہ تمہیں انعامات واکرامات سے لاد بھی دے۔"

سوداگر کے ملازم جو ان کی باتیں پردوں کے پیچھے سے سن رہے تھے، اب پوری طرح مطمئن ہو گئے کہ ان کی مالکن اپنے شوہر کی محبت میں مکمل طور پر سرشار ہے۔ اس سے بے وفائی کی توقع رکھنا اب بے کار ہو گا۔ جب قوال نے سوداگر کی بیوی کی پیش کش قبول کر لی تو پھر اس کے آنے جانے پر کسی قسم کی پابندی نہ لگائی گئی۔ قوال وہاں قریب قریب روز ہی آنے لگا اور بڑی آزادی سے سوداگر کی بیوی سے تنہائی میں بھی مل لیتا تھا۔

انھیں اس طرح ایک دوسرے سے ملتے ہوئے ایک سال کا عرصہ گزر گیا۔ لیکن

دونوں نے ایک دوسرے کو ابھی چھوا تک نہیں تھا۔ قوال اسی غم میں دن بدن کمزور ہوتا گیا۔ اس کے چہرے کی تازگی رخصت ہونے لگی۔ لگتا تھا اسے رات کو کبھی نیند نہیں آتی ہے۔ سوداگر کی بیوی یہ دیکھ کر فکر مند بھی رہتی تھی لیکن وہ قوال کو ابھی تک اپنے سامنے صاف اظہارِ محبت کرنے کی اجازت نہیں دے سکی تھی۔ وہ جانتی تھی آگے بڑھنے کا نتیجہ کیا ہوگا! جب قوال کو یہ معلوم ہو جائے گا کہ اس کے جسم پر پہنے ہوئے بھاری ریشمیں لبادے کے نیچے اس کی کمر کے نچلے حصے پر ایک مضبوط لوہے کا کمر بند لگا ہوا ہے تو وہ کتنا مایوس ہو اُٹھے گا! ہو سکتا ہے اس کے لیے یہ صدمہ ناقابلِ برداشت ہو جائے اور وہ خودکشی کر بیٹھے۔ اسی لیے وہ اسے ابھی تک اپنے جسم سے دور ہی رکھتی آرہی تھی۔

ایک دن جب قوال اس کے ساتھ حسبِ معمول تنہا تھا اور اس کے سامنے اپنے عشق کا اظہار کر رہا تھا تو وہ اچانک جذبات کے ہاتھوں بالکل بے قابو ہو گیا۔ اس کے قدموں سے لپٹ کر زار زار رونے لگا۔ کہنے لگا۔۔۔ "اب میرے لئے زندہ رہنا ناممکن ہو گیا ہے۔ میں آپ کو اس قید خانے سے نکال کر لے جانے کے لیے تیار ہوں۔ بس آپ کے اشارے کی دیر ہے۔ اگر آپ نے انکار کر دیا تو ہو سکتا ہے میں زبردستی اٹھا لے جانے کی بھی گستاخی کر بیٹھوں!"

اغوا کیے جانے کا ذکر سن کر سوداگر کی بیوی اپنے حسین ترین خوابوں میں کھو گئی۔ اس قسم کے خواب اس نے کئی مرتبہ سوتے جاگتے ہوئے دیکھے تھے۔ اس نے سمجھ لیا اس کے خوابوں کے حقیقت میں بدل جانے کی گھڑی آپہنچی ہے۔ لیکن اسے فوراً ہی لوہے کے کمر بند کا خیال آ گیا۔ اس کمر بند سے چھٹکارا پانا تو کسی طرح بھی ممکن نہیں ہے۔

قوال کو جب اپنی درخواست کا کوئی جواب نہ ملا تو وہ اور بھی غمگین ہو گیا۔ بے خود سا ہو کر ایک نئی غزل گانے پر مجبور ہو گیا:

اب سحر کا نہ انتظار کرو
دامنِ شب کو تار تار کرو
زندگی رنج و غم کا نام سہی
مل گئی ہے تو اس سے پیار کرو

موسیقی بڑوں بڑوں کی کمزوری ہوتی ہے۔ کبھی کبھی تو یہ اچانک ایسا سیلاب بن جاتی ہے جس کے سامنے کئی ثابت قدم بھی ڈگمگا کر بہہ جاتے ہیں۔ قوال سمجھ گیا تھا، اپنی محبوبہ کو وہ اب اپنے فن سے ہی شکست دے سکے گا۔ اس لیے اس نے پوری طرح اپنے اندر ڈوب کر ایک لے نکالی:

ہم سے خوئے وفا نہ چھوٹے گی
نہ چھوٹے گی!
نہ چھوٹے گی!
خوئے وفا!
خوئے وفا!
ہم سے!
ہم سے!
ہم سے خوئے وفا نہ چھوٹے گی
تم کوئی جبر اختیار کرو
اور چمکاؤ آئینہ رخ کا
آئینہ رخ کا!
آئینہ۔۔۔رخ کا!

آئینہ ۔۔۔ رخ کا!

اور چمکاؤ آئینہ رخ کا

زلف کو اور تابدار کرو

(حفیظ بنارسی)

گاتے گاتے اسے کافی دیر ہو گئی۔ وہ بے حال ہو گیا۔ سوداگر کی بیوی کی بھی یہی حالت تھی۔ آخر اس نے قوال کے سامنے ہتھیار ڈال دیئے۔ اس کا ہاتھ پکڑ کر بولی۔۔۔ "میں اعتراف کرتی ہوں کہ میں بھی تم سے محبت کرتی ہوں۔ زندگی بھر کرتی رہوں گی۔ لیکن میں کسی وجہ سے مجبور بھی ہوں۔ تم نہیں جانتے، اس گھر کو چھوڑ کر بھی میں اپنا آپ تمہارے حوالے نہیں کر سکوں گی۔"

اس کے بعد اس نے قوال کو لوہے کے کمر بند والی بات بھی بتا دی جس کی چابی اس کا شوہر اپنے ساتھ لے کر گیا ہوا تھا۔ یہ سن کر قوال ہکا بکا سا رہ گیا۔ اسے یقین نہ آیا جو کچھ اس کی محبوبہ نے کہا تھا۔ اس نے لباس کے اوپر سے نیچے کے کمر بند کو چھوا تب ہی اسے یقین ہو سکا لیکن کئی لمحوں تک وہ کھڑا سوچتا رہا۔ اس کے چہرے پر کئی لہریں آئیں اور گئیں۔ آخر اس نے زبان اس طرح کھولی۔۔۔ "میں اس کمر بند کو کاٹ کر پھینک دوں گا۔ ابھی بازار جا کر اتنے تیز اوزار لے کر آتا ہوں جو پلک جھپکتے میں اس غیر انسانی کمر بند کو کاٹ دیں گے۔"

لیکن سوداگر کی بیوی کو غصہ آ گیا، بولی۔۔۔ "یہ کہتے ہوئے تمہیں شرم نہیں آئی! کیا تم چاہتے ہو جب تم لوہے کے کمر بند کو کاٹ رہے ہو گے تو میں تمہارے سامنے کپڑے اتار کر ننگی کھڑی رہوں گی؟"

قوال نے اپنی غلطی کے لئے فوراً معذرت چاہی لیکن ساتھ ہی اس نے ایک اور

تجویز بھی پیش کر دی۔۔۔ "یہ کام میں اپنے ایک لوہار دوست کے بھی سپرد کر سکتا ہوں۔ اس کی آنکھوں پر پٹی باندھ دوں گا تاکہ وہ تمہاری حسین کمر پر نگاہ تک نہ ڈال سکے لیکن وہ اپنے کام میں اتنا ماہر ہے کہ آنکھیں بندھی ہوئی ہونے پر بھی اپنا کام حسبِ خواہش انجام دے لے گا۔"

سوداگر کی بیوی نے یہ بات بھی منظور نہ کی اور قوال سے کہا۔۔۔ "جاؤ جاؤ، مجھے میرے حال پر ہی چھوڑ دو۔"

قوال نے وہاں سے جاتے جاتے ایک بات اور سوچ لی۔ پلٹ کر کہا۔۔۔ "حسین عورتوں کا سب سے بڑا دشمن ان کا موٹاپا ہوتا ہے۔ اگر آپ اپنا وزن کم کرنا شروع کر دیں تو آپ کے جسم کی کشش بھی برقرار رہے گی اور اس کمر بند سے بھی آپ کو نجات حاصل ہو جائے گی۔"

سوداگر کی بیوی اچھی اچھی مرغن غذاؤں کی بڑی دلدادہ تھی۔ اس قسم کی تجویز کو وہ کسی صورت میں بھی قبول نہیں کر سکتی تھی۔ چمک کر بولی۔۔۔ "اس کا مطلب یہ ہو گا تمہاری خاطر میں خود کو بھوکا بھی ماروں؟ کھانا پینا چھوڑ دوں! لیکن بھوکا پیاسا رہنے سے بیمار پڑ جانے کا بھی تو خطرہ لاحق ہو سکتا ہے! اس میں تم میری طرف نظر اٹھا کر بھی کیوں دیکھو گے! جاؤ جاؤ، تمہاری ایک بھی تجویز معقول نہیں ہے۔"

قوال کا دل بھی ٹوٹ گیا۔ بہت افسردہ ہو کر اب وہ وہاں سے جانے والا تھا کہ پلٹ کر پھر آگیا اور بولا۔۔۔ "خدا کے لئے میری ایک تجویز پر ضرور غور فرمالیجئے۔ کیا آپ مجھے اس بات کی اجازت دے سکتی ہیں کہ میں آپ کے سامنے مسلسل کئی روز تک گاتا رہوں؟ مجھے یقین ہے اپنی موسیقی کی بدولت میں آپ کے بدن میں ایک ایسی سنسنی پیدا کر دینے میں کامیاب ہو جاؤں گا جس سے آپ کا کمر بند اپنے ہی کمر سے نیچے پھسل جائے

گا۔ انتہائی ہیجان کے کسی بھی لمحے میں ایسا ہو جانا ممکن ہے۔ آپ کو پتہ بھی اس وقت لگے گا جب یہ کمر بند سرک کر آپ کے قدموں میں آگرے گا۔"

سوداگر کی بیوی نے اس کی نئ تجویز کو بھی ہنسی میں اڑا دیا۔ کہنے لگی۔۔۔"تم پہلے بھی تو کئی بار گانا سنا چکے ہو۔ کبھی ایسا ہو سکا؟ میں جانتی ہوں تم مجھے صرف افسردہ بنا سکتے ہو۔ کسی اور بات میں کامیاب نہیں ہوسکتے۔"

اب وہ وہاں سے بالکل ہی مایوس ہو کر چل دیا۔ پھر کئی مہینوں تک پلٹ کر سوداگر کی بیوی کو اپنی صورت نہ دکھائی۔ لیکن سوداگر کی بیوی کو اپنے ملازموں کے ذریعے اس کے بارے میں خبریں ملتی رہیں کہ وہ گلی کوچوں میں مارا مارا پھرتا رہتا ہے۔ اب اسے اپنے تن بدن کا ہوش بھی نہیں رہتا ہے۔ کسی کی فرمائش پر گانا بھی نہیں گاتا ہے۔ بس ایک خاموشی ہی اس نے اختیار کر رکھی ہے۔ لوگوں میں یہ بھی مشہور ہو گیا ہے کہ قوال سوداگر کی بیوی کے عشق میں مبتلا ہے۔ اور وہ دن دور نہیں جب وہ بالکل پاگل ہو جائے گا۔

آخری خبر سوداگر کی بیوی کے لئے خاصی پریشان کن تھی۔ کیونکہ اس سے اس کی بدنامی ہو رہی تھی۔ لیکن رفتہ رفتہ وہ بھی اس کی محبت سے متاثر ہونے لگی۔ اسے احساس ہو گیا محبت کے میدان میں قوال کی قربانی کہیں زیادہ ہے۔ وہی اس سے سچا عشق کر رہا ہے۔ اگر مر گیا تو لوگ ہمیشہ قوال کے ہی چرچے کیا کریں گے۔ لیکن اسے کبھی اچھے نام سے یاد نہیں کیا جائے گا۔ کیونکہ قوال کی موت کا سبب وہی بنے گی۔ اس معاملے میں تھوڑی سی قربانی وہ بھی دے سکے تو اس کا نام بھی امر ہو سکتا ہے۔

سوداگر کی بیوی نے فاقے کرنے کا منصوبہ بنا لیا۔ شروع شروع میں تو اس نے کھانے پینے کی مقدار میں کمی کی پھر غذائیت سے بھرپور اور لذیذ چیزیں ترک کر دیں۔

جس سے وہ جلد ہی پتلی اور پُر کشش ہو گئی۔ آئینے کے سامنے جا کر وہ اپنے آپ کو دیکھتی تو خوشی سے پھولی نہ سماتی۔ لیکن دن بدن کمزور ہو کر مر جانے کا تصور دل سے نکال دیتی۔ اپنی خوراک میں وہ اس سے زیادہ کمی واقع نہیں ہونے دے گی۔

کبھی کبھی اس کا جی وہ ساری میٹھی اور لذیذ چیزیں کھانے کے لیے مچل اٹھتا جو اسے ہمیشہ ہمیشہ مرغوب رہ چکی تھیں۔ وہ چیزیں اس کے خوابوں میں بھی آتی تھیں۔ ایک روز وہ اچانک اچھے اچھے ذائقوں کو یاد کر کے رو پڑی۔ اس نے اسی دم اپنے محبوب کا خیال دل سے نکال پھینکا اور اپنے ملازموں کو حکم دے دیا کہ وہ اس کے سامنے بہترین قسم کے سارے کھانے فوراً حاضر کریں!

پہلے تو نوکر بہت حیران ہوئے۔ کیونکہ اس نے ایک عرصے سے عمدہ قسم کے کھانوں کی طرف نگاہ تک اٹھا کر نہیں دیکھا تھا۔ لیکن وہ فوراً ہی دودھ، گھی، شہد اور چینی وغیرہ سے بنائے ہوئے قسم قسم کے لذیذ ترین کھانے لے کر حاضر ہو گئے جنھیں دیکھتے ہی وہ ان پر ٹوٹ سی پڑی۔ کھاتے کھاتے دل ہی دل میں یہ عہد بھی کرتی گئی کہ اب وہ کبھی بھوکا رہنے کی کوشش نہیں کرے گی۔ زندگی کی بہترین مسرت ایسی ہی لذیذ غذاؤں کے کھانے میں ہے۔

کچھ ہی دنوں میں اس کے جسم کے قوسیں پھر سے بھر گئیں جن پر سے خوراک میں کمی کر دینے کی وجہ سے گوشت غائب ہونے لگ گیا تھا۔ وہ اس اعتقاد کی قائل ہو گئی کہ کسی سے عشق کرنے کے لئے بھوکا رہنا قطعاً ضروری نہیں ہے۔ قوال بھی اب شہر چھوڑ کر جا چکا تھا۔ پتہ نہیں وہ زندہ بھی تھا یا نہیں!

ایک روز اچانک وہی قوال پھر اس کے دروازے پر حاضر ہو گیا۔ اس نے ملاقات کی اجازت چاہی۔ سوداگر کی بیوی نے اسے ایک مدت سے نہیں دیکھا تھا۔ اس نے قوال

کو فوراً اندر بلوایا۔ قوال نے آتے ہی اس کے سامنے ایک نئی تجویز پیش کر دی۔۔۔ "میں آپ کی خاطر دور دراز کے علاقوں میں بھٹکتا پھرا ہوں۔ کسی جڑی بوٹی کی تلاش میں تھا جس کے بارے میں سن رکھا تھا کہ اس کے استعمال کے ساتھ ساتھ لذیذ کھانوں سے محروم ہونا ضروری نہیں ہے، لیکن اس سے بدن کی فالتو چربی بھی کم ہوتی جاتی ہے۔"

سوداگر کی بیوی اس وقت بڑے اچھے موڈ میں تھی۔ اپنے سامنے شکر چڑھے باداموں کی ایک پلیٹ بھرے ہوئے بیٹھی تھی۔ ایک ایک بادام اٹھا کر منہ میں ڈالتی اور دانتوں کے درمیان آہستہ آہستہ پیستی اور مسکراتی جاتی تھی۔۔

"اچھا، تو پھر تم نے وہ جڑی بوٹی حاصل کر لی؟"

قوال نے جواب دیا۔۔۔ "اس جڑی بوٹی کا صحیح پتہ ایک بڑھیا کو تھا۔ اسے بھی میں نے دور افتادہ ایک گاؤں سے ڈھونڈ نکالا۔ وہاں وہ جادوگرنی کے نام سے مشہور ہے۔ اس نے بے شمار امیر و کبیر گھرانوں کی ایسی بہو بیٹیوں کا بڑی کامیابی سے علاج کیا ہے جو اچھی خوراکیں کھانے کی وجہ سے بہت فربہ ہو چکی تھیں۔ اور اس طرح اپنی دل کشی سے محروم ہو جانے پر افسردہ بھی رہتی تھیں۔ اس بڑھیا کی دی ہوئی دوا سے انھیں اپنے بدن کی خوب صورتی پھر سے واپس مل چکی ہے۔ ان کی صحت پر بھی برا اثر نہیں پڑا ہے۔"

یہ کہہ کر قوال نے جیب میں سے ایک چھوٹی سی ڈبیہ نکالی اور کہا۔۔۔ "اسے آپ چند روز تک بلاناغہ کھایئے، کھانے پینے کا کوئی پرہیز نہیں ہے۔"

سوداگر کی بیوی نے خوش ہو کر وہ ڈبیہ لے لی۔ تھوڑی سی دوا اس نے اسی وقت چاٹ لی۔ اس کے بعد دن میں کئی کئی مرتبہ اسے استعمال کرنے لگی۔ دوا نے واقعی اپنا اثر دکھا دیا۔ وہ کچھ ہی روز میں پتلی ہو گئی۔ اس کے بدن میں جگہ جگہ بھرا ہوا پلپلا گوشت غائب ہو گیا۔ ایک دن وہ قوال کے ساتھ اپنے مکان کے پائیں باغ میں تالاب کے

کنارے کنارے ٹہل رہی تھی کہ اچانک اس کی کمر کے ساتھ چپکا ہوا لوہے کا کمر بند سرک کر نیچے گر پڑا۔ پاؤں کے پاس گرے ہوئے کمر بند کو اس نے حیرت سے دیکھا پھر مسرت کے ایک عجیب سے جوش میں مبتلا ہو کر اس نے کمر بند کو زور سے ٹھوکر ماری، کمر بند ایک پیڑ کے ساتھ جا ٹکرایا اور اس نے خود کو قوال کی آغوش میں گرا دیا۔

لیکن اسی وقت کسی نے دروازے پر زنجیر کھٹکھٹائی۔ اس کے ملازم کسی غیر ملکی شہری کی آمد کی خبر لے کر آئے۔ وہ آدمی اس کے شوہر کے بارے میں کوئی خبر لے کر آیا تھا۔ اس نے گھبرا کر اس آدمی کو بلوا بھیجا۔ پردے کھنچوا دیے گئے۔ اس نے پردے کے عقب سے اس غیر ملکی شخص کو سر جھکا کر کھڑے ہوئے دیکھا جو اپنے ساتھ کئی صندوق بھی اٹھوا کر لے آیا تھا۔ اس نے بتایا۔۔۔" یہ سارے صندوق ہیروں اور جواہرات سے بھرے ہوئے ہیں۔ انھیں آپ کی خدمت میں پہنچا دینے کا حکم آپ کے شوہر نے ہی مجھے دیا تھا۔ اب ان کا انتقال ہو چکا ہے۔ ایک زہریلے سانپ نے انہیں ڈس لیا تھا۔ آپ کا نام مرتے دم تک ان کی زبان پر رہا۔ مرنے سے پہلے انہوں نے ایک اور چیز بھی آپ تک پہنچانے کی ہدایت کی تھی۔ یہ ایک چابی ہے۔"

سوداگر کی بیوی نے پردے کے پیچھے سے ہاتھ بڑھا کر وہ چابی لے لی۔ یہ وہی چابی تھی جس کے ساتھ ایک پرچہ بھی بندھا ہوا تھا۔ جس پر لکھا تھا۔۔۔" میری پیاری بیوی! اب تم آزاد ہو۔ خدا حافظ!"

وہ چابی کو سینے کے ساتھ لگا کر زور زور سے رونے لگی۔ قوال نے جو اس خبر کو سن کر بہت خوش ہو اٹھا تھا، اسے سمجھایا۔۔۔" اب تو آپ مکمل طور پر آزاد ہیں۔ کوئی خطرہ نہیں رہ گیا۔ اب ہم شادی کر کے ہمیشہ ساتھ رہ سکتے ہیں۔"

لیکن اس کی بات سن کر سوداگر کی بیوی کو اچانک غصہ آ گیا۔ چلا کر بولی۔۔۔" نکل

جاؤ یہاں سے۔ اب کبھی مت آنا۔ میں تمہاری صورت تک نہیں دیکھنا چاہتی۔ اپنے پیارے شوہر کو میں کبھی نہیں بھلا سکوں گی۔ بقیہ عمر اسی کی یاد میں گزار دوں گی۔ یہ میرا ایک مقدس فریضہ ہو گا۔"

یہ کہہ کر روتے روتے اس نے لوہے کے کمر بند کو پھر سے اٹھا لیا۔ جسے تھوڑی دیر پہلے اس نے ٹھوکر مار کر دور پھینک دیا تھا۔ اس میں چابی لگا کر اسے کھولا۔ اور اپنی کمر کے گرد پہلے سے بھی زیادہ سختی سے کس لیا۔ اور چابی تالاب کے اندر پھینک دی۔

قوال وہاں سے دل برداشتہ ہو چل دیا۔ اس حسینہ کو حاصل کرنے کی اب اس کے دل میں کوئی امید نہیں رہ گئی تھی۔ کسی دور دراز کے شہر میں جا کر رہنے لگا۔ وہاں اس نے کئی سال گزار دیے۔ لیکن محبوبہ کی یاد اس کے دل سے کبھی نہ نکل سکی۔ وہ ابھی تک اس کے دل میں بستی تھی۔ اور اسے ہمیشہ بے قرار رکھتی تھی۔ ایک روز اس کا ایک شاگرد جو اسی سوداگر کی بیوی کے شہر میں رہتا تھا، اس سے ملنے کے لیے گیا تو قوال نے سب سے پہلے اپنی محبوبہ کے بارے میں سوال کیا۔۔۔" تمہیں سوداگر کی بیوی کا کچھ حال معلوم ہے؟"

اس کے شاگرد نے اسے بتایا۔۔۔" استاد! کیا عرض کروں، وہ تو بڑی عجیب و غریب قسم کی عورت ہے۔ اس کے متعلق کئی قصے مشہور ہیں۔ میں نے تو اسے نہیں دیکھا لیکن جن لوگوں نے دیکھا ہے وہ کہتے ہیں وہ پہلے سے بہت زیادہ موٹی ہو گئی ہے۔ اور اس کی کمر میں کسی وجہ سے بہت شدید درد رہتا ہے لیکن اس کا وہ علاج بھی نہیں کراتی۔ اگرچہ درد کی شدت سے ہمیشہ تڑپا کرتی ہے۔ لوگ یہاں تک بتاتے ہیں کبھی کبھی وہ تالاب کے کنارے جا بیٹھتی ہے۔ اس نے کئی بار تالاب کا سارا پانی خارج کرایا ہے اور تہہ میں جمی ہوئی مٹی کے ذرے ذرے کو اپنی نگرانی میں انگلیوں کے درمیان سلوا کر دیکھا ہے۔ پتہ

نہیں وہ کس چیز کی تلاش میں ہے! شاید کوئی بہت ہی قیمتی چیز ہو گی جو تالاب میں گر گئی تھی اور اب اسے نہیں مل رہی ہے!"

اس کے شاگرد نے کہا اور مغنی کی سمجھ میں نہ آیا کہ وہ ہنسے یا روئے۔

Ref.: caarwan.com

***

پار سال کا باسی

ڈاکٹر ستیہ پال آنند

آنسو بہا بہا کر آنکھیں سوکھ گئی تھیں۔ کھارے پانی کا ایک ریلا کئی دنوں سے اُمڈا چلا آ رہا تھا، لیکن آخری انتم ایک دن اور ایک رات تو قیامت کا طوفان اٹھا تھا اور میں ہسپتال میں انٹینسو کیئر وارڈ Intensive care ward کے کمرے کے باہر بینچ پر بیٹھا سسک سسک کر رونے لگا تھا۔ ایک بوڑھے مرد کو یوں بے حال ہوتے ہوئے دیکھ کر تین چار نرسیں میرے ارد گرد اکٹھی ہو گئی تھیں، مجھے دلاسا دیتے ہوئے، تسلی کے الفاظ کہتے ہوئے، میری ڈھارس بندھاتے ہوئے، وارڈ کے کونے میں ایک ایسے کمرے میں لے گئی تھیں، جہاں ہر طرف خاموشی تھی۔ یہ کمرہ اسی (غرض سے) لیے بنایا گیا تھا کہ مریض کے ساتھ آئے ہوئے لوگ یہاں آرام کر سکیں۔

ایک نرس نے پانی کا گلاس میرے منہ سے لگا کر مجھے گھونٹ گھونٹ پانی پلایا اور ساتھ ہی دوا کی ایک گولی بھی کھلا دی۔ (غنودگی کے عالم میں) نیم بے ہوشی کی حالت میں جیسے ہی آنسوؤں کا طوفان کچھ تھما، مجھے نیند سی آ گئی۔ میں وہیں صوفے پر پاؤں پسارے لیٹ گیا۔ مجھے علم نہیں کہ کتنی دیر کے بعد ایک نرس نے مجھے ہلکے سے کندھا جھنجھوڑ کر جگایا۔ امریکن کالی نرس نے ایک ماں کی طرح مجھے صوفے سے اٹھنے میں سہارا دیا اور کہا۔

"آ جایئے، اب شاید زیادہ دیر نہیں ہے۔ گاڈ، بلیس ہر، اینڈ یُو ٹُو۔۔۔ ! God

"-and you, too-bless her

میری بیوی کا سانس جب اُکھڑنے لگا تو کونے میں پڑے آڈیو کیسٹ پر ہلکے سُر میں میرا بائی کا بھجن "میرے تو گر دھر گوپال، دوسرا نا کوئی" بج رہا تھا۔ یہ میری پتنی کا (پسندیدہ) من چاہا بھجن تھا اور اس کے "کوما" میں چلے جانے کے بعد دن رات لگا تار بج رہا تھا۔ نہ معلوم کب "مانیٹر" کی اوپر نیچے ہوتی ہوئی لہروں کی رفتار ایک سیدھی لکیر میں بدلی، اس کا دل رُک گیا اور اس کی روح خلا میں تحلیل ہو گئی، جیون کے ٹمٹماتے ہوئے دیے کی لو روشنی کے بے کراں سمندر میں مدغم ہو گئی اور مَیں اس کا داہنا ہاتھ اپنے ہاتھ میں لیے بیٹھا رہ گیا۔ مجھے کچھ بھی نہیں ہوا۔ میری آنکھیں خشک تھیں۔ ان میں کوئی آنسو نہیں بچا تھا۔ کھارا پانی البتہ سب کنکر اور کانٹے بہا کر نہیں لے گیا تھا کیونکہ آنکھوں میں کانٹوں کی چبھن اور نمک کی جلن باقی تھی۔

میری بیٹی فارم بھرنے، ڈیتھ سرٹیفکیٹ کے کاغذات مکمل کرنے اور انڈیا میں کئی جگہوں پر فون کرنے کے لیے اُٹھ گئی تھی۔ میری بیوی کا مردہ جسم اور مَیں کمرے کی کل آبادی تھے۔ اس کا چہرہ ڈھانپ دیا گیا تھا۔ میرا چہرہ سُتا ہوا، سوجا ہوا اور بڑھاپے کی گہری، گھنی جھریوں سے بھرا ہوا تھا۔ بال بکھرے ہوئے تھے اور کئی دن سے شیو نہ کرنے کی وجہ سے داڑھی بڑھی ہوئی تھی۔

تبھی کمرے کا دروازہ کھلا اور وہ داخل ہوا۔

وہ؟ وہ؟ وہ؟ کون وہ؟

میں چونک گیا۔ (نووارد) اندر آنے والا چالیس ایک برس کا اکہرے جسم کا شخص تھا۔ ناک نقشہ جانا پہچانا لگتا تھا۔ پھرتی سے چلنے اور ایک جانے پہچانے ہوئے فیصلہ کن انداز سے قدم بڑھانے کا وطیرہ بھی جیسے میرا دیکھا بھالا ہوا تھا۔ بڑھی ہوئی شیو، گھنے سیاہ،

کنگھی سے بے نیاز بال تھے جن کا ایک گچھا جیسے جان بوجھ کر بار بار ڈھلکتے ہوئے عینک کے شیشوں کو ڈھانپ دیتا تھا۔ قمیض کی جیب میں لگا ہوا قلم شاید کسی وقت بے دھیانی میں کَور کے بغیر ٹھونسنے کی کوشش کی گئی تھی، اس لیے سیاہی کا ایک (بدنما) کالا دھبہ دکھائی دے رہا تھا۔

میں واقعی چونک گیا۔ کچھ ہلا تو بیوی کا بے جان ہاتھ میرے ہاتھ سے چھوٹ گیا۔ میں نے آنے والے کی طرف دیکھا۔ قمیض کی طرف پھر دھیان گیا تو اُس کا کالر پھٹا ہوا تھا۔ بدرنگ اور ادھڑی ہوئی تھی۔ ایک جیب سے لٹکتا ہوا، مُڑا تُڑا ایک پیپر نیپکن اور تمباکو کے پائپ کی نلی۔۔۔ بار بار انہیں جیب سے کھینچ کر باہر نکالنے کی کوشش کر رہا تھا۔ پاؤں میں سنیکر بوٹ تھے جو بارش، برف اور راہوں کی ریت بجری سے لڑ جھگڑ کر اس حالت تک پہنچ چکے تھے کہ پاؤں، جو جرابوں کے بغیر تھے، کونوں کھدروں سے جھانکتے ہوئے دکھائی دیتے تھے۔ مجھے ایک سگریٹ کا بجھا ہوا ٹکڑا ابھی نظر آیا جو سنیکر پر رگڑ کر بجھاتے ہوئے وہیں ادھڑے ہوئے تسمے سے الجھ کر پھنسا ہوا رہ گیا تھا۔

میں نے نظر اٹھائی۔ "تم؟ تم؟" میں نے ہکلاتے ہوئے کہا۔

اس نے ایک سرسری نظر سے مجھے دیکھنے کے بعد ہسپتال کے اس کمرے کا جائزہ لیا جس کی روزانہ کی فیس دو سو ڈالر تھی، جس میں مریض کے بیڈ کے دائیں بائیں دو ٹیلیفون تھے، سامنے دیوار پر ایک فلیٹ ٹی وی تھا، جس کے ریموٹ کے بٹن اس کنٹرول راڈ میں تھے جس سے نرس کو بلایا جا سکتا تھا، بیڈ کو آرام کے لیے اوپر نیچے کیا جا سکتا تھا اور بلبوں کی روشنی ہلکی نیلی یا سبز کی جا سکتی تھی یا کونے میں پڑے آڈیو کے کیسٹ بدلے جا سکتے تھے۔ پھولوں کی طرف بھی اس کی نظر گھومی، چابیوں کے تین گچھوں کو بھی اس نے غور سے دیکھا جن میں میری، میری بیٹی کی اور ہم دونوں کے گھروں کی چابیاں تھیں۔

جب اس نے نظریں میری طرف موڑیں تو ان میں ایک افسرانہ رعب داب تھا، ایک حکم چلانے والے کا اشارہ تھا، ایک فرمان تھا جسے ماننا میرے لیے ضروری تھا، مجھے لگا کہ اگر وہ منہ سے کچھ کہے گا تو مجھے اس کا حکم ماننے میں آنا کانی نہیں ہو گی۔

کیا۔۔۔؟ کیا۔۔۔؟" میرا ہکلانا اب شدید تر ہونے لگا تھا۔

وہ کرسی کھینچ کر اس کی پیٹھ پر دونوں ہاتھ ٹکائے ہوئے کھڑا ہو گیا۔ ایک بار پھر اس نے کمرے میں دائیں بائیں دیکھا۔ مجھ پر لمحہ بھر کے لیے اس کی نظریں رکیں۔ پائپ اور تمباکو کی ڈبیا اور لائٹر اس نے جیب سے کھینچ کر نکالے اور پھر جیسے پائپ بھرنے سے پہلے اسے کچھ یاد آ گیا ہو، اس نے مسکرا کر پھر انھیں جیب میں ٹھونس لیا۔ سامنے دیوار پر "سگرٹ پینا منع ہے" کا تختہ جگمگا رہا تھا۔ کچے تمباکو کی کچھ پتیاں شیشے کی طرح صاف فرش پر گر کر بکھر گئیں، لیکن اس نے ان کی کوئی پروا نہیں کی۔

مجھے لگا جیسے وہ اب مجھ سے کچھ کہے گا۔ اس نے مقررانہ انداز میں۔۔۔ ایک ہاتھ اوپر اٹھایا، اپنی انگشتِ شہادت کو گول گھما کر مجھ پر مرکوز کیا اور کچھ کہنے کے لیے ہونٹ کھولے۔

تبھی دروازہ کھلا اور میری بیٹی اندر داخل ہوئی۔ اس کے ساتھ ایک ڈاکٹر بھی تھی۔ "ڈیڈی!" اس نے کہا، "آپ کو ان فارموں پر دستخط کرنے ہیں، فارم مَیں نے بھر دیے ہیں۔"

میں نیم بے ہوش سا بیٹھا رہا۔ مجھے پتہ نہیں، میں نے اس سے کیا کہا، کچھ کہا بھی یا نہیں۔ کانپتے ہوئے ہاتھوں سے میں نے فارموں کا پلندہ پکڑا، لیکن فارم ہاتھوں سے گر کر فرش پر بکھر گئے۔

"! Oh, My poor Dad"

میری بیٹی نے ایک ماں جیسی ممتا بھری نظروں سے میری طرف دیکھا اور فرش پر اکڑوں بیٹھ کر کاغذ اکٹھے کرنے لگی۔ میں ایک پاگل سا کبھی اس کی طرف اور کبھی ڈاکٹر کی طرف دیکھتا رہا۔ مجھے جیسے کچھ یاد ہی نہیں تھا کہ میں کہاں ہوں اور کیا کر رہا ہوں۔ ایک مشین کی طرح میں نے، جہاں جہاں میری بیٹی نے انگلی رکھی، دستخط کر دیے۔ بعد میں اپنے کالم میں ڈاکٹر نے دستخط کیے، ایک مہر لگائی، میرے کندھے کو تھپتھپایا اور کہا، "

" ! sympathies are with you, take care

جب ان کے جانے کے بعد دروازہ پھر بند ہو گیا تو مجھے جیسے ہوش آیا، تڑپ کر میں نے اس طرف دیکھا، جہاں وہ دو منٹ پہلے کھڑا تھا، لیکن وہاں کوئی نہیں تھا۔ وہ جگہ خالی تھی۔ جس جگہ کچے تمباکو کی کچھ پتیاں گر کر بکھر گئی تھیں، وہاں بھی فرش شیشے کی طرح چمک رہا تھا، شاید اس نے جانے سے پہلے احتیاط سے انہیں اکٹھا کر کے جیب میں رکھ لیا تھا۔ اس کے کمرے میں آنے، کرسی کی پشت پر ہاتھ رکھ کر کھڑا ہونے، پائپ بھرنے، تمباکو کی پتیاں گرانے کے کوئی آثار بادی النظر میں نہیں نظر آ رہے تھے۔ وہ آیا بھی تھا، اور چلا بھی گیا تھا۔

(۲)

آج میری بیوی کی وفات کو تین دن ہو چکے ہیں۔ الیکٹرک مشین میں اس کا جسد خاکی سپردِ آتش کیا جا چکا ہے۔ شام ہو گئی ہے۔ ایک ایک کر کے دوست، رشتہ دار، سگے سمبندھی، سب اپنی اپنی کاروں میں رخصت ہو چکے ہیں۔ میں اپنے گھر میں ایک آرام دہ گدے دار کرسی پر بیٹھا ہوا ہوں۔۔۔ ابھی ابھی میری بیٹی مجھے کچھ کھلا کر، آرام کرسی پر بٹھا کر برانڈی کی ایک ہلکی ڈرنک دے کر خود بھی رخصت ہو گئی ہے۔ اس کے کہے ہوئے الفاظ اب بھی میرے کانوں میں گونج رہے ہیں۔ "یہ پہلی رات ہے، ڈیڈی! اب آپ اس

بڑے گھر میں تنہا ہوں گے۔ ممی رخصت ہو چکی ہیں۔ نرس بھی اس کے بعد نہیں آئے گی۔ اپنا خیال رکھیں اور یاد سے جا کر بیڈ پر سو جائیں۔ کرسی پر اونگھتے ہوئے بیٹھے ہی رات نہ کاٹ دیں۔ آپ کو اپنی صحت کا بھی خیال رکھنا ہے۔"

مجھے علم نہیں کہ کب نیند میں ڈوبے ہوئے مجھے باہر کا دروازہ کھلنے کی آواز آئی ہے۔ میرے تحت الشعور میں جیسے کسی نے کہا ہے، "کوئی اپنا ہی ہو گا۔ دروازہ تو باہر سے کوڈ نمبر کے دبائے بغیر نہیں کھل سکتا۔" پھر کسی کے مضبوط قدموں سے قالین پر چلنے کی آواز آئی ہے۔ کوئی نپے تلے قدموں سے چلتا ہوا میرے سامنے آکر کھڑا ہو گیا ہے۔

میں نے آنکھیں کھولی ہیں۔ کانپتے ہوئے ہاتھوں سے برانڈی کا خالی گلاس سٹول پر رکھ دیا ہے۔ نظر اٹھا کر اوپر دیکھا ہے۔ مجھے ایک جھرجھری سی آئی ہے۔

وہ اسی افسرانہ انداز سے میری طرف ٹک ٹک گھور رہا ہے۔ پھر اس نے جیب سے تمباکو، پائپ اور سگریٹ لائٹر نکالے ہیں۔ آہستگی سے اس نے تین چار کشوں میں پائپ سلگایا ہے۔ تمباکو کاٹِن اور لائٹر پھٹی ہوئی جینز کی جیب میں احتیاط (ساودھانی) سے رکھ لیے ہیں۔ دھوئیں کے پھیلتے، بڑھتے ہوئے مرغولوں سے چھن چھن کر آتی ہوئی اس کی نظر میرے چہرے پر ٹکی ہوئی ہے۔ "کیا یہ تیس برس پہلے کا میں خود ہوں؟" میرے ذہن میں سوال اُبھرا ہے۔ خود سے کوئی جواب نہ پاکر میں پھر اس کی طرف دیکھتا ہوں۔

وہ کچھ کہہ رہا ہے۔

میں چپ چاپ بیٹھا سن رہا ہوں۔۔۔

اس کی آواز جیسے چالیس برسوں کا طویل فاصلہ طے کر کے موبائل فون کی مانند کبھی ٹوٹتی، کبھی ابھرتی، کبھی صاف، کبھی مدھم سی مجھ تک پہنچ رہی ہے۔ اس آواز میں وہی رعب داب ہے جو میری آواز میں چالیس برس پہلے تھا، جب میں بھارت میں

تھا۔" تمہارے بچے بڑے ہو کر اپنے اپنے شہروں میں، اپنے اپنے گھروں میں بس گئے۔ تمہارے پاؤں کی آخری زنجیر ایک بیوی تھی، وہ بھی اب نہیں رہی۔ یہ گھر، یہ لمبی سی قیمتی کار، یہ ساز و سامان، یہ دیواروں پر لٹکی ہوئی پینٹنگز، ہر ایک کمرے میں ایک ٹیلیفون اور وی سی آر، آرام دہ زندگی گزارنے کے سب سادھن۔۔۔ یعنی ایک لمبی Solitary Imprisonment (قیدِ تنہائی) تمہارے سامنے ہے۔ کیا تم یہ قید کاٹو گے یا اپنی پینتیس چالیس برس پرانی آزاد زندگی میں لوٹ آؤ گے۔ تمہاری ٹوٹی پھوٹی سائیکل اب تک تمہارے لدھیانہ کے گھر میں محفوظ پڑی ہے، تمہارا لمبریٹا سکوٹر جسے تم نے 1965ء میں خریدا تھا، اب بھی ٹوٹا پھوٹا ہوا تمہارے بھائی کے گھر میں پڑا ہے اور مرمت ہو سکتا ہے۔ لوکل بسیں اب بھی دہلی میں چلتی ہیں۔ چنڈی گڑھ اب بھی بھرا پرا شہر ہے۔۔۔ چھوڑو ان جھمیلوں کو، اور لوٹ جاؤ اپنی پرانی زندگی کی طرف۔۔۔ میں تمہارا انتظار کروں گا۔۔۔ "اور دیکھو"۔۔۔ وہ کچھ لمحوں کے بعد پھر بولا "اگر اب تک تم پہچان نہیں پائے کہ میں کون ہوں تو اس کے بعد کوشش بھی نہ کرنا۔۔۔ ہر ایک شخص کا ماضی یوں جوگیوں کی طرح اس کا پرانا چولا پہنے ہوئے اس سے ملنے نہیں آتا۔۔۔ جیسے کہ میں آیا ہوں"

جانے کب مجھے نیند آگئی اور میں سو گیا۔

صبح ایک نئے عزم کے ساتھ اٹھا ہوں۔ میرا ارادہ ڈانواں ڈول نہیں ہے۔ میرے پاؤں لنگ نہیں ہیں اور ملک خدا تنگ نہیں ہے!

Ref.: caarwan.com

***

جانِ عالم کی سواری

غافر شہزاد

وہ دونوں اس شہر میں اکٹھے آئے تھے۔ دونوں لکھاری تھے۔ افسانے لکھتے اور شاعری کرتے۔ آغاز دونوں نے شاعری سے کیا تھا مگر جلد ہی انہیں اندازہ ہو گیا کہ شاعری کے ساتھ نثر نگاری بھی ضروری ہے۔ اس لیے انہوں نے تنقید اور افسانہ نگاری بھی شروع کر لی۔ اسلم شہیدی اور جانِ عالم دونوں کو جہاں بھی جانا ہوتا، اکٹھے جاتے۔ شہر کی ادبی محفلیں ہوتیں، تو ان کے افسانوں اور شاعری کا تذکرہ ہوتا، مشاعرہ ہوتا تو ان کے خوبصورت کلام کو نظر انداز کرنا مشکل ہو جاتا۔ یہ بات درست تھی، بڑے شہر میں جگہ بنانے کے لیے بہت زور لگانا پڑتا ہے اور یہ زور ایک طریقے اور سلیقے سے لگایا جائے تو اس کے نتائج بہتر اور جلد بر آمد ہوتے ہیں۔ بڑے شہر میں اپنی جگہ بنانے کے لیے انہوں نے سائنسی بنیادوں پر سوچنا شروع کر دیا۔ انہوں نے دیکھا کہ اگر کسی اخبار کے ادبی صفحہ پر کوئی جگہ مل جائے تو ادیبوں اور شاعروں میں ان کا نام اور اہمیت مسلمہ ہو جائے گی۔ مگر جانِ عالم نے اس سے اتفاق نہ کیا، اس لیے کہ وہ صرف ادیبوں اور شاعروں تک خود کو محدود نہیں رکھنا چاہتا تھا۔ یہ طبقہ ایک تو شہر میں کوئی زیادہ پسند نہ کیا جاتا تھا اور دوسرا بہت ہی کم تعداد میں یہ لوگ شہر میں موجود تھے۔ اسلم شہیدی کو لکھنے پڑھنے اور جائز طریقے سے اپنا مقام بنانے کا خیال تھا مگر جانِ عالم کو بہت جلدی تھی۔ جانِ عالم نے گاؤں

سے اپنا موٹر سائیکل شہر میں منگوا لیا۔ اب دونوں کے لیے بہت آسانی ہو گئی۔ جہاں جانا ہوتا، دونوں پہنچ جاتے۔

اسی تگ و دو میں ایک عشرہ گزر گیا۔ اب جو پیچھے نظر دوڑاتے ہیں تو سفر کی اڑتی ہوئی گرد میں طے کی جانے والی منزلوں کے ہیولے سے نظر آتے ہیں۔ اسلم شہیدی تو بہت مطمئن اور خوش تھا اور اپنی رفتار سے اسے کوئی گلہ نہیں تھا مگر جانِ عالم کا خیال تھا کہ ان کی درست سمت ہونے کے باوجود وہ شہرت اور دولت میں وہ مقام نہیں حاصل کر پائے، جو انہیں کرنا چاہیے تھا۔ دونوں انار کلی میں رات گئے تک بیٹھے رہتے۔ مستقبل کے خواب بنتے رہتے۔ جانِ عالم نے ایک اخبار کے ادبی صفحے پر کالم بھی لکھنا شروع کر دیا۔ اور اس کے ساتھ اس نے ادارتی صفحہ پر بھی ہفتے میں ایک کالم کا آغاز کر لیا۔ دونوں کالموں کے لیے اخبار سے اسے کچھ نہ ملتا تھا۔ لیکن تسلسل سے کالم نگاری کے سبب اس کا نام کالم نگاروں میں آنا شروع ہو گیا۔ اس نے پریس کلب بھی بیٹھنا شروع کر دیا۔ وہاں اس کے رابطے دیگر صحافیوں سے ہوئے اور پھر ایک دن انہی صحافیوں کے جلو میں جانِ عالم گورنر ہاؤس جا پہنچا۔ یہ ایک سرکاری تقریب تھی جس میں کوئی غیر ملکی وفد آیا ہوا تھا۔ ملک میں سرمایہ کاری کی ترغیب کے لیے صحافیوں کو بلایا گیا تھا۔ جانِ عالم نے اس حوالے سے ایک بھرپور کالم بھی لکھا جس پر اخبار کے مالک نے اسے شرفِ ملاقات بخشا اور اس کے لیے ایک سو روپے فی کالم کا معاوضہ بھی مقرر کر دیا۔ دوسری جانب برسرِ اقتدار سیاسی جماعت نے بھی اس سے رابطہ کیا اور گزارش کی کہ وہ ان کے اجلاسوں میں آیا کریں اور پارٹی کا نقطہ نظر اور سرگرمیوں کا تذکرہ اپنے کالم میں کیا کریں۔

دس سالوں کے بعد یہ پہلی کامیابی تھی جس نے دونوں کو خوب مسحور کیا تھا۔ اس کے بعد بھی دونوں دوست رات انار کلی آ کر اسی طرح بیٹھتے تھے مگر اب ان کے ساتھ

بیٹھنے والوں کی نگاہ میں ان کا مقام و مرتبہ بلند ہو گیا تھا۔ اسلم شہیدی کو کئی بار محسوس ہوا کہ اس کی شاعری سے زیادہ لوگوں کی دلچسپی جانِ عالم کی گفتگو میں ہوتی تھی۔ ان میں سے کسی کو بھی یہ علم نہیں تھا کہ جانِ عالم کے لکھے ہوئے کالم کی زبان و بیان کی اصلاح اسلم شہیدی کرتا تھا۔ یہ دونوں میں ایک خاموش معاہدہ تھا اور اسلم شہیدی نے آخری دم تک یہ معاہدہ نبھایا۔

بارہویں سال میں جانِ عالم نے ایک سیکنڈ ہینڈ گاڑی خرید لی اور یوں ان کی جان اس پرانے پھٹیچر موٹر سائکل سے چھوٹی جو نہ جانے کب کا اپنی طبعی عمر پوری کر چکا تھا۔ ابھی تک انہوں نے انار کلی رات آ کر بیٹھنا نہیں چھوڑا تھا۔ پھر تو جیسے جانِ عالم کو پر ہی لگ گئے۔ اس کی پرواز بہت بلند ہو گئی۔ ایک نئے نکلنے والے اخبار کے مالک نے اسے اپنے اخبار میں کالم لکھنے کی پیش کش کی تو اس سے انکار نہ ہو سکا۔ ایک تو ماہانہ مشاہرہ پہلے اخبار سے یک دم چار گنا زیادہ تھا اور اس کے ساتھ رہائش کے لیے ایک فلیٹ اور نئی زیرو ماڈل کرولا گاڑی، مگر اس منزل تک پہنچنے میں جانِ عالم کو چودہ سال لگ گئے۔ جانِ عالم کے ساتھ ہی اسلم شہیدی اس کے فلیٹ میں منتقل ہو گیا۔ شروع میں تو دونوں کی روٹین وہی رہی مگر وقت گزرنے کے ساتھ اس میں غیر محسوس تبدیلی آتی چلی گئی۔ اب اسلم شہیدی کی ملاقات جانِ عالم سے بھی کم کم ہونے لگی۔ جانِ عالم رات گئے لوٹتا تھا۔ اکثر وہ نشے کی حالت میں ہوتا اور اپنے فلیٹ میں پہنچ کر وہ جیسے بستر پر گر جاتا۔ اسلم شہیدی نے ایک مقامی کالج میں ملازمت اختیار کر لی۔ وہ جب صبح تیار ہو کر کالج جاتا، جانِ عالم سویا ہوتا اور جب اس کی کالج سے واپسی ہوتی، جانِ عالم کسی تقریب میں یا پھر کسی سے ملنے جا چکا ہوتا۔ اب تو اسلم شہیدی کو اس کے روز و شب اور اس کے معمولات کا بھی پتہ نہ چلتا۔ بعض اوقات ایسا بھی ہوتا کہ شام کی کسی تقریب میں دونوں کی ملاقات ہو جاتی۔ مگر وہ

کسی پر یہ ظاہر نہ ہونے دیتے تھے کہ ایک ہی فلیٹ میں رہتے ہوئے ان کی یہ ملاقات کتنے دنوں کے بعد ہو رہی ہے۔

ایک دن کالج سے اسلم شہیدی فلیٹ پر پہنچا تو ایک رقعہ اس کا منتظر تھا۔ جانِ عالم نے اسے بتایا تھا کہ وہ ایک بڑے سیاستدان کی بیٹی سے شادی کر رہا ہے۔ والد نے اپنی بیٹی کو ڈیفنس میں ایک کنال کی کوٹھی بنوا کر دی ہے۔ شادی اس جمعرات کو ہو گی جب کہ ولیمہ جمعہ کی شام کو ان کے نئے گھر میں ہو گا جہاں شہر بھر کی بڑی بڑی سیاسی و سماجی اور کاروباری شخصیات شرکت کریں گی۔ مزید اس نے یہ بھی لکھا کہ اگر وہ بھی آ جائے تو اسے خوشی ہو گی۔ اور یہ کہ شادی کے بعد وہ مستقل نئے گھر میں شفٹ ہو جائے گا اور یہ فلیٹ اس نے اسے تحفہ میں پیش کیا، وہ جیسے چاہے اس کے ساتھ سلوک کرے۔ جانِ عالم نے اپنی زندگی کا اتنا بڑا فیصلہ اس کو بے خبر رکھتے ہوئے کر لیا، یہ بات اس کے لیے بہت حیرت ناک تھی۔ یہ سب کیسے ہوا، اگر ان کے مشترکہ دوست اس سے پوچھیں گے تو وہ کیا کہے گا؟ اس بات کا اس کے پاس کوئی جواب نہیں تھا۔ اور اگر وہ ولیمے پر نہیں جائے گا تو بھی مشترکہ دوست پوچھیں گے تو وہ کیا جواب دے گا؟

اسلم شہیدی ولیمے پر شرکت کے لیے جاتے ہوئے بہت دیر تک سوچتا رہا کہ اسے تحفے میں کیا دینا چاہیے؟ آخر اس نے ایک گلدستہ بنوایا، جس میں وہ پھول بکثرت تھے، جانِ عالم جن کے لیے پاگل ہو جاتا تھا۔ ڈیفنس میں جانِ عالم کا گھر ڈھونڈنے میں رکشے والے نے اسلم شہیدی کی معاونت کی۔ جانِ عالم گیٹ پر کھڑا مہمانوں کو خوش آمدید کہہ رہا تھا۔ اسلم شہیدی گرم جوشی، حیرت، محبت اور مسرت کے ملے جلے تاثرات کے بہاؤ میں جانِ عالم کی جانب بڑھا مگر جانِ عالم اس دوران ایک بڑی گاڑی سے اتر کر آنے والی ایک خاتون کی جانب بڑھتا چلا گیا۔ خاتون کے ہاتھ سے اس نے پھول لیے اور اسے گھر

کے اندر چھوڑنے چلا گیا۔ واپس آنے تک اسلم شہیدی وہیں کھڑا تھا۔ جانِ عالم نے اس کے ہاتھوں میں پھول دیکھے تو اپنے نوکر کو آواز دی کہ ان سے یہ پھول لے لو اور اندر رکھوا دو، جملہ پورا کرنے سے پہلے وہ ایک اور مہمان کی جانب متوجہ ہو چکا تھا۔ اسلم شہیدی کو نظر انداز کیے جانے کے احساس نے زمین میں گاڑ دیا۔ نوکر نے جب اس کے ہاتھوں سے گلدستہ پکڑا تو اسے ہوش آیا، مگر اب اسے اتنا ہوش آ چکا تھا کہ اس نے دوسرے ہاتھ کی مدد سے جیب سے فلیٹ کی چابی نکالی اور نوکر کو پھولوں کے ساتھ دیتے ہوئے کہا کہ اپنے صاحب کو یہ چابی بھی دے دینا کہ اب مجھے اس کی ضرورت نہیں رہی۔ رکشے والا ابھی تک وہیں تھا، وہ رکشے میں بیٹھا اور کہنے لگا کہ ایک لمحہ ضائع کیے بغیر مجھے یہاں سے کہیں دور لے چلو۔

Ref.: caarwan.com

***

کوّے

حامد یزدانی

طویل اور مہیب راہداری عبور کر کے میں ایک دالان میں جانکلتا ہوں جس کے گرد اونچی فصیلیں ایستادہ ہیں۔ ایک عجیب دھند چھائی ہوئی ہے۔ نہ صاف اجالا ہے نہ صاف اندھیرا۔ سامنے ایک سیاہ محرابی بے کواڑ دروازہ نُما ہے۔ اچانک عقب سے کَھٹ کی آواز آتی ہے۔ میں مُڑ کر دیکھتا ہوں۔ میرے آنے کا راستہ بھی دیوار ہو چکا ہے۔ بھیانک اندھیرا چھانے لگتا ہے اور یکا یک ہر سمت سے بے سمت چیخیں بلند ہونے لگتی ہیں۔ ادھر سیاہ محرابی دروازہ نُما سے ایک ہیولہ بر آمد ہوتا ہے؛ ماحول سے بھی زیادہ ہولناک شبیہ۔۔۔ کندھوں پر چغہ لٹکائے، سر پر عجیب وضع کا ہیٹ اور پاؤں میں لمبے شکاری بُوٹ۔۔۔ ٹک، ٹک، ٹک۔۔۔ اُس کا چہرہ اندھیرے سے نیم اجالے میں آتا ہے تو میرا دل لرز کر رہ جاتا ہے۔۔۔ اس کی آنکھوں کی جگہ دو گہرے تاریک غار دکھائی دیتے ہیں۔ سامنے اٹھے ہوئے ہاتھوں پر دھرے دو غار۔۔۔ اور ان میں سُرخ دیدے حرکت کر رہے ہیں۔۔۔ دائیں بائیں۔۔۔ بائیں دائیں۔۔۔ خوف سے میرے بدن کو جھرجھری سی آجاتی ہے اور اُسی دم عقابوں کا ایک غول ان غار جیسی آنکھوں پر آ جھپٹتا ہے۔۔۔ اور۔۔۔!

"اُف۔۔۔ کیا مصیبت ہے!" میں یک دم بستر پر اُٹھ بیٹھتا ہوں۔ ماتھا پسینے سے تر

اور چہرہ ہاتھوں میں چھپا ہوا۔

"کیا ہُوا؟۔۔۔ کیا پھر وہی خواب۔۔۔؟ بیوی نیم غنودگی کے عالم میں پوچھتی ہے۔

"ہاں۔۔۔" میں بس اِتنا ہی کہہ پاتا ہوں۔

" کتنی بار کہا ہے: دائیں کروٹ سویا کریں، آیۃ الکرسی اور معوذ تین پڑھ کر۔۔۔ مگر سُنتے ہی نہیں آپ۔" بیوی تپائی سے پانی کا گلاس اٹھاتے ہوئے کہتی ہے۔"اب سو رہیے ، صبح عدالت بھی جانا ہے، تاریخ پر۔۔۔ ہمیشہ سیدھا لیٹتے ہیں۔۔۔ کسی کی سُنیں تب ناں۔۔۔" بیوی بڑبڑاتی ہوئی بستر پر دراز ہو جاتی ہے اور میں اس خواب کے بارے میں سوچنے لگتا ہوں۔ اب یہ کتنے تواتر سے دکھائی دینے لگا ہے۔ پہلے تو بس کبھی کبھار ہی آتا تھا۔ ہفتے میں ایک بار یا مہینے میں ایک بار۔۔۔ مگر اب۔۔۔!

شہری ترقی کی بلند دفتری عمارت کے مقابل لیک ویو کی ایک قدیم عمارت میں مرکزی دروازے سے کوئی تیس چالیس قدم کے فاصلے پر خراب اور نیم خراب حالت میں کھڑی سرکاری بسوں کی بے ترتیب قطار کو پار کرتے ہوئے گرد گرد راستہ ایک بے کواڑ دروازے تک پہنچتا ہے جس کی دیوار پر ایک بارش خوردہ چوبی تختی آویزاں ہے: "خصوصی عدالت، سپیشل مجسٹریٹ محکمہ آب و توانائی"۔ اُوپر سے قوس بناتے ہوئے اس دروازہ نُما کے بعد چوکور احاطہ سا آجاتا ہے جس کے بالکل سامنے محکمے کا ڈے کیئر سنٹر ہے اور اس کے مقابل ایوانِ انصاف؛ کمرۂ خصوصی عدالت۔ درمیان میں اگر کچھ حائل ہے تو وہ ہے ایک بوڑھا، باریش برگد، دو آم کے نحیف پیڑ اور ایک بڑا سا شہتوت۔ آنے والوں کی سواریاں اسی شہتوت کی چھاؤں میں استراحت کرتی ہیں جس کی بل کھاتی قدرے جھکی ہوئی شاخ سے ایک بھوری گلہری نیچے جھانکتی ہے جیسے وہ ملزموں اور مجرموں کو پہچاننے کی کوشش کر رہی ہو۔

ابھی یہاں کوئی نہیں پہنچا سوائے میرے۔ نہ کوئی ملزم، نہ کوئی گواہ، نہ کوئی منصف۔۔۔ اور انصاف۔۔۔!؟ آہستہ آہستہ کچھ چہرے دکھائی دینے لگتے ہیں۔ شہر کے مختلف اطراف کی گرد تلووں سے چپکائے۔ پھر جانے کہاں سے منصفِ خصوصی کی کالی سیہ جیپ نمودار ہو جاتی ہے۔ کلف لگی سفید شلوار قمیص، گرے واسکٹ اور دائیں ہاتھ میں فربہ سا موبائل سنبھالے صاحب ایک شانِ بے نیازی سے کمرۂ انصاف میں اوجھل ہو جاتے ہیں۔ چہرا دکھائی نہیں دیتا۔ کچھ سائل ہونٹ صاحب کے ڈرائیور کے کانوں کو گھیر لیتے ہیں۔ اس کی مونچھیں کھلنے لگتی ہیں۔

"اشتیاق احمد ولد مشتاق احمد۔۔۔۔!"

"کرامت مسیح ولد سلامت مسیح۔۔۔!"

بلاوے شروع ہو جاتے ہیں۔

حاضری دینے کے لیے، فردِ جرم سننے کے لیے، شہادتیں دینے کے لیے۔ پھر وکیل اور ضمانت۔۔۔ اور حنائی داڑھی والے پیادے کی مسلسل پکار۔۔۔

پوری بیالیس آوازوں کے بعد میرا نام پکارا جاتا ہے۔

نیم تاریک کمرے میں خاکی فائلوں، ایک گھنٹی اور ایک ٹیبل لیمپ سے سجے ایک بڑے مستطیل میز کے پار سے آواز آتی ہے: "انتظار کریں' فائل دیکھ لوں"۔

خاموشی۔

مزید خاموشی۔

"محکمانہ افسر کا تحریری بیان بے گناہی ثابت کرنے کے لیے کافی نہیں۔ ایک درخواست لکھیے میرے نام، پھر غور ہو گا۔"

آواز سنائی دیتی ہے۔

"کیا لکھنا ہے درخواست میں۔۔۔؟" میں استفسار کرتا ہوں۔

"یہ قانونی معاملہ ہے۔ وکیل کر لیجیے۔ اسے پتہ ہے کیا اور کیسے لکھنا ہے قانون کی زبان میں"۔

"وکیل؟۔۔۔ اب وکیل کہاں سے ڈھونڈوں!۔۔۔"

میز پر بائیں طرف پڑی گھنٹی کا بٹن تین بار دبتا ہے۔ کالا کوٹ اور سفید پتلون پہنے ایک نوجوان وکیل کمرے میں داخل ہوتا ہے۔

"ان کی مدد کر دیں"۔ آواز کہتی ہے۔

"آیئے، میرے ساتھ"۔ میں اس نوجوان کے ساتھ باہر آجاتا ہوں جہاں سب احاطے میں بکھرے ہوئے ہیں، یہاں وہاں، کچھ برگد کے نیچے، کچھ آم اور شہتوت کے تلے۔۔۔ کچھ پرسوں کی بارش کے بچے کھچے پانی سے بنے چھپڑ کے کنارے اکڑوں بیٹھے ہیں اور کچھ نے پھپھوندی لگی اینٹوں پر نشست کر رکھی ہے۔ کچھ کھڑی سواریوں پر بیٹھے ہیں۔۔۔ سرنیہوڑائے۔۔۔ کبھی کبھی سر اُٹھا کر دیکھ لیتے ہیں، ایک دوسرے کو بے معنی سے انداز میں اور بس۔ شہتوت کی جھکی شاخ پر گلہری البتہ مسلسل حرکت میں ہے، بار بار نمودار ہوتی ہے، شرارت سے تنے تک آتی ہے اور پھر غائب ہو جاتی ہے، پتہ نہیں کہاں!

"میری فیس ابھی دیں گے یا بعد میں؟" نوجوان وکیل پوچھتا ہے۔

"بعد میں"۔ میں جواب دیتا ہوں۔

"آیئے، میرے ساتھ اندر"

دوسرے کمرے میں سفید شرٹ اور خاکی پتلون پہنے ٹائپسٹ کچھ ٹائپ کر رہا ہے، کوئی درخواست یا شاید کوئی فیصلہ۔ حنائی داڑھی والا پیادہ دو افراد سے مخاطب ہے: "میں نہ کہتا تھا زیادہ جرمانہ نہیں ہونے دوں گا اور یہ جرمانہ بھی انہی پیسوں میں ادا ہو جائے گا۔ بس

اگلے ہفتے آ کے رسید لے جانا۔ ٹھیک ہے؟ خوش؟"

ٹائپسٹ کی ٹِک ٹِک جاری ہے۔ نوجوان وکیل اس کے قریب بیٹھا میری طرف سے درخواست لکھوا رہا ہے۔ دروازے سے ٹیک لگائے ایک لڑکا رو رہا ہے۔ گہرے نیلے رنگ کی میلی شلوار قمیص میں۔ گدلی گدلی آنکھیں، شفاف آنسو۔

"رونا بند کر۔ کروا دیتے ہیں تیرا کام۔ آئندہ دیر سے نہ آنا تاریخ پر۔ یہ عدالت ہے کوئی مذاق نہیں"۔ یہ سن کر لڑکا آستین سے اپنی آنکھیں پونچھنے لگتا ہے۔

"لیجیے، ہو گئی آپ کی درخواست، اتنے مہینے آپ نے یوں ہی ضائع کر دیے، پہلے بات کر لیتے، مل لیتے مجھ سے یا مولوی سے۔" وہ پیادے کی طرف اشارہ کرتے ہوئے کہتا ہے۔ پھر مہین سے لیگل سائز ورق پر ٹائپ کی ہوئی درخواست مجھے دکھاتے ہوئے کہتا ہے :"خیر، چلیے اب اندر صاحب کو پیش کرنی ہے یہ۔"

ہم کمرۂ عدالت کی طرف بڑھتے ہیں۔

دروازے سے باہر حنائی داڑھی والا پیادہ کسی کو رازدارانہ انداز میں کہہ رہا ہے:"باؤ جی، بھاویں اِنج کر لو بھانویں اُنج کر لو۔ گل اکو ای اے۔ پیسے بغیر کم نئیں جے بننا۔ ایتھے لوک چار چار سال توں دھکے کھارئے نیں۔ ساڈے وکیل صاب وڈّے صاب دے جوائی نیں۔ مسلہ ای کوئی نئیں۔ سمجھو، تہاڈا کم ہو گیا۔"

میں وکیل کے ساتھ کمرے میں داخل ہوتا ہوں۔

دو سپاہی اور ہتھکڑی میں جکڑا ایک بوڑھا میز کے سامنے کھڑے ہیں۔ میز کے اُس پار سے گرج دار آواز کہتی ہے:"نہیں، جاؤ میں نہیں منظور کرتا اس کی ضمانت۔ یہ عدالت ہے، مجھے انصاف کرنا ہے، انصاف چہرہ نہیں دیکھتا، عدالت سچائی کو دیکھتی ہے صرف سچائی کو۔"

سپاہی ملزم کو لیے وہاں سے ہٹتے ہیں۔ منصف صاحب کا ہیولہ میری نگاہ کی دسترس میں آجاتا ہے۔

"یہ کیا!" ایک چیخ میرے اندر ہی دم توڑ دیتی ہے۔

کندھوں پر چغہ، سر پر عجیب وضع کا ہیٹ، چہرے پر دو تاریک گہرے غار۔۔۔ سامنے بڑھے ہوئے ہاتھوں پر دو آنکھیں دھری ہیں جن کے دیدے حرکت کر رہے ہیں، دائیں سے بائیں۔۔۔ بائیں سے دائیں۔

میں چیخنے کی کوشش کرتا ہوں مگر چیخ سینے ہی میں خشک ہو جاتی ہے۔ میں زور سے اپنی آنکھیں میچ لیتا ہوں کہ یہ خواب آگے چلے، عقابوں کا غول آئے اور خواب ختم ہو مگر وہاں کوئی عقاب نہیں۔۔۔ بس کوّے ہی کوّے ہیں۔۔۔ یہاں وہاں سر نیہوڑائے بیٹھے ہوئے، برگد کے نیچے، آم اور شہتوت کے تلے۔۔۔ پرسوں کی بارش کے بچے کھچے پانی سے بنے چھپڑ کے کنارے اور پھپھوندی لگی اینٹوں پر۔۔۔ اب انہیں کون سمجھائے کہ عدالت سچائی کو دیکھتی ہے صرف سچائی کو!

اور آج کی سچائی؟

شاید میں جانتا ہوں یا شہتوت کی شاخ سے لپکتی گلہری۔

سِتم یہ کہ میری آواز حلق میں دفن ہے۔

اور گلہری کی زبان کوّے سمجھتے نہیں۔

Ref.: caarwan.com

* * *